岩 波 文 庫

33-157-2

新 版

第二集 きけ わだつみのこえ

——日本戦没学生の手記——

日本戦没学生記念会編

岩 波 書 店

なげけるか　いかれるか
はたもだせるか
きけ　はてしなきわだつみのこえ

『新版 第二集　きけ わだつみのこえ』の読者へ

本書は、一九四九年の『きけ わだつみのこえ』の精神を継承し、発展させて本会がみずから一九六三年『戦没学生の遺書にみる15年戦争』として編集・刊行し、一九六六年に『第二集　きけ わだつみのこえ』と改題したものである。今回、学徒出陣六十周年を迎えて『第二集　きけ わだつみのこえ』を増補改訂した新版をおくるが、これを誰よりも年若い読者の手にとどけたい。

本書の原本を世に問うたのが学徒出陣二十周年の機会だったから、すでに四十年の歳月を経たこととなる。この『第二集』も『きけ わだつみのこえ』とならんで先の戦争を語り継ぐ古典として広く人々に読み継がれてきた。この間、戦火は世界にやむことなく、二十一世紀に入っても依然として平和は脅かされている。

本書に遺稿を収めた戦没学生が極限状況のなかで書き残した文章は、周囲の人々への愛情に満ち、失われようとする生への嘆きにあふれている。そして、自らが見届けられなかったよりよい明日への希望を、後の世代に託している。改訂作業を通じての私たちの思いは、ただ一つ、青春を断ち切られた先輩学徒の悲痛な言葉を、徴兵も戦争も知らない若い人々が読み取り、しかと受け止めてほしいことに尽きる。

二〇〇三年十二月一日

日本戦没学生記念会(わだつみ会)

目　次

凡　例

一、遺稿本文の用語・用字は原文どおりとしたが、明らかに誤記と見られるものは訂正した。読解に必要と思われる場合には〔　〕内に文字を補った。（　）の表記は、遺稿の筆者自身によるものである。遺稿の由来を説明する場合には※印をつけ付記した。

二、…………は編者による省略部分を示す。……は筆者自身の手による表記である。

三、漢字およびかなづかいは新字体・現代かなづかいに改め、また漢字語の一部についてはかな書きに改めたものもある。難字には振りがなをほどこした。

四、本文中の語句、人物、書物などについて注を付した。注は〔　〕内に二行割りにして本文中にほどこした。また、時局や軍隊用語で今日ではわかりにくい重要な語句や、本文の理解のために必要と思われる事柄については、原則として初出のものに＊印をつけた上で、その遺稿の末尾に注釈した。

五、手記筆者の略歴は、㈠生年月日と出身地、㈡学歴、㈢軍歴、㈣戦没の日付けと事由、戦没時の軍人としての階級、満年齢、の四項目の順に整理して、遺稿本文の前に表記した。

六、主要語句索引および手記筆者名の索引を巻末に付した。

『戦没学生の遺書にみる15年戦争』はしがき

阿《あ》部《べ》知《とも》二《じ》

私たちの「わだつみ会」(日本戦没学生記念会)には、一九四九年(昭和二十四年)に出した『きけ わだつみのこえ』におさめられたもののほかに、多くの手記の写しが保管されている。数年前、私はそれらを読む機会をもったが、もはやその用紙——終戦直後のころの粗末な原稿用紙——は古び、変色していた。戦争はかなり遠い過去のことになり、とくに若いひとびとはまったく戦争のことも知らなくなってきているのである。それゆえにこそ、これらの多くの声をこのまま沈黙の底に沈めておくに忍びないということを、会員の諸君にはなしてみると、もとよりみなは、前々から同じことを感じ、考えていたのであった。このうちの一小部分をでも選び出して『きけ わだつみのこえ』につづく本をつくろうという計画が、光文社との協同によってたてられた。

しかし、もう一度あらたに社会から募《つの》ることも、すべきであるということになった。その私たちの呼びかけの声はけっして強大なものではなかったが、それに応じて多くの手記が寄せられたのは、日本の多くのひとびとが、それらの手記とともに戦争の苦悩をまだかたく心底に蔵していることを感じさせ、私たちのこの仕事への熱意をいっそう高めさせた。

その多くの手記について、どのように選択し、どのように編集するかということは、その一つ一つが貴重なものであるだけに、たやすい問題ではなかった。それについては、この本の終わりの「あとがき」が語っているから、ただここでは、戦争体験者と未体験の若いひとびととの双方を含む編集委員会をつくり、双方の観点を総合しながら、多くの検討をつみ重ねながら、巨視的《きょし》に「満州事変」から「太平洋戦争」までを日本の十五年戦争として把握《はあく》し、その長い煉獄《れんごく》下の学徒兵の姿を、できるかぎり、客観的に浮かびあがらせようとした、ということだけをしるしておく。時期的に古い昭和十年にすでに世界の大戦を憂い、「必要は正義であるか」、「力は正義であるか」と問い、「祈らずにおられましょうか、戦雲収むるの日一日も早からんことを！」というように、予言的な響きをもつ第一部冒頭の文章から、最後の、昭和二十年一月の、死の前のころとおぼしい「生あらばいつの日か、長い長い夜であった、星の見にくい夜ばかりであった、と言い交わしうる日もあろうか……」という文章までが、私たちの上述のような選択編集の意図をはたしてくれていることを願うばかりである。

すでに言ったように、この一冊におさめられたものは、多くの声のなかのごく一部分である。いわば噴水の先端であり、この底には深くひろびろとした大地下水が流れている。私たちはこのさい、読みながらもここに出すことのできなかった多くの手記、また、どこかにまだ保存されているだろうが読むことのできなかったもの、また、もはや永久に消えてしまった手記や声に、深く思いをいたさなければならない。

もとより、ここに登場しているひとびとの人間観・生死観・戦争観等は、一様であろうはずもない。そのことは、この学徒兵たちはすべて、戦争の重圧にもかかわらず完全にそれに家畜化されおわることなく、個としての自己を守りとおそうと、必死の努力をしたのだということを意味するであろう。そのことのためにも、これらの文章は貴重である。またそれゆえに、これらはその多様性のうちに、何らか一脈相通ずるものをもっているということにもなる。つまり、ここにあらわれているものは、さまざまに異なる人間像の群れであるとともに、それらが相集まって、ある一個の大きな姿——戦時下における「学徒の像」というものを造成しているのではあるまいか。もしそれならばこれらは、その後者の意味においては、ここに印刷されることなしに沈黙につつまれている他の多くの声をも代表していると考えうるのではあるまいか。

これらの個々の手記の内容にまで立ち入って、こまごまと感想をのべる必要はなく、また解釈をあたえる必要もない。これらは直接に強く読者に向かって自らを語る力を持って いる。そして読者はここから自由にその思想の糧《かて》を汲《く》みとれるであろう。

しかし、この「はしがき」を書く役を割りあてられたところの会の一員の私として

——代表というのではなく——私なりに、何ゆえにこの本を今日編集して出すことにしたかという点について、少しばかりのべておくことは許されるであろう。今日では、もはやかなり遠い過去の戦争のことにこだわるべきでない、というような声もあちこちできこえなくもないからである。

そのような声のなかには、およそ二通りの立場があると思われる。ともに、とくに若いひとびとのあいだに強い傾向のようであるが、その一つは、この日々の生活が明かるく楽しいものであり、これを十分に享受《きょうじゅ》することこそすべてであり、過去の暗い戦争のことなどを想起するのは愚である、とするのである。あるいはそれは、核兵器戦争がいつ来るかもしれぬとすれば、あらゆる努力は無効だとして、ただ現在の瞬間の享受にいっさいを忘却しようとする虚無精神に、底のほうでは一脈つらなるものをもっているとも考えられる。それから、いま一つの立場は、もっと積極的なものといえよう。それは、過去の戦争の思い出はいいかげんに卒業して、むしろ前に向かっての思想をかかげ、行動をおこして、平和の敵・戦争の勢力とたたかうことに力を集中すべきだとするのであ

る。

以上二つの立場のいずれをも、理解することはできるし、とくに後者についていえば、聞くべきところが少なしとはしない。しかし、それならば、そのいずれの角度からみても、このような本は無意義であるかといえば、私はとうてい賛同することはできない。はじめの現実享受の立場についていえば、それが虚無または死への意志に身を任《まか》せたものであるばあいには、もはや何をかいわんやである。そうでなく、もし現在の若い生命感の充実を満喫しようという意志にもとづくのであるとすれば、その生のよろこびは、疑いようもなく平和のうえにのみ存在しうるものだと省察し、戦争とは何ものであるかをよく知り、それによって平和への意志を強固にすることは無用とはいえないのである。――しかし、ふとして私は思うのだが、今日数多くの青年たちは、世界の八方のすみずみにまで飛び出してゆき、知識欲や好奇心に燃えながら、さまざまな国のひとびとと明かるくまじわり、よろこびをわかちあっているのだが、彼らは、その途々《みちみち》の海や密林や曠原《こうげん》に、彼らと同様の日本青年があまりにも多く埋もれているのを思うことがあるだろうか、などと私がいえば、すでにそれが時代おくれの証《あか》しとなるであろうか。もしそうであるとしても――いや、そうであるとするならば、いよいよこのような本を出したいという心になるのである。

第二の、平和の擁護《ようご》の努力という、より積極的な立場について考えるときにも、同様に、このような本の存在の理由をみとめないでいられない。一口でいうならば、平和の擁護とは、政治的な、また思想的な問題であるとともに、主体的・人格的な信条や情熱の問題であり、ここに集められた声は、そういう信条や情熱をつちかう力をもっていると考える。ここで、あえていわせてもらうならば、今日のように、平和の努力をするひとびとが、国内的に国際的にいくつもの仲間にわかれて、――その理由は何であれ――時として、たがいに争い傷つけあっているのは、あまりに悲しむべきことであり、たとえば、ここにある声などに、もう一度静かに耳をかたむける必要はないだろうかと思うのである。

いいたかったことは、第一・第二のばあいをこめて考えてみて、「戦没」の問題はけっして過去のことではなかったということである。だれの目にも明白なことだが、「戦争」は、いつのまにか過去から抜け出して走って、世界じゅうの人間の先まわりをしてしまって、前方に立っているという形勢である。したがって、「戦没」の問題は、過去だけではなく、現在そして未来のそれであるということになる。その前方の戦雲をはらいのけることができるまでは、これらの声を忘れることをしてはならないはずである。はらいのける仕事に不可欠であるところの真の生命肯定の思想は、その深い根を、これらの声のようなところから掘りおこしてくるのでなければならない。それゆえに、その仕事の完了の後の幸福な時代にも、これらの声は、尊い遺産としてひとびとの記憶のなかに生きつづけるであろう。

一九六二・一二・二二

プロローグ

美しい虚構

戦友たちの手紙の中には虚構がある
おおくの美しい虚構がある
すべてのものは虚構の中から生まれ
そうして虚構のなかに死んでいった

江南《こうなん》*の戦野にも春が訪れそめて
風が路《みち》を行く者の頬をくすぐっている
もう平和が還《かえ》って来るのだろうか
あの恐ろしかった戦争のあとの大地に

ここにも美しい虚構があるのではないか
私は琥珀《こはく》色の美酒に酔って眠る
虚構の平和よ——おお笑ってはいけない

美しい虚構
それは恐ろしい虚構を忘れるためにか
それならば私もまた虚構の中に沈黙を守ろうか

松永茂雄《まつながしげお》『学徒兵の手記』より

＊ 江南……揚子江下流の南岸地方。

一九三一年九月から一九四五年八月にいたる十五年間の戦争において、日本国民が支払わねばならなかった生命・財産の大きさがどれほどになるかは、容易に算定することができない。はじめの数年間、シナ事変の始まるまでは、まだ戦争の犠牲がそれほど深刻なものとは、一般国民には思われなかった。しかし、一九三七年、日本の全面的中国侵略が始まるとともに、国民生活にかかってくる戦争の重圧はかつてないほど巨大なものとなった。太平洋戦争までの四年間、日本は中国に対する宣戦なき戦争に二二三億円の軍事費をついやし、一八万五〇〇〇の死者、三二万五〇〇〇の負傷者を出した。全体戦争への深化は国民生活のすべての様相をかえてしまった。

しかし、日本が絶望的な決意とともに開始した太平洋戦争は、もはやたんなる全体戦争というよりも、破滅の戦いと呼ぶのがふさわしいほど、いっそう凄惨《せいさん》な姿をとった。兵士の動員数はのべ一〇〇〇万に達し、戦死者・行方不明者はおよそ二〇〇万、民間の死亡者は一〇〇万をかぞえた。家屋の喪失は三一〇万戸、およそ一五〇〇万人が住むべき家を失った。

学生には日中戦争の当時には徴兵猶予が認められていたが、大学卒業生や、在学生でも徴兵適齢をこえた者は、学問・芸術・教育を志しつつも、その希望に反して職業や家庭から引き離されて軍隊に徴集され、召集された。戦争はすでに総力戦の様相を呈していたのである。

　一九四三年十二月、「生《せい》らもとより生還を期せず」という悲痛な決別の言葉とともに、在学中の学徒が学業なかばのまま戦場におもむいたのは、まさにそのような破滅的様相が、戦線にも、国民生活にも色濃くあらわれ始めた時期であった。学徒兵たちの多くは、そのような祖国の危急を救うという心で大陸や太平洋の戦線に出動し、その生命を捨てた。

　しかし、自らの死を賭《と》して祖国を守ろうとした彼らは、反面その死の壁に直面しながら、国家とは、戦争とは、正義とは、生とは、死とは、人間とは何かという根本問題について、もっとも多くの疑いと思索をかさねた人々でもあった。こうして十五年戦争に比較的に早くから参戦した者も、その終焉《しゅうえん》期に学園から直接に動員された者も、学徒兵はそのさまざまな実相に身をもってふれることによって、生き残ったすべての人間のために、かけがえのない記録を残している。

松永茂雄《まつながしげお》

一九一三年(大正二)四月三十日生。東京都出身

第一高等学校理科中退

一九三四年(昭和九)、陸軍第一歩兵連隊に入隊。一九三五年、除隊

一九三五年、花岡学院小学部教員を経て、一九三六年、國學院大学文学部予科入学

一九三七年十月十五日、陸軍に入隊、飯塚部隊に属す。中国各地を転戦

一九三八年十一月二十八日、上海呉淞《ウースン》野戦病院にて戦病死。陸軍伍長。二十五歳

〔〝学徒兵メモ※〟より〕

※『学徒兵の手記』(九七ページ参照)の末尾にあったもの。

まだ暑さの去らない街に毎日、出征兵を送る万歳の声が続いた。「征《い》きたいでしょう」。ときどき人に訊《き》かれる。私は黙って笑っておく。……………

安価なセンチメンタリズム、発作《ほっさ》的なヒロイズム、そして盲目的なパトリオチズ

ム〔愛国主義〕、学徒にはすべて禁制である。

プラタナスの落葉する道。真新しい兵隊靴の裏に、都の感触をいとおしみながら、私は親しい人たちの別れの言葉を口の中に繰り返してみた。

その一つ一つが戦地での私の日々を、フェアリー〔妖精〕のように護《まも》ってくれるだろう。みんな身にしみて大切な言葉だった。…………

「軍服着た間は学問を忘れたら」との忠告に、「軍服着たって学徒で候《そうろう》」と返事した。知性が私の武器である。

宗教を政策としてだけしか認めない男。真心だけは受けた千人針＊も護符《おまもり》も、戦線へ着かないうちに灰になった。彼の護符は「学徒の魂」。…………

＊　千人針……出征兵士の安全を祈るため、千人の女性が一針ずつ赤い糸を縫い結んだ腹巻。千人縫いと同じ。

学徒は真理の使徒である。学徒の愛国は国家の真実を護ること。学徒の魂は真実のない国家よりも、国家のない真実を求める。

対国家の問題だけではない。対人、対社会すべてそうである。伝統も権力も学徒に盲従や屈従を強《し》いることはできない。

ドレフュス事件*のゾラを見るがいい。学徒の火のような反逆精神は、そこに永遠に輝いている。悲劇と犠牲は時としてやむをえない。…………

＊　ドレフュス事件……一八九四―一九〇六年、フランスに起こったユダヤ人アルフレッド・ドレフュス大尉の売国嫌疑冤罪事件。作家エミール・ゾラは彼の無実を主張した。

百万の壮丁《そうてい》〔徴兵適齢期の青年男子〕が無為に青春を送っているのを見せつけられることは、たのしいものではない。もちろん彼らの罪ではないのだが。

明日の生命への危惧《きぐ》が彼らを凶暴な享楽主義者にしようとする。それを抑《おさ》えるのは彼らの性質ににじんでいる小市民的な合理主義である。（激戦と激務の後に爆発する食欲と性欲のあらし。それは狂奔の直前に幹部の一喝にあって鎮静する。)………

人間の知性や感情をなくしてしまうといわれる激戦や強行軍の間にも、私の文学論や人生論に耳を傾けてくれた一人の真面目な小隊長があった。

私は陣中で源氏物語や古今集を講義させたという戦国の武将の故事を思い浮かべながら、時に社会科学を論じ、時に定家《ていか》〔藤原定家 『新古今和歌集』の撰者 一一六二—一二四一〕の芸術を語った。

一分間に何発も落下する迫撃砲弾の下で、重機関銃の握把《あくは》を握りしめながら新古今の歌を語っている学徒兵の姿を想像して欲しい。………

補充員として私が戦地へ到着した時、私たちの連隊は第一線を離れて上海《シャンハイ》に近い田園地区を警備していた。

踏み荒らされたキャベツ畑に霜が降り、焼け崩れた民家が点在する。その辺の風景はさすがに戦禍の跡だと感じられたが、しばらく平穏な日が続いた。

私はしばらくの間先輩の勇士たちの武功談や苦闘物語に悩まされた。誰も誰も同じように話し、同じ形容詞を使い同じ感想をつけた。

彼らは尊い体験を持ちながらそれをすっかり忘れているらしい。彼らの話は先入知識と、新聞雑誌の実戦談と、他人の経験をまぜて作られる。

彼らの判断や批判はまさに群盲評象《ぐんもうひょうぞう》の実演である。彼らは既知の真理——多くは諺《ことわざ》である——への到達を予想して事実を改変する。

私は彼らの話から何の知識も哲学も得なかった。その代わり心理学的には多くの実験を持つことができた。

そうして知性のないところにいかに体験が無価値であるかを痛感した。私は今後いっそう、順序、体系、方法などを尊重するであろう。…………

兵隊たちを平素支配しているのは合理精神である。彼らは自己とその家族の生命を守るために帝国の権威に消極的に服従している。

彼らはのがれられない死地に陥った時だけ、伝統精神に甦《よみがえ》る。伝統武勇の精神は、天皇と軍旗の形象《けいしょう》の中に宿っている。

日本軍の勝利は、火砲・空軍の優越と、白兵《はくへい》〔敵味方で斬りあいになること。白兵戦〕の威力とに因《よ》っている。白兵の強さは伝統の力であろうか。…………

デモクラシイが崩壊してアウトクラシイ〔独裁政治〕が擡頭《たいとう》した。ナチス・ドイツの国民社会主義の中に日本革新のイデオロギイを求めようとする政治家がある。

ドイツの行き方が現在最も力のあるものだということは疑いないが、私はドイツ文化がフランス文化に代わって世界を指導するものとは考えられない。

ドイツの行き方が日本に多くを教えるであろうけれども、私は日本がドイツと同じ途《みち》を行くことには反対である。…………

板《いた》尾《お》興《こう》市《いち》

一九二三年（大正十二）十月二日生。東京都出身
東京商科大学予科を経て、一九四三年（昭和十八）十月、同大学商学部に進学
一九四三年十二月十日、横須賀の武山海兵団*に入団。海軍電測学校を経て、監視艇隊員となる
一九四五年二月十八日、本州東方海上にて戦死。海軍中尉。二十一歳

＊海兵団……海軍の新兵の教育機関。戦争中は学徒兵や少年兵の教育も担当し、武山や大竹など十六カ所に拡大された。

昭和十八年十月五日〔父への手紙〕

電報で要旨はおわかりになったかもしれませんが、ここに改めて、今回の学徒徴兵*のことについて記します。十月二日の緊急勅令〔公布〕で、適齢に達せる全学生は十月二十五日より十一月五日まで徴兵検査*を受け、十二月一日入営ということに定まりました。

今度は身体不具または現在疾病《しっぺい》のある者以外丙種《へい》でも入営することになったのですから、小生ももちろん入ります。理工科、医科、農科の学生は入営延期のはずですから当分の間入りません。法文経の諸科はそれゆえ教育は停止されるわけで、この種の学校は以後当分教育は続けられず、結果としては廃止の運命です。学校もこのさい整理統合されるそうですが、わが商大はいかになるかについて予測は許されません。

以上の通り我々はここ二カ月足らずのうちに文字通りペンを捨て書物を閉じて銃をとることになったのです。このような処置は大東亜戦争〔日米開戦後に政府が定めた戦争の公式名称で、日中戦争全体にさかのぼって適用された〕の開始以来すでに時間の問題として考えられていたものであり、現交戦国のいずれもが断行していることとなるを思えば来るべきものが来たに過ぎぬのであり、何ら大きなショックは与えぬものでありますが、やはり一部には予想外に思い切った措置《そち》だとの感がないわけではありません。

発表されたのが九月二十二日、それから一カ月で検査、一カ月で入営ですから、実にかつてなき迅速さであり、小生らとしてもせっかく本科に進んで張り切って学問に心身を入れんとしていた矢先ですから実に残念なしだいですが、日本の直面している現実がいかに切迫しているかを感じていますから、何とか諦《あきら》めはつきます。それにしてもあまりに短い月日しか残されていないので、何ら今までの学問への努力をまとめた形で残すこともできそうになく、読みさした本にしおりをはさんで出かけねばなりません。

ふたたび帰って書物の前にすわるのはいつの日のことかと考えますと、まことに淋しいしだいです。

…………

我々はあくまで学生であり、学問をもって自己の生命とし、学をもって国に報ずるの決心まことに固きものがありますが、国家の要請の急なるこの時、幾多の思いを学と国家の上に残しながら国防の第一線におもむかねばならなくなったのです。

法文科の学生はこの戦争時にあたり、自然科学方面の学生とは異なり用はないから戦線に送られるわけですが、我々の征《い》く後、国家の運営はなお頭の切り換《か》えの絶対望まれぬ老朽政治家や、社会科学方面の知識に乏しくかつ学問精神の点で貧弱なる技術者たちに任されるわけです。それゆえ、国家の前途すこぶる多難なるは予測されます。東条首相は問題は機構よりは人だ、良きりっぱな指導者こそ必要なのだと叫びます。彼の言わんとする方向は正しいのです。何となれば人間こそ動く主体であり、動かす主体であるからです。しかし、彼が現実についてこの言を適用せんとすることは根本的に間違いです。

…………

今や戦争の切り札は生産力、武器の生産にあります。質は学問と技術に、量は同じく学問と経済に基礎を置きます。天文学的数字は決してアメリカのみのお題目ではなかったのです。それを笑った日本の陸海軍も、ついに天文学的数字を述べねばならなくなりました。要求される数量と現生産量とのギャップは大です。いかにして大量生産が飛躍的になされうるやの問題は、自然科学と社会科学の全成果を必要とします。学的頭脳のない人間に決してこのような大きな問題を解決することはできません。我々は社会科学の学徒です。我々の戦時において果たすべき学的使命は実践においてこそ真に大であります。しかし今は、学徒は指揮官として戦争に必要なのです。政府はこのさい社会科学者を大々的に動員して国家の計画を立てさすべきです。今の政治家に何を望めましょうか。学者こそ今や第一線に立つ時です。イギリスの統制経済の親玉は名にしおう理論経済学の大御所ケインズ〔二十世紀前半を代表する経済学者　一八八三―一九四六〕であります。

我々はあらゆる情熱に燃えて国家の実践に役立つべき学の追究に従わんと考えていましたが、こうなっては後を老朽の方々に任さねばなりません。

彼らの頭脳に国家の前途は託されています。彼らこそ真に国家の運命を担《にな》う責任を自覚して新たに学問の道を知るべきです。国家も文化も皆国内に残る人々が担わなければなりません。しだいに文化意志が低下してゆく現状を盛り立てて行くのは誰でしょう。かつてのインテリ階級は何をしているのか、彼らに国家の大きな問題にぶつかって行く強き意欲ありや。お父さん、我々こそ新しき時代の担い手です。いつの日にかふたたび学に還《かえ》るの日こそ我々の雄図《ゆうと》は実現に向かうでしょう。

いろいろ述べたてましたが、入営は十二月一日なので、それまでは考えたことをいろいろお便りいたします。……………

二カ年半の寮を出て家庭に来ればふたたびいつ還るかわからぬ勇途に赴《おもむ》かねばならなくなり、ようやく老境に入らんとする母一人を残すことは、肉親の情として断腸の思いですが、今やあらゆる私情を打ち切り、個体は国家という大きな生命とつながらなければなりません。

小生の運命はかくして天に委《ゆだ》ねられますが、小生とて男であるかぎり、運命の女神の思うがままに動かされはしません。立派にどこにおいても自己の道を切りひらいて行かれる自信はありますから、ご安心ください。軍隊生活も一つの試練です。学生なるゆえ、当然苛酷な取扱いが待っていることは覚悟です。小生としては身体の点においてのみ少しく心配が多いわけです。入営まで、せいぜい鍛練に努めるつもりです。

それからふたたびここに書きますが、検査の時、飛行兵志願の有無、陸軍か海軍かの希望を聞かれますので、お父さんの意見も参考にしたいと思います。小生眼がよすぎるので強引《ごういん》に飛行兵にまわされたら仕方ありません。また入隊はどこの隊か定まりません。

海軍の場合は海兵団に入ります。

我々の学部で残る者は約百名、予科も出る者約百名ほどです。この臨時議会ではおそらく徴兵年限の引き下げ案*が提出されるでしょうから、我々の友は来年までにはほとんど入営するわけです。

とにかく、国家にとって大きな事件です。ではまた、ご返事をお待ちしています。

興市

板尾藤次郎様

＊今回の学徒徴兵(学徒出陣)……一九四三年九月二十二日に発表された「国内態勢強化方策」によって、①大学の学生および高等学校・専門学校の生徒への徴兵猶予の停止、②法文系大学の教育の停止と大学・専門学校の整理統合、③理工系学校の拡充整備と入営延期制度の設定等の方針が公表された。そして十月一日に決定された緊急勅令「在学徴集延期臨時特例」によって、徴集延期制度そのものが停止され、満二十歳に達した学生は直ちに徴兵検査を受け、合格者は陸軍は十二月一日、海軍は十日に入隊した。いわゆる学徒出陣である。

「学徒出陣」という表現は、これを昔の武士が勇躍戦陣に赴くありさまになぞらえた当局の戦意高揚の造語である。またこれを広く取って、この前後に高等教育機関に在学した者が在学中か卒業後かを問わず、また強制か志願かを問わず、軍隊に入隊したことを言う場合がある。

＊徴兵検査……戦前は成年男子はすべて兵役に服する義務があり、国家は実際の兵役服務状態を決定するため、適齢の満二十歳の者に徴兵検査を行なった。検査の結果は甲乙丙丁戊の五種に分けられ、原則において、甲種は現役兵として入隊し、乙種は補充兵役となり随時召集される。丙種は国民兵役に属し、丁種は身障者などで不合格、戊種は翌年度再検査となる。乙種はさらに第一乙と第二乙に分かれ、一九三九年に第三乙が設けられ、徴集兵、応召兵が増加する一方となる。

＊丙種でも入営……丙種は平時には事実上召集されず、兵役免除同然だった。戦争の深刻化にともない将校・兵士のいずれも不足し、検査基準が甘くなると同時に一九四〇年、丙種の者も召集されることとなる。

＊(徴兵猶予と)入営延期……学校在学者などには徴兵の時期を猶予(徴集延期)する特例の措置があった。在学徴兵猶予の年限は、一九三九年以来の兵役法改正により、二十七歳から二十六歳、二十五歳と順次短縮され、同時に大学・高専の修学期間も短縮された。一九四三年には大学生の猶予上限は医学部以外では二十四歳で、その他の学部の在学生の最高年齢は二十三歳であった。同年十月徴兵猶予は全学生について停止されたが、十月末国家の軍事的要請から、理工科・医学系の学生、農科の四学科、国立教員養成系の学生などは入営を延期することとされたので、結局、法文系や農科の一部学科の学生・生徒が入隊した。

＊徴兵年限の引き下げ……十二月、勅令により徴兵適齢は十九歳へ引き下げられた。さらに四四年十月、陸軍省は十七歳と十八歳の青年男子を兵役に編入して召集可能とし、翌年初め、適齢者（十九歳）の徴兵検査を繰り上げて実施した。

宅《たく》嶋《しま》徳《のり》光《みつ》

一九二一年（大正十）三月二十日生。福岡県出身
慶應義塾大学予科を経て、一九四三年（昭和十八）九月、同大学法学部政治学科卒業
一九四三年九月、海軍予備学生*として三重航空隊に入隊
一九四五年四月九日、金華山沖にて飛行訓練中殉職。海軍少尉。二十四歳

＊海軍予備学生……陸軍に幹部候補生の制度があったように、海軍には飛行機搭乗員に予備学生の制度があった。創設は一九三四年、資格は大学、予科、高専の卒業生で志願制だった。四一年には兵科にも設置された。予備学生が桁ちがいに増えたのが四三年で、九月に海軍に入団した者（修学期間短縮卒業）のうち飛行科に選抜された者が第十三期飛行専修予備学生である。総数五千余名、そのうち約三分の一が戦死、多くの者が沖縄戦などの特別攻撃で戦死し、最大の犠牲をこうむった。『雲ながるる果てに』はその遺稿集である。十二月入団（学徒出陣）による飛行専修予備学生は第十四期生で、総数三千余名、戦死者は

一割強、十三期に次いで多くの犠牲をだした。

昭和十九年三月二十一日〔海軍出水航空隊にて〕

……………

君〔恋人、八重子〕の家で泰山木《たいさんぼく》が大きな白い花を咲かせるころ、俺《おれ》は前線に出ることと思う。そうなればしばらく日記も記す暇がなくなるだろう。あるいはそれ以前に、君に書く日記も断念せねばならなくなるかもしれない。

日記は元来、自分の行動を記すものだろうか、それとも自分の思想や追想や思考などの内面の、ごく自分自身に関することのみを記すものだろうか、私はそうした狭隘《きょうあい》な思慮にとらわれず、いつの日か私を理解してもらいたい人たちに、自分の性格や希望や考えを漫然と示しておきたい。けれども人のために……そして、見せることのみのために書く日記にならないように心がけよう。…………

三月二十六日(日曜日)　薄曇なれど暖かし

……………

祖母の訃報《ふほう》を聞く。人間は悲しみにも慣れるものとみえる。数々の苦しみが私を囲繞《いじょう》したので、私はその苦しみに慣れてしまった。人はそうして諦《あきら》めることを習うものらしい。

座を立ってしばらく悲しさを耐えに戸外へ出た。暖かい春の薄霞《うすがすみ》に山が淡く、ぬるんだ小川の水に小さい魚がたくさん遊んでいた。田園の詩情に敏《びん》でない私も、すべての風物がなつかしい。そして、祖母への追想の背景をなしてくれたことを悦《よろこ》んでいる。菫《すみれ》も咲いている。椿《つばき》は盛りである。

昨年の冬、そして今年の春と、私は二人の肉親〔母と祖母〕を失った。そのような不幸に出会った人の心情を、私も十分に汲《く》める境遇になったことを思い、自己の、そして人間の魂は、どのようにして育《はぐく》まれていくものであるかが、幾分わかったような気がする。

…………

六月十一日(日曜日) 晴、外出(朝食後)〔海軍宮崎航空隊にて〕

…………

父宛に君のことを許してもらうため手紙を書いた。何と返信してくれるだろうか。どのような返信がくるか、俺は待っている。

もちろん再び生還を期せざる今の俺に、君が来たいと言う気持は本当の愛情ゆえにか。

俺が還らざる日あれども、君は俺の魂を守り続ける墓守《はかも》りたりうるか。俺は楽しかるべきただ一度の現世の生活を、そのような形で終わらせたくない。冷静な現実的判断は君にそのようには囁《ささや》かないか。世界の現実がどのようなものであるかは、君たちにはわからないかもしれない。楽観的ではないということは口にしながら、その本当の意味はわかっていないはずである。みんなの顔には、まだ憂《うれ》いの影はない。

俺は本当に世界を冷静に睨《にら》んでいる。現実が非常な苛酷な、そして憂慮すべき時期であることも知っている。ドイツは、新しい信仰たるナチの精神に、少しでもゆるみを見せる時は、思わざる崩壊を見るだろう。多分時間の問題であるかもしれない。

英国軍の仏国進入〔一九四四年六月六日連合軍はフランス、ノルマンディーに上陸した〕については、ドイツは、仏国の全面的支援を得ることは絶対に困難であろう。歴史的感情と現実の問題よりして、仏国は必ずやこの戦争の結末において、英国側に媚態《びたい》を呈することはあきらかなことである。その時こそ、俺たちにとって最大の試練の時となるであろう。単なる数量の点より考えるも、俺たちの生命が奈辺《なへん》にあるかは、おのずから理解できると思う。北方に露、東方に米、南方に濠〔オーストラリア〕、西方に英とあらゆる脅威にさらされることとなる。

その時のあるを覚悟し、俺はすべて身の回りを整えておきたい。このような私の信念は、どうしても君を不幸にさせたくないということの考えに通じている。妻のただ一人の、最も信頼すべき味方は、常に夫である。若くして夫を失った妻の将来は非常に不幸《ミス・フォーチュン》である。そのようなことが、君の身に起こるということは、俺にとっても淋しい。感情がただ一色に、その人の生涯を通じて激しく燃焼することは、極《きわ》めて困難なことである。もし夫を失った悲しみの裡《うち》に、自分の将来を暗く不幸なものにしてしまうのでは、気の毒だと考えている。

六月十三日(快晴) 飛行作業あり

俺の返信を待って落ち着かぬ日を過ごしていることと思う。早く返事をしなければと俺の心の責任感が叫ぶ。はっきり言う。俺は君を愛した。そして、今も愛している。しかし、俺の頭の中には、今では君よりも大切なものを蔵するに至った。

それは、君のように優しい乙女《おとめ》の住む国のことである。俺は静かな黄昏《たそがれ》の田畑の中で、まだ顔もよく見えない遠くから、俺たちに頭を下げてくれる子供たちのいじらしさに、強く胸を打たれるのである。もしそれが、君に対する愛よりも遥《はる》かに強いものというなら、君は怒るだろうか。否々、決して君は怒らないだろう。そして、俺と共に、俺の心を理解してくれるだろう。本当にあのようなかわいい子らのためなら、生命も決して惜しくはない。

自我の強い俺のような男には、信仰というものが持てない。だから、このような感動を行為の源泉として持ち続けて行かねば、生きて行けないことも、君にはわかるだろう。俺の心にあるこの宝を持って、俺は死にたい。なぜならば、一番それが俺にとって好ましいことであるからだ。俺は確信する。俺にとって、否俺たちにとって、死は疑いもなく確実な身近の事実である。俺たちの生命は、世界の動きに続いている。俺はどのような社会も、人意をもって動かすことのできる、流動体として考えてきた。しかし、そうではなさそうである。ことにこの国では社会の変化は、むしろ、宿命観によって支配されている不自由な制約の下にあるものらしい。

俺も――平凡な大衆の一人たる俺も、当然その制約下に従わなければならなかった。

…………

六月三十日　飛行作業あり

八重子、極めて孤独な魂を暖めてくれ。俺は君のことを考えると心が明かるくなる。そして寂しさを失うことができる。それで良いのだ。君のすべてを独占しようというのは悪い夢だ。君には君の幸福がきっと待っている。俺は俺の運命、否俺たちの運命を知っている。俺たちの運命は一つの悲劇であった。しかし、俺たちは悲劇に対してそれほど悲観もしていないし、寂しがってもいない。俺たちの寂しさは祖国に向けられた寂しさだ。たとえどのように見苦しくあがいても、俺たちは宿命を離れることはできない。

（しかし、俺は宿命論者ではない。）

あのようなできごとは、俺の心には何か遠い遥かな昔のことのような気がする。それだけに思い出すとなつかしい。良い友だちをもったと悦んでいる。あんなに親しい友だちは、俺の過去に一人もなかった。俺は君のすべてを知っていたし、君も俺のすべてを知っていた。俺がなぜ君を離れたか、君は俺を恨むことだろう。しかし、俺の小さなヒューマニズムが、君の将来の幸福を見捨てさせようとはしなかった。君は、俺があのようにして離れることで、きっと幸福な日を設けうるに違いない。俺はその日の幸福を祈っている。本当に幸福な日を迎えてくれ。

ふたたび言う。俺たちは冷酷な一つの意志に支配されて運命の彼岸へ到着する日を待たねばならない。俺はそして最後の誇りを失わない。実に燃え上がる情熱と希望と夢とを最後まで失わない。俺は理解されなかったかもしれない。父が言ったように、俺は変人だったかもしれない。ただ俺が君やみんなに対して示した優しさのみしかもたぬ奴だとは考えないでくれるよう。俺のただ一つの理想に対して、俺の心は不断に燃えていることを記憶してくれ。

唯《ただ》一つの理想――それは自由に対するものである。

俺の言葉に泣いた奴が一人
俺を恨んでいる奴が一人
それでも本当に俺を忘れないでいてくれる奴が一人
俺が死んだらくちなしの花を飾ってくれる奴が一人
みんな併《あわ》せてたった一人。

…………

七月十八日　快晴

宮崎航空隊解隊され、松島航空隊に移転される旨《むね》、司令より訓辞あり。どのように離れていても、同じ九州の内に住んでいるということの気強さが、私をどれほどなぐさめてくれたことか。私には、やはり九州の地は忘れがたい。素朴な南国人の情味やあくまで鮮明な風光の中で、私はどれほど大きな悦びをもちえたか計りしれない。

青島《あおしま》の檳榔樹《びんろうじゅ》よ、そして美しい大淀《おおよど》〔大淀川 宮崎県〕の流れよ、俺は決して忘れないであろう。

「サイパン島玉砕」――今日の日をあきらかに指示しえた人がある。残念ながら私どもの前に、それは事実として現われた。

八重子

この日記も、先日、小母様にお会いしたとき焼いてしまおうと決心した。しかし、日々に加わる現実の厳しさに、私は自分の記憶や追想を放棄してしまうことのできない、ある種の感傷にわずらわされて、私にとってはささやかな、私の歴史の一文をやはり残しておきたい。八重子もきっと私の言葉を理解してくれることと思う。

戦局の不利は、私は今日初めて出会って驚いたわけではない。私は学生時代から、今日あるを予期していた。アメリカが今日この線まで侵入してきたことは、私としてはむしろ、当然のこととしか考えられない。確かに日本は自国の実力を過信し、米国の力を過小評価していたに違いない。

政治的にデモクラシーがきわめて柔軟性に富む形態で、いまだにローマ執政官制度とも寡頭《かとう》政治ともなりうることが容易であり、したがって強権発動することも可能なことであり、決して侮《あなど》るべからざるものであることを今少し早く銘記せねばならなかったはずだ。

デモクラシーの基調をなす個人主義が、日本独自の過《あやま》った見解において、利己主義や猛烈なエゴイズムと勘違いされてきたのは、あきらかに教育の責任である。それよりむしろ為政者の責任であったろう。俺はもはやそのことについての愚痴《ぐち》はいうまい。何はともあれ現下の時局は最悪の立場に陥っている。俺は今日、内閣総辞職の発表を聞いた〔東条内閣総辞職〕。そして重臣会議が催された。近衛《このえ》〔文麿〕・廣田《ひろた》〔弘毅〕・米内《よない》〔光政〕・平沼《ひらぬま》〔騏一郎〕・若槻《わかつき》〔礼次郎〕その他の重臣たち、かつては親英派と目された人たちであることは、きわめて皮肉な事象だが——。

日本はいずこへ行くのか、猪突《ちょとつ》猛進的な野猪《やちょ》の態度より、狡猾《こうかつ》な狐とならんとするのではなかろうか。現実において、大義よりも存続が必要であり、おそらくこれからは、複雑な外交上の政策が日に夜をついで開始されるのであろう。もしそうであるなら、ああ我々はいずこへ、何のために戦うのか、その目的すら失わなければならない。

目前に迫った大義のための散華《さんげ》〔戦死を美化した言葉〕は、俺にとって少しも苦痛ではない。俺にとって最も苦痛なのは、愛すべき君たちの将来である。

サイパンの玉砕を聞いた時、俺の小さな胸は冷酷な事実の前に、激しく痛んだ。どのようなことになっても、俺はサイパンの悲劇*から、君たちを救わねばならない。

＊　サイパンの悲劇……サイパン島はマリアナ諸島の一つで、当時、日本委任統治領の経

済・軍事の要衝であった。日本軍は七月上旬全滅し、その際多くの民間人、婦女子までが日本軍と運命をともにした。

七月二十四日(日曜日)

徳和〔弟〕来宮し、神都より電話をくれた。副直将校見習にて勤務中なれど、木村大尉に願い、飛行長の許可を得て、応接間にて面会す。水野様、伊藤様よりことづけ物をいただく。

なお、節世〔妹〕縁談の件承諾。節世も早く嫁いでくれると良いと思う。

小母様に会ったあの日以来、俺はしばしば君のことを思い出す。

日傘の陰に、碧《あお》いプリンセスのワンピースをきて、何気なく行き過ぎる君の夢もみた。そのたびに、俺の心は失われし時を求めて、逍遥《しょうよう》しようとする。

しかし、今一つの冷酷な意志は遠慮なく夢をかき消してしまう。それで良いのだ。俺はやはり俺の義務を遂行《すいこう》し、理想の彼方《かなた》へ突き進まねばならない。今は比較的平穏な戦局全面が、無意義な沈黙でないことも、よく俺には理解できるのである。俺は今、及川《おいかわ》先生に会って再び先生の所説を承《うけたまわ》りたく思っている。俺は俺の信念や予測が、見事に外《はず》れてくれるように祈っている。そして、最後の勝利を占むるものは、物質ではなく、精神力であることの事実を確認したいと思っている。俺はこのように円満な考え方をするようになった。というより、国家を救うためには、このような考え方をせざるをえなくなってしまったのである。

懐かしい思い出も、熱狂的な愛情も、すべて忘却の彼方へ抛《ほう》り去った後、ただ俺の心の寂しさは「母様」と呼ぶ人のないことだけである。母を思う時、俺は君のことも忘れてしまう。許しあれ。

八月十七日〔海軍松島航空隊にて〕

当隊九六陸攻*、仮想敵として東京方面空襲に向かうため飛行作業なし。

昨日だったか、君の便り受け取った。君は、もう俺に便りを出さないといってたはずなのに。現在では完全に軍隊の生活になれきった俺ゆえ、思考や感情すらもそれらしくなってしまってきたことを自覚している。俺は以前のような愛情を表現することもできないだろうし、言葉すらも荒っぽくなっている。

そして君はここへやって来たいといっている。けれども俺は、今の俺のままでいたいと思っているのだ。もし君に会って、再び君を忘れられないようになったり、逆に俺が君の予想してるほどの、りっぱな人間でなく見えたりすることを、恐れているわけだ。何ごともこのままで、そっとしておきたい。平静な泉に一石を投じてくれぬことを望む。俺は、遥かに俺のイマアジュの中に住んでくれる、淡い碧白《へきはく》のプリンセスを着た君を思い出す。

それだけで幸福なのだ。君は俺に対して本当に優しかった。俺の母以外に、君ほど俺を愛してくれた者はない。遠い空の下で、美しく生きていてくれる君のことを思うと、それだけで俺は胸が一杯になる。毎日平和に、そしてすぐれた魂で元気に生活してくれることを望む。

＊　九六陸攻……皇紀二五九六年(西暦一九三六)式陸上攻撃機、当時にあっては旧式のもの。

八月十八日
防訓〔防空訓練〕参加、筑波・霞ヶ浦・横浜・横須賀空爆の仮想敵機となり出動。

高度三千五百(二千メートルにて約十度)、全コース乱雲蔽《おお》う。帰途、洋上二十メートルの低空飛行にて帰投す。二度敵戦闘機の攻撃を受く。

背中に疼痛《とうつう》を覚ゆ。

夕、慰問演芸会あり。田舎回りの粗末な茶番劇に、この俺が感動させられるなんて。

十一月十五日

戦友荘田《そうだ》少尉戦死の報を聞き、万感そぞろ胸を打つものあり。当隊在隊中、俺は荘田少尉と寝台を並べて寝ていた。荘田は実に良い男だったと今さら惜しまれてならない。六尺豊かな巨体で、その胸には善良な理想主義を秘めていた。愛国的感情の点では遥かに人にすぐれていたし、技術もまた卓越していた。新竹《しんちく》〔台湾北部〕の飛行場で、同僚の湯田《ゆだ》少尉とダグラスを駆って比島〔フィリピン〕へ向かう時、俺はみやげに煙草を分けてやった。短い十数分の奇遇であったが、互いに任務をもつ俺たちは、直ちに離別しなければならなかった。奇遇の悦び、それも短いものだった。荘田少尉、湯田少尉、もう一機、三機のダグラスを帽子を振り振り見送った。その時が現実における最後の別れとなろうとは思えなかった。しかし、荘田は俺の心に生きている。貴様からあずかった軍服も、当隊を去る時に残して行ったこまかい品々も、俺の部屋にはちゃんと残っている。南海の孤島にもしかすると漂流しているかもしれないと考えてはみたが、撃墜されたと聞いた時、俺はその希望も失わねばならなかった。

湯田少尉も、山にぶっつけて殉職した。湯田は俺と同じペアーの張切屋《はりきりや》だったのに、彼も惜しいことをしたと思う。比島で同じ任務にあった貴様らの二人ともを失ったことは残念だ。しかし、男子として死処《ししょ》を得たるは本懐《ほんかい》だろう。

久保《くぼ》恵男《よしお》

一九二〇年(大正九)四月十八日生。東京都出身
第三高等学校を経て、一九四二年(昭和十七)四月、東京帝国大学文学部国文学科入学
一九四三年十二月十日、横須賀の武山海兵団に入団
一九四五年五月七日、徳島航空隊上空にて特別攻撃隊員*として訓練中殉職。海軍中尉。二十五歳

* 特別攻撃隊(特攻隊)……太平洋戦争の末期、航空兵力が決定的に不足した日本軍が敗勢を挽回し、戦争を継続するために採用した、生還の可能性のない特異な自殺戦法。飛行機の乗員は最大限の爆薬を抱えて搭乗機もろとも敵艦船に体当たりを図った。特攻による戦死者は、二階級特進者で数えれば、海軍二五二七名、陸軍一三八八名と記録されている。学徒兵の多くがこの戦法の犠牲となった。特別攻撃の兵器には飛行機のほか、人間魚雷(回天)、爆装モーターボート(震洋)、吊り下げ人間爆弾(桜花)、海底から上陸用舟艇を爆破する人間爆雷(伏竜)などがあった。

兄上様、姉上様

お手紙拝見いたしました。ながい間ごぶさたしました。

このたびは鄭重《ていちょう》なお心遣《こころづか》いまことにありがとうございます。おかげさまにて寒風にもめげず猛然と作業に精進《しょうじん》しておりますからご安心ください。

海兵団、土浦《つちうら》〔航空隊　茨城県〕、大井《おおい》〔航空隊　静岡県〕と、この一年間に恐ろしいくらいの変化が襲ってはまた去ってゆきました。そして早くも二度目の春を迎えました。現在の私がこうした環境によってどの程度変形され着色されているかは、自分にもよくわかりませんが、ともかく少尉に任官し、いちおう海軍の士官としての毎日の生活にはげんでいます。娑婆《しゃば》〔軍隊の外の社会、海軍用語〕の空気もさぞ変わったことと想像されますが、千葉の家は相変わらぬおだやかな毎日を迎えられておられるよし結構に存じます。戦局はいまだ邀撃《ようげき》作戦の域をでないので我々の意気も昂《あが》りませんが、やがて華々《はなばな》しい進攻に出る機会の到来を信じて待機しているしだいです。

私などにはまだ何もわかりませんが、日本の戦力はまだ十分の潜勢《せんせい》を持っていると思います。じっさい一次の世界大戦においてドイツの戦没学生がその手記*の中に言っているように、「これほど勇ましくたたかった国民が滅びなければならぬとは、どうしても信じられません」から、ともかく日本の国は私たちがきっと護《まも》りぬきます。

ただ、なによりも案ずるのは、私たちが護ったこの国が次の時代にいかなる生成をし、発展をするかということです。戦争直後の疲弊《ひへい》や変調よりももっと先の文化の問題が気になります。

武力による征服範囲が大きければ大きいだけ。しかし、我々がこの戦争をしなければならなくなった必然性には、ある自然——それはちょうど春浅い地殻《ちかく》を突き破って萌《も》えでる若草の芽が持つみずみずしい、いきいきとした生命力を孕《はら》んでいるように思います。安易な独善や神がかりに堕してはならないけれど、国民の一人一人がこうした生命力と信念をもって一塊《ひとかたまり》に燃えたっていったなら、なにも恐れるものはない、ほとんどすべてが可能になると信じます。こうした希望を持ってこそ、はじめていつでも悦《よろこ》んで死にうるという気もします。

世界人であることを忘れないようにといわれますけれど、私の理想も結局そこにあります。ただそこに達するまでに我々はあまりに弱いし不完全であるので、やむをえず戦争というもっとも醜い営みにも没頭せねばならぬのだと思います。民族の発展、神に近づかんとする人類の、むしろ貴《とうと》い過程であるかもしれません。

私の個体もこの大きな歴史の山の頂《いただき》に燃焼する。私はそれを快く見つめることができます。ただ私たちは自分たちの思想や仕事をうけついでくれるべき人間をあとに遺《のこ》したい。そんな意味からも堯明君、大典君、貞安君にぜひ私の意志をも継がせてほしいと思います。そして私のなしえなかった生活と理想を完成させてください。

そのころにはすでに戦争も終わって日本の国は文化の上で苦しまねばならぬ時代だろうと思いますから。

今日は十九年の最後の日です。来年こそは実施部隊〔実戦部隊〕に行って優秀な飛行機にのって思う存分の生活をするつもりです。

では、よい年を迎えられますように。

敬具

〔昭和十九年〕十二月三十一日

恵男

静岡県金谷《かなや》局気付

大井海軍航空隊

＊ ドイツ戦没学生の手記……第一次大戦におけるドイツ戦没学生の手紙をヴィットコップ教授が編集した『ドイツ戦歿学生の手紙』のこと。高橋健二氏の抄訳は一九三八年十一月、岩波新書の創刊にさいしその一冊として刊行され、学徒兵に広く読まれた。

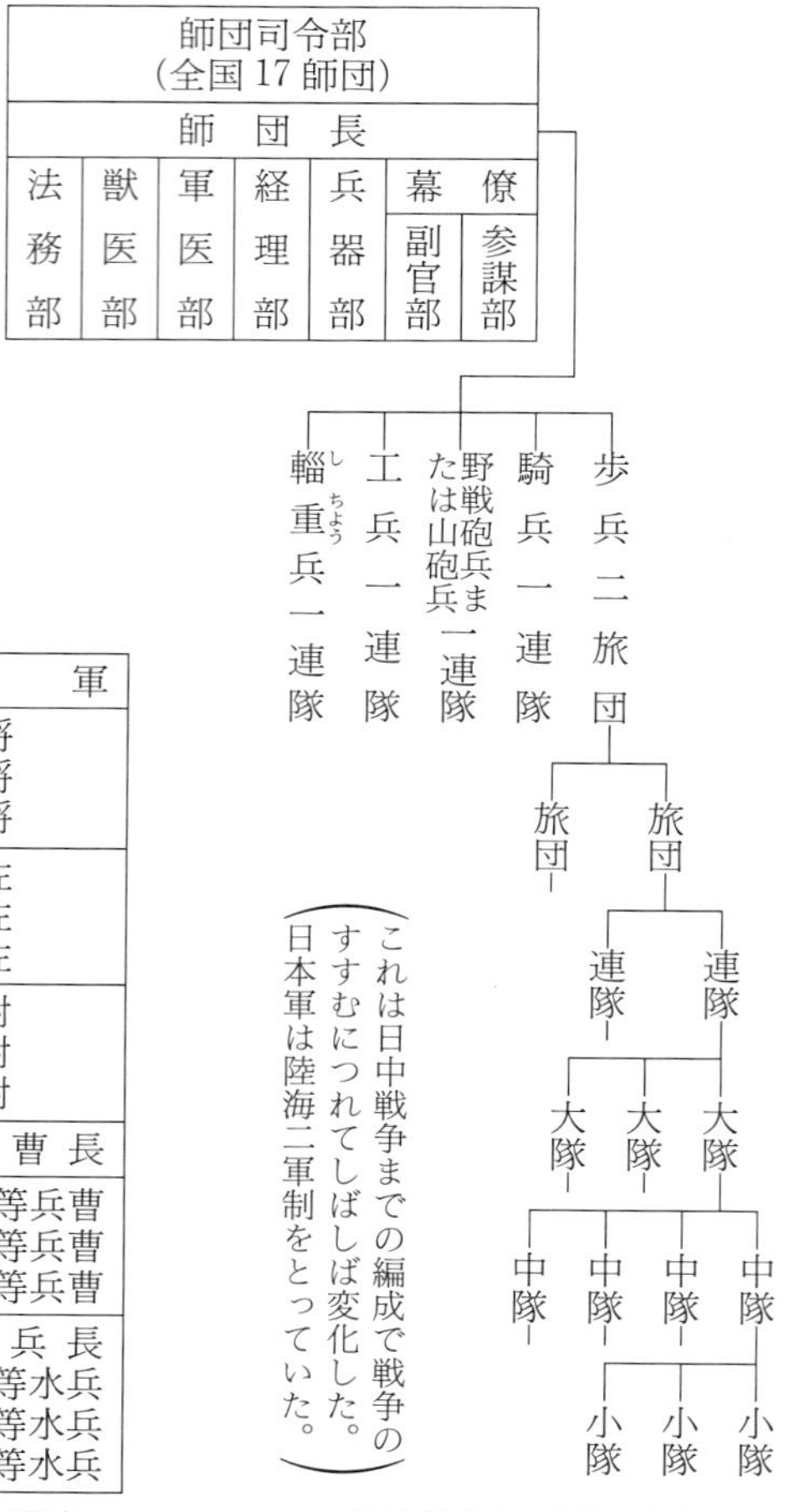

（これは日中戦争までの編成で戦争のすすむにつれてしばしば変化した。日本軍は陸海二軍制をとっていた。）

陸軍師団の平時編成

	陸軍	海軍
将官	大将 中将 少将	
佐官	大佐 中佐 少佐	
尉官	大尉 中尉 少尉	
准士官	准尉	兵曹長
下士官	曹長 軍曹 伍長	上等兵曹 一等兵曹 二等兵曹
兵	兵長 上等兵 一等兵 二等兵	水兵長 上等水兵 一等水兵 二等水兵

旧日本陸海軍の等級一覧表

一　大陸の戦野から

寝られぬままに、生きることと
死ぬことと考えた
いざというときには死ぬこともなんでもない
それにもまして生きることのすばらしさも
しみじみとわかるような気がした
それでもよいのだと思っている

椿文雄《つばきふみお》「陣中日記」昭和十四年一月十日より

年表(一)

一九三一(昭和六)年
9・18　満州事変始まる。日本軍、満州を制圧
一九三二(昭和七)年
3・1　「満州国」建国宣言
5・15　海軍軍人ら、犬養首相を暗殺
一九三三(昭和八)年
1・30　ヒトラー政権掌握、ナチス一党独裁へ
3・27　日本、国際連盟を脱退
一九三五(昭和十)年
2―4月　美濃部達吉の天皇機関説非難される
10・3　イタリア、エチオピアに侵攻
一九三六(昭和十一)年
2・26　陸軍部隊の反乱、鎮圧、二・二六事件
12・12　西安事件。中国、抗日民族統一戦線へ
一九三七(昭和十二)年
7・7　蘆溝橋事件おこる。日中全面戦争へ
12月　日本軍、南京占領、虐殺事件おこる
一九三八(昭和十三)年
1・16　「国民政府を対手とせず」と近衛声明
4・1　「国家総動員法」公布
一九三九(昭和十四)年
3月　大学で軍事教練必修となる
5―9月　ノモンハンで日ソ両軍衝突、停戦
8・23　独ソ不可侵条約調印
9・1　ドイツ、ポーランドに侵攻、第二次世界大戦始まる
一九四〇(昭和十五)年
3・30　汪兆銘の親日政権、南京に成立
9・27　日独伊三国同盟調印
10・12　大政翼賛会発足。政党政治の終末
一九四一(昭和十六)年
1・8　東条陸相「戦陣訓」を示達
4・13　日ソ中立条約調印
4・16　日米交渉の本格的開始
6・22　ドイツ軍、ソ連に侵攻。独ソ戦始まる
7・29　日本軍、南部仏印に進駐
8・1　アメリカ、対日石油禁輸
9・6　御前会議、対米英蘭開戦準備を決定
10・15　大学等の修業年限、臨時短縮決定
10・16　近衛内閣総辞職、18日、東条内閣成立

一九三一年九月、関東軍参謀の陰謀によって引きおこされた満州事変は日本の国家体制、社会生活、思想態度のすべてにわたる広範な変化のきっかけとなった。その後十五年にわたる日本の行動は、この事変と、その結果として生じた満州建国、国際連盟脱退、さらに一九三七年に始まる中国への大規模な侵略によって、取りかえしのつかない泥沼に入ることとなった。一九三〇年代の前半、ドイツにおけるナチスの政権獲得、ファッショ・イタリアのエチオピア侵略などに現れたファシズムの「世界進撃」において、日本はその先頭を切った。

満蒙を日本の「生命線」とする日本軍による満州占領から華北への侵攻とならんで、統帥権の独立を主張し暗殺や反乱を辞さない軍部と、天皇を現人神とする「日本の国体」を信奉する国粋主義者による自由な言論に対する攻撃は激しくなる。これに不況からの脱出を帝国の膨張と軍需景気に期待する動きが重なって、中国に対する戦争、シナ事変を肯定する風潮は日本社会に浸透してくる。三七年末の首都南京占領に前後して起こった非戦闘員・捕虜の多数の虐殺事件なども、劣等民族視していた中国人が、上海侵攻以来日本軍に対して展開した、予期せざる激しい抵抗に直面してなされた狂気の行動であった。戦線は南京から徐州へ、漢口へ、広東へと南北に果てしなく広がっていった。しかし中国を屈服させるめどさえも立たなかった。

三〇年代の末となるとすでに明確な反戦・反ファシズムの組織的勢力は壊滅状態にあった。一部の知識人は東亜新秩序を担うにふさわしい日本の建設という名目の下に盲目的な侵略主義を牽制しようとした。だがこうした東亜新秩序論は近衛の新体制運動となり、軍国主義に迎合する政治の流れに合体して大政翼賛会の成立に至り、政党政治を終わらせる。東亜新秩序の思想は太平洋戦争にいたって日本を盟主とする大東亜共栄圏構築の思想に発展した。

国際連盟を脱退して孤立した日本は、日中戦争の過程で、しだいに同じ国際社会の無法者ナチス・ドイツの世界支配の戦略に結びつくようになり、フランスを降伏させてヨーロッパ大陸を制覇したドイツと一九四〇年、日独伊三国同盟を結んだ。だがこれはドイツと戦っているイギリス、それを支援するアメリカとの交渉の道をせばめ、日中戦争の解決を困難ならしめた。一九四一年、ドイツのソ連侵攻が始まると、日本は北進してソ連を攻撃するか、南進してイギリス、オランダの植民地を押さえるかの岐路に立った。しかし、すでに一九三七年の乾岔子《カンチャーズ》島事件、三八年の張鼓峰《ちょうこほう》事件、三九年のノモンハン事件などの国境紛争で示されたソ連の実力は無視できなかった。むしろ北方に手が空いた現在、南方資源を押さえることが有利と判断し、日本はあえて南部仏印〔現、ベトナム〕に軍を進駐させた。日米交渉は決裂し、太平洋戦争が始まった。

中《なか》澤《ざわ》　薫《かおる》

一九一〇年（明治四十三）八月一日生。高知県出身
第三高等学校を経て、一九三三年（昭和八）三月、東京帝国大学文学部西洋史学科卒業
静岡県榛原中学校、高知県土佐中学校に勤務のかたわら、月刊伝道誌『光の友』編集
一九四二年七月、陸軍に入隊。中国各地を転戦
一九四四年七月九日、湖北省公安県新口付近にて戦死。陸軍兵長。三十三歳

……………

昭和七年十二月〔家郷への手紙より〕

私は新宿《しんじゆく》などの人混みをもまれながら歩いている時よく考えさせられます。現代人ことに都会人は全くいかにして生くべきかの問題で手一杯で、いかに生くべきかの問題を顧《かえり》みる余裕がないのだ。彼らにこの教えを説いても所詮《しよせん》は都会のアスファルトの上へ種

を播《ま》くようなものではなかろうかと……。

〔日記より〕

昭和八年五月一日

七時半起床。一日一生を活《い》きんかな。ドイツ語詩篇の暗誦。本日より当分の日課として……英語一〇頁、ドイツ語一〇頁、フランス語一時間、邦語五〇頁(哲学二〇頁、社会科学三〇頁)、これを果たせばあとは自由たるべし。いっさいを神の御《み》計らいに委《ゆだ》ねまつって自らの Beruf《ベルーフ》* と信ずる所に向かっておのが長所を伸ばすべく、自信のある生活をなすべし。

午後三根校長を訪う。名利の嵐に苦しめられる。熱禱す。"Hope"〔希望。ワッツ作〕の絵に慰められる。徴兵検査のための斬髪《ざんぱつ》を繰り上げて決行。新生への首途《かどで》をひそかに記念す……。

* ベルーフ……自分の職業を神の与えた使命とする、ドイツの宗教改革者マルチン・ルター(一四八三―一五四六)の信仰にもとづいている。

五月二十四日(水)

登校。文学部事務室で大学院入学願いのことを訊《き》き合わすと納金せよとのことにて家に打電す。午前歴史哲学。午後三時から緑会〔東大法学部の学生会〕主催のレコード・コンサートに出て、バッハ、ヘンデルを聴く。……

主よ、前途を一日も早く切り開いてくださいませ。私はこんな不生産的な窒息的な生活には耐えられません。私に職場をお与えくださいませ。主よ、打ち込んでやれる職を与えたまわんことを。

六月八日(木)

とうてい今の日本は自分を容《い》れ用いてくれそうにない。むしろ渡伯〔ブラジルへ行くこと〕すべきではなかろうか。主義*、信仰なる二つの厄介物を背負って狭き就職の門をパスしえんや。就職問題が男子にとっては信仰問題の関が原だとの塚本〔虎二〕先生の語を思い合わせて覚悟を決む。……

神様、あなたは私をまことに嫉《ねた》むまでに愛したまい、あなたからの些《いささ》かの隔離をもかくは著しき生活の行詰まりをもって、サタン〔悪魔〕の跳梁《ちょうりょう》をもって罰したもうとは。ああ、主よ、ただ御心《みこころ》をなしたまえ。神様、あなたはひどすぎます。私にも世界の若人なみの明朗な生活をお許しくださってもよいではありませんか。

＊ 主義……中澤氏は、大学在学中一時左翼運動に加わり、その後実践運動から退いた。

〃正義を河のごとく
　公道を泉のごとく流れしめよ※〃

※ 以下三編は氏の編集していた伝道誌『光の友』に掲載したもの。

◇イタリアとエチオピア、過剰人口のはけ口を求めるイタリアの死活の道といわれている。国民生存の必要、かつて聞き、今また聞くこの語の前に、いっさいの反対は口を緘《かん》し首《こうべ》を垂れるべきであろうか。

生きて行くための必要とあらば、すべてのことが許されんとする時代の到来が予想される。個人において国家において生活の必要の前にはたいがいの不埒《ふらち》を「かばかりの事は浮き世の習いぞ」と許容するに慣れた現代人に、イタリアの横車の貫徹はどれだけの自信と心やすさとを感ぜしめることか。

彼らのひそかなる標語「必要は正義なり」はここに、国際舞台において、その原則としての認可を受けけんとはする。必要は正義であるか。

弱肉強食。帝国主義的侵略の典型的なるもの。しかのみならず、ムッソリーニの魂胆《こんたん》、内政の行詰まりを華《はな》やかなる外征の功に糊塗《こと》せんとするにあること、英首相ボールドウィンが過般の保守党大会の明言に徴しても知るべし。伊国の学者論客の筆禍に舌禍に、禁獄の憂《う》き目を見るもの相継ぐのよし、実に独裁政権維持のために、内に外に暴力の行使憚《はばか》るところなき有様である。国内外の嵐に抗して、力は正義なりと嘯《うそぶ》いて立つムッソリーニ首相の鉄の姿は強気な現代人の偶像ではあるまいか。力は正義であるか。

神の正義が立たんがためには、その熱愛する祖国の滅亡を予言して憚らなかった古イスラエルの予言者たちより、「神の国とその義とを求めよ、さらばなくてならぬものは与えらるべし」と強く宣したもうた主イエス、さらに「真理に逆《さかろ》うて力なし。真理に従いて力あり」とさとせる使徒パウロに至るまで、基督《キリスト》教の旗幟《きし》はしごく鮮明である。正義は正義であって他の何物でもありえない。

人間中心にあらず、神本位なり。国家中心にあらず、正義本位なり。国滅びて山河あり。国民亡びて神の義の揚ぐるあれば足れりとするものが基督教である。

…………

大戦後の世界において、植民地不足をかこつ日本とイタリア、植民地をもぎとられたドイツとは将来問題をかもすべき三つの国と目せられて来た。而《しか》して、まず、満州事変、続いて伊エ〔イタリア・エチオピア〕戦争、その後に来たるべきものは？ ムッソリーニのイタリアと、同じくその内政ことに経済状態の悪化を蔽《おお》いえざるヒットラーのドイツに世界の眼は注がれる。かくて露骨な弱肉強食主義は、建艦競争の到来を思わしめる英米の海軍拡張計画の発表とともに大戦前を再現する憂《うれ》いがある。

国際的ににがにがしい局面の展開されるとともに、国内的にも生活がどんなに不愉快になることか。対外関係の緊張とともにサーベルをがちゃつかせるショービニズム〔排外的愛国主義〕が国内を風靡《ふうび》し無知な権力主義の跋扈《ばっこ》が始まり、世論の圧迫、人格の蹂躙《じゅうりん》、非道な搾取《さくしゅ》、無茶な酷使が国家の名において強制せられる。いたるところの団体に、社会に、家庭に小ムッソリーニや和製ヒットラーが出現し、ひとりよがりのご託宣《たくせん》に人々の共鳴を強《し》い、協力を恫喝《どうかつ》する。生きる悲哀はいや勝《まさ》り、いぶせき生の営みに侘《わ》びしさの涙がいや増す。…………

基督《キリスト》者の大死一番して、かのピラト〔ローマ帝国のユダヤ総督〕の前に引き出されしイエスの勇敢なる「然り《イエース》」や、ウォルムスの会議に呼び出されしルーテルの大胆なる「否《ノー》*」を口にしなければならぬ時は必然にして来るであろう、否、今日はすでにその時である。

(昭和十年十月)

…………

＊「然り」と「否」……『マタイ伝』第二十七章参照。一五二一年、神聖ローマ皇帝カール五世は、ヴォルムスで国会を開き、ルターを召喚し、自説の撤回を迫った。

◇…………極端な国家主義の鼓吹のみひたむきに続けられ来たり、今また国家対立の形勢著しき昨今の世界状態に会って、ファッショに狂う日本は人格の尊厳、個性の尊重など顧《かえり》みるに暇なき死語として葬り去らんとしつつある。悲しいかな、非キリスト教国日本。あるいは甘言により、あるいは恫喝により他人を利用する術を心得たる者、これを敏腕家、辣腕《らつわん》家、事業家《やりて》とたたえ、社会人の最大の資格として尊ぶ。ああ、眼には忍従の涙、額に苦悩の汗、喘《あえ》ぐ息に波打たせて屈《かが》める無力なる者の背を我が成功への階《きざはし》とばかり踏み鳴らして登る彼らの憎々しき足取りよ。地位の不安に脅《おび》ゆる下僚を、「お代わり沢山《たくさん》」をもって威嚇《いかく》しつつ、国家のためと号して、おのが売名事業に奴隷的奉仕を強いるがごとき上司のいかに多き！　討て権謀術数の野心家を！　(昭和十年十一月)

◇日支間の平和破れて巷《ちまた》に千人縫いの婦人の姿が目立ちます。一日も速き平和の回復を祈らずにはおられません。微々《びび》たる我らひとりびとりの祈りという気はいたしません。神と親しき関係にある個々の人がいかに神の御心を動かしえたか、その例は旧約聖書に豊富であります。十人の義人のゆえに町の滅亡を赦《ゆる》したもう神に向かって我らは祈るのであります。我ら一人の祈りに千人分、万人分の力があるのであります。元寇《げんこう》のさい、日本国の存亡の自己の双肩にかかれるを確信して立った日蓮の気持が少しはわかるような気がします。我らの祈りは確かに神様をゆさぶる力あるものなることを実感いたします。祈らずにおられましょうか、戦雲収むるの日一日も早からんことを！

（昭和十二年七月二十五日）

昭和十八年〔夫人への手紙　戦線から〕

……………全くどんな悲虐《ひぎやく》な運命が回って来ぬとも限らぬこの人生であり、特にこの時世であります。そしてどんなことがあろうとも、百遍も死んだほうがましと思うような時にもなおかつおのが責任を思うて最後の勇気を振るい起こして生き抜くこと、この地上に踏みとどまること、あの世へ逃げ込まぬこと――真個《しんこ》の宗教生活はそこから始まるのです。すべての尊いものはそこから流れ出るのです。小生特愛の賛美歌の一節に、「波風あらく寄せし日も、うからの為《ため》に世の為に、なやみにたえし心こそ、とこしえまでものこるなれ」というのがあります。小生の書斎の壁にワッツ〔イギリスの画家 一八一七―一九〇四〕という画家の「希望」という名画の複製がかけてあるでしょう。蒼然《そうぜん》と暮れ行く地球の上に座して眼かくしされた女が破れた竪琴《たてごと》をあかずかきならして、その破残《はざん》の一弦で神を賛美しているあの姿は深い思いがこめられていると思います。「神に栄光を帰《き》する」というヤソ臭い、ミソ臭い言葉がありますが、実際こんなときがんばって生き抜くことくらい人間として崇高なことはないと思います。…………

今の小生はこの信仰に立って生と死との間にそんな大きな隔絶を認めないところまで行っていますし、愛する者たちを神の大愛の手に委《ゆだ》ねることにほとんど不安を感じませんのでこんなことを筆にするのです。しかしまた一方「人はその使命を果たし終わるまでは死せざるものの如《ごと》し」というリビングストン〔スコットランドの宣教師 アフリカ奥地を探検した 一八一三―七三〕の言葉にも強く同感いたします。というのは小生はこの種の信仰に立って単なる教師ではない人生の真個の教師として（牧師になるなどはもってのほかですよ）生きたい使命感に今さらのように燃やされているのです。だが、いっさいは測《はか》るべからざる摂理《せつり》の御手の裡《うち》にあることですから目下の小生の心境をお前と子供らに書き遺します。

妻《さい》ノロ〔妻にあまいこと〕みたいで変ですが、お前からの便りを小生ずっと保存してあります。帰還の日があったら持ち帰りたいとも考えています。女は日々の営みに追われて書いた物など残らんものですし、銃後の忙しい時間をさいて眠りながらなした努力の所産として夫君出征という事情でもなければ書かれえたとも思えぬものですから。それに文字はお説の通りまずいがなかなかいい手紙だと思うものも少なくないようですから、よほど荷にならぬ限り焼き捨てまいと考えています。……　ではまた、草々

井上《いのうえ》　淳《あつし》

一九一九年(大正八)九月二日生。群馬県出身
立教大学予科を経て、一九四一年(昭和十六)十二月、同大学文学部哲学科卒業
予科から本科へ進学する間の一年、群馬県勢多郡で小学校代用教員
一九四二年二月、東部第四〇部隊(宇都宮)に入隊
一九四四年七月十八日、マリアナ方面にて戦死。陸軍兵長。二十四歳

〔児童の弁当栄養調査〕

べったりと廊下にすわり四、五人もの欠食児童が絵本をみている
欠食の子らも湯のみに湯をもらいしゃべりつつただ湯をのみており

火鉢のそばなかなかはなれぬ欠食児童に級長はやかましく座につけという

友等の血のりもかわかぬ北シナへあの金持ちはもう出かけていった

大きく大きく広がりてゆく不幸の意識押さえる気もなく歩いているわれ

今の我を信ずべからず酔いて夜更《よふ》け街歩みおる今の思いを

思想ばかり高遠になりても食えなくば仕方あるまじと父はまた言う

あんなにも熱烈だった拍手それなのにあの無産党候補はやっぱりおちたか

投票権もないのにひそかに願っていた鈴木茂三郎*やっぱりおちたか

何ごとも思うべからず本を読みて本に埋もれて死なんと思う

＊　鈴木茂三郎……一九三七年四月、衆議院選挙に立候補（日本無産党）して落選した。同年

十二月、人民戦線事件で逮捕される。（戦後、日本社会党委員長）

太田《おおた》慶一《けいいち》

一九一二年（明治四十五）一月二日生。東京都出身
第一高等学校を経て、一九三六年（昭和十一）三月、東京帝国大学経済学部卒業
龍門社青淵《せいえん》先生伝記資料編纂所勤務中、一九三八年三月、陸軍に入隊
一九三八年十月四日、江西省武寧県羅盤山にて戦死。陸軍伍長。二十六歳

昭和十二年七月十四日
乾岔子島《カンチャーズ》事件*で今にも日ソのあいだに衝突が起るかと思われたが、ソビエトの譲歩によって解決された。それが済んだと思うとすぐ、北支《ほくし》〔北華〕に大がかりな戦争行動*が起こされた。そしてもう一週間ほどになるのに事態はますます悪化する一方であるらしい。新聞は、ある日突然協力一致して政府を支持することに決定されて以来、論説や論調は手の裏を返したように軍国的となった。毎日、丸の内のあたりは号外で賑《にぎ》わった。各政治団体、経済団体、宗教団体などことごとく政府を支持する旨《むね》を声明しつつある。

ラジオは臨時ニュースを報道している。シナは、しばしば停戦するがごとく報道されてはすぐ翌日の新聞ではまた軍事行動を起こした。そのたびに事態は悪化した。蔣介石《しょうかいせき》は各地に動員令をくだし、軍隊はぞくぞく北支に集結されていると報道されている。しかし今日になってもまだ決定的な戦争にはならない。両方が妙に気抜けして二の足を踏んでいるようにさえ見える。関東軍*はいく度か「重大決意」をしているが、いったい何のことやら我々にはわからない。新聞には北支のニュース以外、何ものも注意さるべきものを掲載しなくなってしまった。毎日、新聞を切りぬきすることが忙しい。

＊　乾岔子島事件……一九三七年六月黒竜江上の小島、カンチャーズ島の領有をめぐっておこった日ソの衝突事件。

＊　北支に大がかりな戦争行動……七月七日、北京郊外蘆溝橋《ろこうきょう》付近の衝突を機に日中戦争は全面化する。日本はこれを「シナ事変」と称した。

＊　関東軍……一九一九年創設。中国の関東州、および満鉄沿線に駐屯した日本軍。満州事変後、司令部を長春(新京)に移し、司令官は全権大使と関東庁長官を兼ね、全満州における軍・政の全権を握っていた。四一年、全関東軍は十三個師団を擁し、その精鋭をほこった。太平洋戦局の悪化にしたがい、主力を南方に移動して弱体化し、四五年対ソ戦で壊滅した。その最盛期には軍国主義日本の大陸侵略の中心としての役割を果たした。

七月二十七日

北支の戦争はしだいに拡大されてゆくようだ。しばらく静かでシナの軍隊が撤退するとさえ報道されたのだが、この二、三日ふたたび激しくなった。召集令のおりるものも多い。

私の家の戸口にも赤い紙に第一補充兵*太田慶一、と書いた札がはってあって、いつでも動員令がおりるようになっているのである。

今日かなりな範囲に召集令がおりることはあらかじめ噂されていた。このつぎは第一補充兵を大々的に根こそぎもってゆくであろうと言われている。母はこれを聞くとすっかり考え込んでしまっている。私もだいたい覚悟している。

私の死んだ後では格別財産のようなものはないが、本だけは算之《さんの》介《すけ》〔子息〕に全部譲ることにしたいと思っている。私の書いた日記その他のものは、重要なものとしてまとめて、算之介の大きくなるまで保管しておいてもらいたいと思っている。私の死んだ後は私の父から直接算之介に承祖《しょうそ》相続されるのであるからたいした問題はないであろう。算之介の成人するまでの後見人としては土屋《つちや》喬雄《たかお》先生〔当時東大経済学部教授〕を頼みたいと思っている。つねに自然に対する愛と学問芸術への強い関心を育てるようにお願いできれば結構である。それも算之介の天分に応じた方法でたくさんであり、生計の道は自分自身が見いだすに任《まか》せられたい。ただどうかその点について算之介の忠告者であり、相談相手となってやっていただきたい。

妻は私の死んだあとは、父母祖母をたすけ、算之介を育てながら今の商売を手堅くやってゆかねばならぬ重い責任を負わされている。私はお前にそれが十分できると思っている。お前に対して私と結婚して以来何一つ愉快らしい生活をさせなかったが、これも何かの宿命であるに違いない。しかしお前にとっては上に書いたような重い責任を果たすことが何よりの社会的に意義のある生活を送る所以《ゆえん》であろうと思う。お前に対してはただ一つ別に言わねばならぬ。それはお前が並はずれて弱いからくれぐれも体を大事にしなければならぬことだ。

お前の身の振り方についてもいろいろ考えられるけれど、私はけっしてお前の自由を束縛しない。

＊　第一補充兵……徴兵検査の甲種合格者は現役兵となるが、平時には定員外の者は乙種とともに補充兵役となった。補充兵役のうち定員不足を充足すべき者が第一補充兵で、戦時に動員されるべき者が第二補充兵である。一九三七年七月以後、戦時動員が増加するとともに甲種、第一乙の全員が現役兵に徴集され、第二乙が第一補充兵となり第三乙が新設さ

れて第二補充兵となった。

九月二日

昨夜何カ月ぶりかで雨らしい雨が降った。今まで続いた暑熱も今朝はすっかり忘れられたようになり、北風が冷え冷えと吹いてきた。初秋らしい澄んだ空になった。今朝早く木挽《こびき》町の孝さんがやって来て召集令がくだったという。近所にもたくさん行く人があるらしい。氷屋の由《よ》っちゃん、乾物屋の一人息子、松葉屋の息子、巴《ともえ》屋の番頭、といったぐあいである。妻はすぐ木挽町へ出かけた。河崎のおっかさんが来ていておとよさんと二人で泣いていたそうだ。子供たちはあたしたちでちゃんと育ててやるから後のことは心配しないでいいが、あなたが今までさんざん苦労してやっとこれからという時になって戦争へ出るのではかわいそうだと言って泣いているのだという。私の祖母も母も妻からその話を聞いて涙をふいた。私もほろっとした。いよいよ身近に迫ってきたような感じがする。そしてもう前よりは平気になった。あそこで出る、ここでも出る、そう言われると門並びの軍籍関係*の中で誰が先に出るかがむしろ興味の中心となってきたのである。

長い計画の下に仕事をするということができないような情勢になってしまった。やりかけた仕事はたくさんあってどれも手をつけられないし、新しい仕事もないので今のところその日その日をかなり空虚に送っている。戦時体制下の仕事にふさわしい仕事でないかぎり何となく躊躇《ちゅうちょ》されるのである。毎日本屋を歩いて何か珍しい物はないかと捜したが、何も買うような本も見つからなかった。今さら戦争に関する新しい知識をあさるのもあさましい気がする。歴史に関する仕事はあまりのんきすぎるような気もする。文学などはいっそういけないように思われる。絵を描いているのも気兼ねだ。新しい生活の手順が必要とされるように思われる。

＊　軍籍関係……兵役には現役のほかに補充役、予備（後備）役、国民兵役があった。予備役は現役服務が終わって民間人に戻った四十歳までの者をいう。民間にある補充役、予備役の者（後に国民兵役の者も）は召集に応じる義務がある在郷兵で、これが軍籍関係者であり、在郷軍人会を構成する。

十月五日（火）　曇夜雨

また二十日間も過ぎ去った。いったい何をしていたのであろう。何だかいっさいの事態が絶えず急変するような気がするので、何か書くことが億劫《おっくう》なのかもしれない。そして戦争のことにしても国内情勢にしても私どものまるきり知らないことが起こっているのであるから全く見当がつかないので、こんなことからも日々の思想生活がみじめにうろたえているのではないかとも思われる。

十月十日(日)

今夜も召集が目立ってあった。酒屋の吉田さんや、日の出屋のお婿《むこ》さんなども召集をうけた。第一補充兵で私といっしょに検査をうけた人まで召集されているという話である。とるものもとりあえず出かけるというのは、日常の準備をよくしていない者にとってはなかなか困難なことだ。こうしてその日その日を自分の世俗的な生活の最後の日と覚悟して暮らすことはしかしできがたいことだ。またやってみない者にはわからないであろう。

今日こそ最後だと覚悟して生活することを私たちはなかなかおよびがたいことだと思うが、古来動乱期に生涯を送った何十億何百億という人が、やはりそうした日を送ったと思うと、なんでもないことのように思われる。私たちが何の感銘もなく読んでいる明治維新や戦国時代やの武士たちが、実はその一人一人がそうした日を送っていたのを思えば私たちの生活などは安楽のほうかもしれない。

いつ死ぬか、いつ無一文になるかわからないような時代には何の係累《けいるい》もない一人身のほうが気楽でずっといいと思われるのは人情かもしれない。しかし『ヘルマンとドロテア』〔ゲーテ作〕の中にある言葉のように、そんな時こそ妻があり、夫があり、子供があり、父があるほうが人間らしいのではないか。幸福な時にも不幸な時にもともに楽しみともに苦しむ者を持つ者こそが人間であるのではないか。

四、五日前私たちに大きな衝動を与えたのは、友田恭助《ともだきょうすけ》氏〔築地小劇場創立時の同人〕の戦死であった。彼は八隅《やすみ》部隊の工兵伍長として出征して、クリーク渡河作業中に戦死したのである。その記事は最初読売新聞に出たので私は知らなかったが、朝、社〔龍門社資料編纂所〕へ行って高橋君からきいて驚いた。そして家へ帰ってみると母がわざわざその新聞を借りておいてくれて、私に見せたほどだった。彼の死は新劇界のみならず一般インテリゲンチャのあいだに大きなショックを与えたに相違ない。ただいたましいと言うよりほかはなかった。私は新聞をよみながら涙がぽろぽろ出た。

『愛慾』〔武者小路実篤作〕の野中英助、『大寺学校』〔久保田万太郎作〕の校長、『大塩平八郎《おおしおへいはちろう》』〔森鷗外作〕の宇津木矩之丞《うつぎのりのじょう》、『リリオム』〔モルナール作〕、『どん底』〔ゴーリキー作〕の役者など、彼の演技は私が築地小劇場へよく行ったころに最も活動的であったようだ。その舌の少し長いようなセリフ、人なつこい風格、そうしたものは私には忘れようにも忘れられない。

いったい友田恭助氏が戦争で死ぬなんていったい誰が考えただろうか。世の中ってとんでもない意外なことばかりが起こるものだ。死んでみると友田氏の名はいかに人々の頭に植えつけられていたかがわかる。新劇など一度も見たこともないような人間まで友田氏の名をよく知っており、彼の死を悼《いた》んでいるのである。友田氏は私の家へよく美音《びおん》錠《じょう》という薬を買いに来た。*

＊　太田氏の家は薬屋をいとなんでいた。

勝《かつ》部《べ》勝《かつ》一《いち》

一九一五年(大正四)五月八日生。島根県出身

一九三六年(昭和十一)三月、山口高等商業学校卒業

日本製粉に勤務中、一九三七年八月、陸軍に入隊。中国戦線にて板垣兵団片野部隊鎌田隊に属す

一九三八年二月二十三日、山東省莒《りょ》県城外にて戦死。陸軍上等兵。二十二歳

昭和十二年十月二日(戦死者遺骨帰る)

午前中は銃剣術基本練習および体操。

午後三時四十分、全員舎前に整列す。今までの粟飯原《あいばら》部隊の戦死者三十六柱の遺骨が無言の凱旋《がいせん》をなすというので、三装*の服で星一つ*の肩章をつけて並んだ。既教育の一部は儀式の軍装で整列して浜田駅〔島根県〕まで出迎えに行く。その後全員は中島橋の東側より連隊の正門前まで二列横隊に堵列《とれつ》して遺骨の通過を待つが、かなり待って日も完全に西に傾きその影もなくなって、五時五十分ごろに行列の先頭が見えた。今まで久しく腰をおろして雑談していた我々もただちに不動の姿勢に返った。憲兵*二名の先導に続いて、陸軍関係の高官、参謀総長、陸軍大臣、教育総監、師団長、旅団長、部隊長、憲兵隊長その他一般の県知事をはじめとする団体長よりの幾十の花環の列に続いて、静々と一列に各々戦友に護られた勇士の遺骨が歩み進んだ。我々は一斉《いっせい》に「頭右《かしらみぎ》」の号令によって敬礼、目迎目送をなした。

　事変も幸いにして片づいて、真黒い顔をして元気よく帰る勇壮な凱旋と実に対蹠《たいしょ》的な凱旋だ。喪服を着用した遺族の人たちは遺骨のすぐ後に続いて行かれ、婦人の人たちの中には眼を赤めてシクシク泣いている人も見受けられ哀悼《あいとう》の念を禁じえなかった。同時に遺骨の最先頭にあった勇士の写真を見て非常に厳粛な身の引きしまるような気がした。連隊に帰り正門内に入るとちょうど祭礼が行なわれ、喇叭《ラッパ》の調子も低くにぶく聞くからに哀愁の情をそそる悲曲であった。街路に沿ってたかれたカガリ火も悲しみを増すのみのように思われてシーンとした連隊もさみしかった。

＊　銃剣術……白兵戦をその戦術上の特技としていた日本軍は銃剣による刺突の訓練を、日常兵科でも最重要視し、戦時下では隣組組織を通じて、一般市民や、女子にまで強制した。練習にさいしては木銃という木製の銃剣を使用して相互に試合を行なうほか、ワラ人形を使ってこれに突撃刺突の練習をくりかえし、兵隊の士気の鼓舞に役立てていた。

＊　三装……軍服には一装(礼式用)、二装(平服)、三装(演習服)の三種があった。

＊　星一つ……二等兵の階級章は、赤地に黄色い星一つであった。

＊　憲兵……一八八一年、軍事警察を任務として発足し、陸軍内部の秩序、軍紀の維持を主目的としていたが、しだいにその規模を拡大し、全国の市町村に配置されて、警察とともに、社会全般の秩序維持に干渉し、防諜活動から思想統制を行ない、特高警察と並んで思想弾圧に重要な役割を果たした。また、国外では軍国主義日本の植民地支配の尖兵と化した。

十月五日（野戦補充部隊出動）

起床時にはもはやものすごい降雨で営庭一面に水たまりができており、勤務者たちは全部防雨外套に身を包んで往来していた。野戦補充部隊〔戦地へ出動した部隊の留守隊〕の出発もいよいよ今日だ。朝から各中隊とも異常の緊張裡《り》に活動している。午前中は学科が四班であり築城に関する事項として散兵壕〔敵前に散開して、一人一人が入る壕〕の作成法の説明があった。午後は降雨の強度もウンと加わりそれこそ土砂《どしゃ》降りであった。食事当番に当たっており炊事場への行き帰りも大変であった。午後零時半になると出征部隊要員への面会人が山と押しかけ、表門のところではとても収容しきれず、やむをえず第一大隊の覆《ふく》体操場〔雨天体操場〕へ行くことを許されて大部分の人はそこへ来たが、ついにここへも収容し切れず、第二大隊のほうも満員になる有様、なお足らずして各中隊へまで押しかける。そのほか洗面所等も臨時面会所になり、許可あるなしにかかわらず人々が詰めかけた。

女の人の面会もずいぶん多く皆立派な着物を着ておられ、傘をさしながらも濡れるのも厭《いと》わず会いに来られたようである。実に人によっては今生《こんじょう》の生き別れとなる人もあるかもしれず、といって一方は軍の命令で出て行くもので仕方がないので、別れがたいような場面もいくらも見られ、しみじみと気の毒に思われ涙が出るような思いがした。

中には出征軍人の妻子のような人もたくさんおられ、出て行くお父様に抱かれた、いじらしい無邪気な何も知らずに抱かれたことをのみ喜ぶかに見える坊やを見ては、感傷的な人ならずとも一掬《いっきく》の涙を催させられたことであろう。また新妻として一人の主人が戦《いくさ》に出て行く姿を見て何やら心配してもの思わしげな別れ切れないのを、無理に別れて行かねばならない事情のため、非常に沈んだ気持で主人の後を離れ切らないような人も気の毒のいたりであった。また親戚ないしは近所の人のごとく見える人が一升瓶を抱えて来て出征者に飲めや食えで供応している人も見受けられ、皆万歳三唱をもって別れたようだ。

夕方四時ごろより雨もいくぶん細くなりだんだん止みそうになったが、夕陽をちぎれ雲の間から眺めて薄ら寒い黄昏《たそがれ》の営庭を傘を肩に帰られる面会者の姿もひとしお心細く見え、さぞ後ろ髪を引かれる思いであったことだろう。私なども飯取り〔中隊ごとの食事の分配。飯上げと同じ〕で帰隊の途中本当に淋しい気持に襲われた。

昭和十三年一月

大連《だいれん》〔中国東北部への玄関口〕沖入港は一月九日夕刻であった。四日間も狭苦しい貨物船の中で不自由を忍んで来たものだから、一刻も早く上陸したいのは精いっぱいの念願であったが、上陸に関する指示がなかったのでついにまた船の中で一夜を明かすことになった。

…………

十日になるとすでに午前四時ごろから起こされ、どうしても眠れなかった。早く起きて銃の手入れ、入浴、洗面、用便と非常に準備をよくして帰っている人もあった。

さすがにうれしい上陸の日の朝だ。命令には八時三十分上陸開始とあったが、七時になっても真暗で甲板上でも人の顔がわからないくらいであった。内地からだいぶ離れているので夜の明けるの、日の暮れるのが一時間違う。船もいつのまにやら埠頭《ふとう》に横づけになっていた。大きな陸のような桟橋の上に降り立つと風が非常に冷たくて真先に耳をおおわざるをえなかった。天気は非常によく、付近には大阪商船等の大客船も着いている。荷物の動きも非常に活発で汚ない黒ずんだ服を着た多数の満人*苦力《クーリー》〔下級労働者〕が、車《しゃ》力《りき》を持って往来しているさまはとうてい内地では見られない光景だ。ときどき小麦粉の袋をたくさんに積んだトラックが過ぎ行くのを見ると、職業がら〔勝部氏は製粉会社に勤務していた〕販路の遠くまで及びいるを喜ぶ心でいっぱいだ。桟橋からほど遠からぬところ、関東軍の陸軍倉庫にある交代兵の宿舎に入り、約二日休養することとなり、大連の入口をわずかばかり行軍したが、満人環視の中で威風堂々と行進するのはこのうえもなく愉快だ。

…………

*満人……ここでは満州事変により日本が軍事的に支配した「満州国」の居住民のこと。ここから大多数の漢族はじめ満州族、蒙古族などの人々を区別なしに「満州人」「満人」と呼称させた。

…………

兵舎に到《いた》ると交代して内地に帰還する兵隊がたくさんおりこれらと交代して兵舎に入ったわけだ。いろいろの準備で相当に時間がかかりようやく十二時少し前に落ちついて船から持って来た中食《ちゅうじき》を食べることができた。酒保《しゅほ》〔兵営内で日用品や飲食物を売る所〕も終始開設されており満人の商人がいて日用品とか菓子、うどんなどを売っている。珍しくてうどんを一杯食べたが実に美味だった。彼らが言いにくい日本語で応答するさまもどことなしに異郷に来たという感を深くさせる。…………

　大連を出発したのは一月十一日の午後九時であったが、これから向かうところは一路天津《てんしん》なりとの噂であった。窓外に見る家並みの灯のチラホラ見えるのも楽しかった。外出の思い出を思い起こさせるよすがともなってひとしお愛惜の念を深くさせた。これから列車はまっしぐらに奉天《ほうてん》〔瀋陽〕目指して北上するのだ。

　遼陽《りようよう》辺りまで来るともはや日も立派に明け放れて大連に向けて行く汽車待つ日満人の姿も多数ホームに見受けられたが、服装もわりあい簡単のごとく見えて寒気に対してはかなり鈍感なように見えたが、一様に毛のついた帽子を被《かぶ》り、中折れを被った人が見えなかったのも内地の都会とはだいぶ趣を異にするところだろう。

　その帽子も老若男女一様に使用している。この辺になると温度も非常に低く、遼陽で零下二十四度とかいって車外の寒気はものすごく、車内が暖かいので窓ガラスに付着する露もたちまちにして氷化して窓ガラスも瞬時にして結着するほどで、内地では想像もできない。

奉天に着いたのは午前十一時ごろであったが、ここでは相当に停車時間もあり、湯茶補給、中食夕食の給与もあり、さらに全員二組にわかれて市内見物に出された。

……………

駅からまっすぐに南に向かって行く大通りを行きつくすと右手に日露の戦役に陣没した数多《あまた》勇士の霊を祀《まつ》る忠霊塔〔戦没した軍人兵士を祀るため各地に建てられた〕があり、左手にはそれと差し向かいに満州中央銀行がある。山口高商で同級の橋都俊輔君、満人伝俊倫君らの働いているところだと思うと看板もことさら懐かしい。……………

なおここには日本製粉の子会社たる東洋製粉会社があり、先輩知己も数人活躍せられていると思うとはじめて来たところのような感じも薄らぐ。思いなしかちょうど目の前に小麦粉を積んだ荷馬車が止まっており、大きな店舗の中に一俵一俵と担《にな》い込むさまが見られ、近寄って見ると東洋製粉股份有限公司《コンス》〔株式会社〕の名で宝船のマークのついた分であった。

時間がないというので急いで帰って乗車するとすぐに発車した。時に午後一時四十分。鉄道の走る沿線は一面の広い野原で、冬のこととて作物はなく一望千里の荒涼たるものである。

……………

奉天を過ぎていよいよ天津に向かって行くようになると広い野原の中にも多数の亭々《ていてい》たる樹木があり、枯木のごとく全然葉がなくてわからないがアカシアだという話であった。また饅頭《まんじゅう》を据えたような砂山のごときものが見えるかと思うと、遥か彼方には巍々《ぎぎ》たる岩山が見えたりして、以前われらの粟飯原部隊の辛酸をなめたと言われる山西《さんせい》の山岳戦の行なわれたのも、かくのごときところかと想像させられるようなところもある。

…………

山海関《さんかいかん》〔万里の長城の東端に位置する〕には朝の六時ごろに着いたが、ここからシナ国内に入るのでシナ時間を用いることになり時計を一時間遅らせて五時十五分ちょうどに訂正させられた。今までの満州時間より一時間遅れるのであるから内地の時間よりちょうど二時間遅れることになる。

この辺に十数軒もあると思われる一つの部落があって、全部をまとめて一つの石とか煉瓦の壁の中に囲ったものであり、それ以外は家らしいものが見えない。やはり寒気に対するためと外敵に対する抵抗のためだろうと思惟《しい》された。

天津には十三日の夜到着したが、その晩には列車内で一夜を明かし不自由と思いながらもまるくなって眠った。翌十四日には午後二時ごろにはじめて慰問袋の分配を受けて煙草を多分にいただいて午後二時四十分ごろ出発、津浦《しんぽ》線〔天津—浦口・南京間の鉄道〕に入って済南《さいなん》

〔山東省の古都〕に向かって行くことになった。

黄河の近くになると鉄道警備の兵隊も多く弾薬食糧もたくさんに着いており、大戦争の一片を窺《うかが》わされた。正午ごろいよいよ大黄河の中に入った。鉄橋は爆破されて実に見るも無惨な光景である。河川の中ごろになると濁水がゴーゴーと流れており、撃破された鉄柱のために分厚い氷が一面に堰《せ》きとめられ、その上をシナ人が往来していた。中にはシナ兵の死体が二、三ころがっており、古いのは人体のさまはあるがすでに白骨が出ているので思わず顔をそむけるような気がした。

日本軍の工兵たちはこの寒空に実に営々として架橋作業に従事しており、鉄橋の一部ももはや架《か》け始められてあった。爆破された鉄橋を見ては今さらながら、爆薬の撃破力の偉大なるを思わされた。

それから行軍を起こして約二里を行くとほとんど日も暮れてしまい宿営の準備が必要であった。見知らぬところとて約二里ばかり無駄歩きをした後、午後八時ごろに小さい部落にたどり着き、真暗な空屋に多数入り込み、寒気はジンジンと襲いかかり本当に戦争に来た者の労苦のかくのごときものかと情けなかった。あまつさえ食糧の準備もなくて乾パンを使用すべしとのことにはいよいよ内地でおいしくいただいた夕食が思い浮かべられ、スパスパするパンを食べた時にはまずいと思ったことのある夕食のご馳走でもいかに恵まれたものであったかを痛感させられた。大きな焚火を真中に置いてたくさんの戦友が重なり合って眠ってしまったが、夜底冷えしてキツイ寒さが来て時ならぬ戦慄を覚えては突然目がさめてささやかな焚火に近寄ることが再三ではなかった。

…………

〔一月〕十四日午後二時半ごろ弁当分配の後慰問袋、慰問の煙草、清酒を各人に分けられ〔前出〕ここに懐かしの郷土から送られた品々をちょうだいして、非常に嬉しく思った。

慰問袋内容品

知事よりの挨拶状
今市高女〔現、出雲高校〕秀子氏より慰問文
那賀郡長浜村〔現在は浜田市内〕小学生図画二葉
真綿防寒肌着
この手帳〔北支の思出、島根県支那事変援護会と表紙に記入せる小型の手帳〕
寿留女《するめ》　三枚
松江検番〔芸者屋〕ひさ丸の写真
缶詰八宝菜《はっぽうさい》　一　福神漬　一

軍事郵便葉書
三色一口羊羹《ようかん》　一箱

二中隊全員三十二名のところ二十八袋しかなく、ために共同で受け取り中身を適当に分配する方法をとった。誰も一人一個宛もらいたかった様子であったが幸い自分は一個のほうに当たりゆうゆうと一袋をあけることができた。

慰問煙草は潤沢《じゅんたく》に渡り各人六俵〔袋〕（錦五俵、朝日一俵）であったが自分は他の戦友に皆分配した。

玉村付近討伐

二月五日午前一時、周村出発鉄路沿線を西下約五里、亭々たる立木の部落に到着、付近の麦畑を隔て、約三百メートルにて戦闘準備完了せしはちょうど明方なり。折からの暁霞を破る砲兵の一弾はものすごきばかりの音を立て、これに続いて天にこだまし地もひびかすかとばかり雨のごとく砲弾は部落めがけて集中せられ、たちまちにして部落は砂煙に包まれた。やがて豆を煎るかのごとき重機関銃の射撃は驚いて逃げまどう部落民を封じ込めた。我々歩兵部隊の部落侵入により家は一軒残らず掃蕩《そうとう》され、隠匿兵器は全部押収焼却、午後部落に火を放って、焔に包まれた部落を後に、大隊の主力は周村に引き揚げた。この部落では日本人二名が虐殺せられ、憲兵により一名は付近の廟堂《びょうどう》の裏の古井戸より発見せられ、犯人は三名挙げられ我らの手で銃殺せられて当該井戸の側に置かれた。

銃殺を見る

部落掃蕩に行きて殺人犯人を見いだし三人捕縛されたが、日本人死体一名が不明のため同人らを連行、種々拷問して捜索に努めた。我らの二中隊の一小隊はこの援護に行き、拷問を見て、後では目をそむけたいくらいであった。

翌日宿営地の大臨池より死体発見の井戸の側に行き、鎌田中隊長殿から銃殺の宣告を申し渡されいよいよ刑場の露と消えることになり、通訳がシナ語で告げた時にはさすがの大犯人らも観念したらしく目を白黒させていた。

まもなく井戸の側で目隠しをされてアンペラの上にすわっていた。突然一人が目の前の井戸の中に飛び込んでしまったので、真上から撃ち込み水中で苦しむのを殺した。他の二人は号令で発射されると同時に一言も発せず、グニャリと崩れて即死をとげた。横に寝かして竹蒲団を掛けて置いて来たが、いよいよ死んでみるとかわいそうにもあった。

渡《わた》邊《なべ》直《なお》己《き》

一九〇八年（明治四十一）六月四日生。広島県出身
一九三〇年（昭和五）三月、広島高等師範学校国漢科卒業
一九三一年二月、陸軍に入隊。幹部候補生となり、十一月除隊
同年十二月、呉市立高等女学校教諭
一九三七年七月、広島歩兵第十一連隊に再召集入隊。中国大陸各地に転戦
一九三九年八月二十一日、河北省天津県鹹水沽付近にて殉職。陸軍大尉。三十一歳

心決して征《い》かむ朝よ白々《しらじら》と双葉の山に雲光りたり
生きてまた相見む願いもはるけくて乱るる心に我昂《たか》ぶりぬ
事もなく戦死者を語る現役将校に特異なる神経を思うたまゆら
幾度か逆襲せる敵をしりぞけて夜が明け行けば涙流れぬ

戦死せる友が名ききて慌《あわただ》しく今日も出《い》で行くわが戦線に
保定《ほてい》*の灯が見ゆるというに兵士らは獣《けもの》の如《ごと》く歩みつづくる
手榴弾に打ち抜かれたるシナ兵が泡立つ血潮吐きて殪《たお》れぬ
風荒《すさ》ぶ山西*の野に今日もまた獣の如く闘いつづく
照準つけしままの姿勢に息絶えし少年もありき敵陣の中に
頑強なる抵抗をせし敵陣に泥にまみれしリーダーがありぬ
いたく死が恐ろしく思わるる日がありて今宵白々とめざめておりぬ
手榴弾に脚捥《も》がれたる正規兵に我が感情もすでに荒《すさ》みぬ

惨憺たる戦の幻覚に悩む夜は酒飲みて呆《ほう》けし如くにおりき

白々しき興奮の中の忘却と自慰とがわが戦場心理なりき

荒びたる感情に耐えて来たれども水清き故郷の山よ恋しき

わが傍に来たりし兵が忽《たちま》ちに肩射抜かれて血を噴き出しぬ

耐えて来し心を今や粉々に砕きて獣の如く荒れたし

逼《せま》り来る戦の幻影に悩みつついつしかわれも凶暴になりいぬ

射抜かれし運転手をのせて夜の道を帰りつつ思う共匪＊の強さを

敵包囲に落ちたりと思う半刻あまり白々と伏しし心言いがたし

涙流してわれを迎えし村人に飢えて歩けぬ女雑《まじ》りぬ

シナ民族の力怪しく思わるる夜よしどろに酔いて眠れる

壕の中に座せしめて撃ちし朱占匪*は哀願もせず眼をあきしまま

最後まで抵抗せしは色白き青年とその父親なりき

涙ぬぐいて逆襲し来る敵兵は髪長き広西*学生軍なりき

校庭に泰山木《たいさんぼく》も咲きつらむ三年を遠く戦いて来し

兵隊は気荒らで嫌と言い切りし女ありわれは聞きおりき

＊　保定……当時、河北省の省都　山西……山西省、黄河上流　広西……広西省、華南。

＊　共匪……中国共産党軍、華北では八路軍のこと。

＊　朱占……土着武装集団の一首領。

〔雑記帳「戦塵」に記された言葉より〕

○俺の墓碑銘には「彼は歌を愛し、苦しみ、而して死せり」と書いて貰いたい。

○今まで俺は生きるための教育をやって来た。戦は自分に死ぬための教育を課した。

○膨大な土地とおびただしい人口はそれ自身力である。

○今回の日支事変はシナ民衆にシナ統一の可能性を現実に血潮をもって確認せしめた。

○戦争を漫画化し戯画化したジャーナリズムは、そのことによって欺瞞的な罪悪をなし、安価な似而非《えせ》愛国主義を氾濫せしめた。

松《まつ》永《なが》茂《しげ》雄《お》〔二三ページ参照〕

ギネメルとマンフレッド※

人の心の奥底に流れるもの、
それは愛と争闘の本能である。

ギネメルは賢い青年だった。
戦争とは殺人の別名に過ぎない、
ギネメルはそう信じていた。
彼は争闘を憎み死を恐れた。
けれど祖国を愛するゆえに、
彼は武器を執《と》った。
一人の敵を殺すごとに
彼は殺人を意識した。

マンフレッドは無邪気な青年だった。
彼は祖国を愛するゆえに戦った。
彼は戦争の悲惨も死の恐怖も、
考えてみたことがなかった。
彼にとっては戦争はスポーツだった。
敵を殺した時に彼は何の苦悩も持たず、
祖国につくした喜びを感じた。

やがて二人は戦死したが、
戦争はやはり続いていた。
二人の死は戦争にも祖国の運命にも、
何も影響を与えなかったように見える。

私たちはギネメルの苦悩を持つか、
マンフレッドの陽気さで生きて行くか、
どっちにしても自分にも人間全体にも、
けっきょく同じものを与えるに過ぎないのだ。

※　『ゆめみこ』第六号所載。『ゆめみこ』は松永兄弟、立原道造などが出した同人誌、第六号は一九三六年二月刊行。

〔『学徒兵の手記』※より〕

※　松永氏の遺稿集。一九四〇年五月、弟龍樹氏の編集により非売品として刊行された。

〔佐藤謙三氏〔先生〕への手紙〕　一九三七・一一・一一

お手紙本日入手。昨日富士から帰りました。近日出発します。くわしくは龍樹〔弟〕からお聞きください。僕も鷗外《おうがい》は特別に好きです。全集嫌いの僕が鷗外全集だけは欲しいと思っております。遊びの気持もわかります。「読書が好きなのだ。目的も効用もない」というのもわかるつもりです。でも、やっぱり賛成しきれません。理論のない「遊び」や「行」は、その人にとってはそれでいい。けれどそれは塚原卜伝《つかはらぼくでん》の剣法、曲《ま》垣平九郎《がきへいくろう》の馬術で、やっぱり咎《とが》められなければならないと思うのです。アメリカのクリスチャンの間に行なわれるグラッド・プレイというのをご存知ですか。何でも喜んで常に朗らかに生きるというのです。でも僕は、特に朗らかなのは賛成しません。つけ元気でないいつも朗らかな人は羨《うらや》ましいと言われたのを、意地になって反駁《はんばく》するのではありませんが、朗らかさがもし神経の太さ、無識の勇気に基くものならちっとも羨ましいと思いません。科学的冷静――それが僕の望みです。――だから出征の時は生命の危険のプロバビリチーの多さに従って青くなり唇を紫にしたってちっとも恥ずかしいことはないと思っています。元気な奴は無神経か馬鹿です。もちろんお言葉もそういう意味だったかと思います。

今、日夕点呼*が終わったところ、外出時間の問題で少しのぼせて、ご自慢の科学的冷静がふらついているところです。少し余白がありますが今日はこれで失礼します。

欧州大戦終結の記念日〔一九一八年十一月十一日、第一次世界大戦が終結〕、最後の外出を前にして。

＊日夕点呼……軍隊内で、事故の有無を確かめ、人員を点検するために行なわれた日課のひとつ。朝、起床と同時に行なわれるのが日朝点呼、夜、就床前に行なわれるのが日夕点呼である。軍隊内部の長い慣習では、とくに日夕点呼は、その日一日の反省というたてまえから、私的制裁がもっとも激しく行なわれ、そのため新兵にとって、それは「恐怖の時間」を意味した。

〔母への手紙〕

一一・一八

まだ出発はわかりません。また一週間もいるのではないかと心配しています。今日はまた注射です。毎日ほとんど自由なので皆翼をのばして遊んでおります。泊まっているところが遊廓や盛り場の近くなので広島をご存じのお母様はあるいはご心配かと思いますが、身体もお金も大切にしておりますからご安心ください(この前東京でお金が要ったのは、別れる人たちに記念品を買ったり煙草やウィスキーを贈ったからです)。兵隊仲間のつきあいはありますが、喫茶店か玉ころがしくらいしか行かず、あとは単独行動で宿舎で勉強したり、文理科大学〔現、広島大学〕の研究室を訪問したり、学生や先生ともお近づきになって、少しでも学問のために努めております。生還期しがたい今日でも、とにかく戦死の日まで一日でも学識を弘《ひろ》め教養を深くすることこそ軍務に尽くす以外の日本男子の真の使命を果たす所以《ゆえん》だと思っております。黙々として広島名物のかきのように尊い努めを果したいと思っております。どうぞこちらのご心配はなさらないで、おん身お大切に。

〔母への手紙〕　一二・一三

今日分隊長が公用で上海《シャンハイ》へ行くので軍事郵便でなしに封書で出していただくことにしました。中隊では封緘《ふうかん》ハガキも許されないのです。任務行動に関しては、いくら封書でも遠慮しますが、上海から遠くない土地に半永久的な設備をして泊まっています。風呂も炊事も暖房も完備して東京の兵舎よりずっと住み心地のよい生活です。そのかわり毎日のように勤務ですが、それも気がまぎれておもしろいくらい。租界〔行政・警察権を備えた外国人居留地〕で武装解除された敗残兵の、また租界から脱走したものが、二、三名、五、六名ずつ部落の良民を略奪しに来るくらいのものでほとんど危険はありません。一緒に補充で行った四十人の中では立哨〔歩哨に立つこと〕中に股に銃創を受けた人が一人あるだけで皆無事です。

先日上海共同租界の示威行軍をやった時には手榴弾《しゆりゆうだん》を投げられたり、シナ巡警が狙撃され(日本兵を狙ったのが外《はず》れて)たり、英人が日章旗を破ったりして、ちょっとおもしろい目に遭《あ》いました。シナ兵の死体はたくさん見てもう何ともありません。刀を使うような機会はないので、袋に入れたまま壁に吊ってあります。

現在のところへ来てから海軍の陸戦隊〔海軍の陸上戦闘部隊〕とは受持が違うので、海軍の人などちっとも見なくなりました。加藤さんはもうお帰りになったのでしょうか。

もう時間がないのでこれだけにします。とにかく愉快に元気でくらしています。でもいつも油断はしていませんからご安心ください。この手紙受け取ったら十二月十三日付の通信受け取ったとだけお書きください。「手紙」とか「詳しい内容」とか書くと困りますから。

龍樹、雄甲〔弟〕、女中さんたち元気ですか。中尾さん、野津さんなどへよろしくお伝えください。右急いで書きましたのでわかりにくいところもありましょう、ご免あそばせ。

龍樹さん

凱旋はいつのことかわからないが、とにかく生きて帰れそうだしあんがい早いかもしれません。二月か三月ごろだったら学校のほうどうにか及第できるかどうか確かなところを知りたいのですが、追試験などいつごろまでできるものか、またそれによって僕が急に帰ってまごつきそうな学課などどんな方法ででも僕に覚えいいようにしておいてください。

佐藤先生やグループの人たちによろしく。

雄甲さん

テカさん〔兄弟の東京府立一中時代の恩師〕の隊とは全然別の方面になってしまって、どこにどうしておられるやらわかりません。風邪をひかないように勉強なさい。

女中さんたちへ

お風呂たきやご飯炊きをやらされてます。帰ったら手伝いますよ。軍隊式のお料理法も教えてあげます。

〔立原道造《たちはらみちぞう》氏〔友人 詩人 一九一四―三九〕への手紙〕　一九三八・一・三

油屋〔信濃追分の旅館、文学者間に有名〕が焼けたとのこと遺憾に思います。君からまだ一度もおたよりがないので不安にも淋しくも思っております。三好《みよし》さん〔達治 詩人〕、津村《つむら》さん〔信夫 詩人〕、保田《やすだ》さん〔與重郎 文芸評論家〕、などのご近況おしらせください。堀〔辰雄 作家〕さんの『かげろふの日記』はどんな評判ですか。僕はこうしてくらしていてもカロッサ先生〔ドイツの医師・作家 一八七八―一九五六〕のような思い出も浮かんで来ないし、おもしろい従軍記〔第一次大戦中のカロッサ『ルーマニア日記』〕もできそうにもありません。ただ君が『暁と夕の詩』の装幀に夢中になっていたように、日本文学史の構想をくりかえしくりかえし……いつできるかもわからないものを夢みています。

…………

〔グループへの手紙〕

一九三八・一・七

…………僕は帰ったら皆を驚倒させるであろうある行動をするつもりだ。いろいろ考えたが学校は中野君〔友人〕の知らせによるとずいぶん変わったらしい。君たちはそれをソッポ向いてすますつもりなのか。僕は帰ってみて、状況によっては退学してもいいと思っている。とにかく内地の奴らのタルミ方には僕たちはずいぶん腹を立てているんだ。無識の愛国行為、性急な戦捷騒《せんしよう》ぎニガニガシキきわみなり。少し真剣に我々のことも考えてくれるがいい。ずいぶん不平や叱言《こごと》を並べたが、今日は少し気が立ってるので許してくれ。…………

〔柿岡よしの氏〔友人の母〕への手紙〕

一・一一

時正様へおたよりする時には十中八九までご返事はいただけないものと覚悟しており

ます。それを思いがけなくお母様からご丁寧な長いお手紙とお歌までいただきまして「ころんでも科学的」なはずのさすがの科学主義者も目がしらが熱くなるのをとめられませんでした。本当に本当にうれしくお礼申し上げます。時正様も論文にご精励と承《うけたまわ》り、百万の援軍が上陸したよりも安心いたしました。こうして今までになく長い月日をお別れして過ごすのは淋しいことではございますが、家にいればご迷惑と知りつつ三日とお邪魔せずにはいられない私、こういうことでお側《そば》を離れたのもかえってよかったかとも思われます。私がおりませんでも弟がいろいろご迷惑かけておりますとのこと、これもつながる悪因縁とお許しくださいませ。欲しいものはないかとのお言葉ありがとう存じますが、今のところ衣食ともに何の不自由もなく、恋しいものと言っては、母の手料理ぐらいのもの、これでは送っていただくこともできませんから。ご心配なさらないでくださいませ。煙草と酒が安く手に入るのは、本当に助かります。お察しの通り書物のないのが一番の苦痛でございますが、それでもいつのまにか四、五冊は抱え込んでおりますし、それ以上は時間も許しません。何の二年や三年書物と離れていたところで同学の友などに負けるものか帰ったら日本軍の南京攻略以上の勢いで勉強してみせるぞと意気込んでおります。ここまで書いて来て余白がございますので、恋しいものを考えて並べてみます(送っていただくためではございません。それにたいていはいくらおばさまでもお送りになれまいと存じます）。で恋しいものは、時正君のお部屋、女学生や芸者さんのいっぱいいる蜜豆屋、舞踊の会、静かな音楽、夜の青山墓地通り、自分の本箱、それから幾人かの子供たち。両親や兄弟や、家のことは安心しているせいかそんなに恋しいとは思いません。詩趣に富んだ江南《こうなん》の浅春ではございますが、横槊《おうさく》詩人*の真似もできませんし、西風に寄せて死とのランデブーを歌う欧米詩人の真似も気がひけますので、お歌のほうはお返しなしで許していただきます。皆様によろしく。

＊　横槊詩人……魏の曹操《そうそう》のこと。彼が戦陣で詩を作った故事に基づく蘇軾《そしょく》「横ㇾ槊《ほこ》賦ㇾ詩」による。

〔稲田済《わたる》氏〔友人〕への手紙〕　一・二九

二度目のお葉書昨日拝受、叱言の効果に驚いています。だが感情の行違いができやしないかとの心配は考え過ぎでしょう。半年や一年でそんなことになるようなグルッペ〔グループ〕は解散したほうがいい。ましてハイド・パークやピーター・パンの国へでも行ったことか、上海は東京とは眼と鼻の間、世界地図でこそ指ではかって三つ半もありましようが、火星や金星から見ればキスでもできそうにくっついているところです。

こちらでの生活が僕に新しいものを与えてくれたとしても、それは君たちが東京での学校生活の間に得て行かれるものに比べてむしろ小さいのではないかと思います。中野がよくひっぱり出す海音寺〔潮五郎〕氏の時代物に『火術伝来記』というのがありました。後に織豊《しよくほう》時代の稲留伊賀という武士が砲術の伝承のために武士の面目を捨てて逃げ、後に周囲から白眼視され自分の娘にさえ信じられなくなって、しかも砲術を守って行くという筋でした。僕の文芸学が稲留流の砲術よりは値うちのあるものだとしたら、僕は現代に生まれたことを感謝しなければならない。昔の戦争は武勇と栄光によって戦われ、近代の戦争は集団の力と犠牲の精神で闘われた。だが現代の戦争には詩人の熱狂は今はない——少なくとも戦争の行なわれている土地にはないのです。私たちの戦争の物語をいつかグルッペのパーティで紹介する時が来たならば、諸君が眼を瞠《みは》るような報告ができると思っています。それを君やオケサ君、布施《ふせ》君〔友人《ともに》〕がいかに批判されるか僕はたのしみにしているのです。ではまた。

二・二〇

〔稲田済氏への手紙※〕

※　五枚つづきの葉書のうちの一枚。

3　生活と学問の問題

生活なくして学問はない。だが学問を離れた生活は無用だ。生活は学問のためであり学問は生活に支えられる。そこには問題はない。社会と学問の衝突。そこで採るべき道が岐《わか》れる。僕は隠者もご用学者も嫌いだ。一九四〇年、僕らは学派の宣言をしよう。時に二十八歳、カントが星雲説を発表した年齢だ。それまでに斃《たお》れたら〇〇式諦観あるのみだ。

二・二五

〔グループへの手紙〕

私たちはなぜ文芸学者たらんとするか。私たちの仕事の目標は何であるか。今日の社会情勢に対して私たちはいかなる態度を採るべきであるか。それらの問題について何か不安らしい多くのたよりが陣中の私にこうしてペンを採らせるのだ。K氏〔風巻景次郎氏〕への不満はよくわかる。だが最後に頼るべきものは師でもなく先輩でもなくグループ自身、その中でも自分ひとりだということを忘れてはいけない。頼るべきものは自分だけだ。(文芸学) 私たちは重大な時代に生まれている。祖国の大発展期――しかもそれは一歩を誤れば亡国の危機にもなるものなのだ。私たちは大きく高いところに目をつけなければならない。私たちは常に自覚をもって自分たちの使命に邁進しなければならない。私はグループの同志たちが熱烈な愛国者であり、そしてより以上に熱烈な真理の使徒であることを疑わない。君たちは自分だけの向上、自分だけの完成に甘んじてはならない。

なぜなら、指導的な人間としての能力を恵まれた選ばれたる少数に属する一人一人なのだから。こちらへ来てから、私はそのことをいっそう確信するようになった。君たちは、自分の価値を疑ってはならない。数多い同胞の中に君たちほど恵まれた人は少ないのだ。このことを基底として私たちの使命が考えられる。

　私たちの祖国は日ごとに強大になって行く。それは悦ばしいことであろう。だが、私たちはすでに自分たちが政治家や事業家ではなくて一個の人文学者としての自らの道を選んだのだ。それならば日本が英米をしのぐ大国家になろうとも、デンマークのような小国であろうとも、私たちの文化への使命には変わりがないはずだ。私たちは日本をマケドニヤや蒙古のように了《おわ》らせたくない、ギリシャのようにフランスのようにあらせたいのだ。その欲求を否定するならば言うことはない。だがそれは私がかつて呼んだように文化本能とも言うべきものである。その欲求の生まれる所以《ゆえん》は、人間の最も根本的な欲求――自己保存、自己拡張の欲求の理想化されたものにほかならない。ただうたかたの人の世に誰か永遠の生命を願わないものがあろうか。個人にとっても国家民族にとっても目標は同じであるはずだ。…………

（知性）　人間は知性の動物である。人は感情や感覚だけで生きるものではない。神の愛とは知性をとおしての愛である。ホームシックや忠君愛国の愛は無価値な愛である。

より高い芸術とはより高い知性によるものである。〔忘れないために知性のことを言うのだ。〕

〔夢・ロマンチーク〕　夢は大切である。しかし知性によって崩壊するような夢は真に価値のあるものではない。真実と知性とに濾された夢だけが尊い。

〔生命をこめて〕　立木〔弟龍樹氏のこと〕の〝生命をこめて〟という言葉はうれしかった。生命をこめて怠けているものは生命なしに勉強しているものより偉大な仕事をしているのだ。詩人や芸術家には前者が多く学者や俗人には後者が多い。そこでワタル〔友人稲田氏のこと〕の送ってくれたダビンチのパラドックス〝偉大な才能は何もしていない時に最も仕事をしている〟が成り立つのだ。…………

〔母への手紙〕　三・六

今日は日本のおかあ様の日〔皇后の誕生日、敗戦前「地久節」と呼んで祝った〕、遥かにお祝い申し上げます。シナ土民のおかあさんたちにも何かちょっとしたことでも優しい感謝の気持を見せてあげたいと思っております。昨日雄甲と龍樹の夢を見ました。はじめてでした。おとうさまは一度も。いけないことでしょうか。でも弟たちの夢っていうのは二人が寒くて寝られないと言っているので毛布か何かかけてやった夢でした。自分が薄着でねてちょっと寒かったのでそんな夢を見たのでしょう。でもふだんはちっとも寒くないのでご心配には及びません。試験〔二人の＝弟龍樹氏の注〕のことがちょっと気になったせいもありましょうか。…………

四・一

〔柿岡時正氏への手紙より〕

オデッセイ

おろかな私たちは空しいさだめのままに
名も知れぬ無限の戦《いくさ》を戦っている
地図を持たない私らの旅のはてに
待っているものは栄光か屈辱か

人間の知性を麻痺させてしまうような
困苦欠乏の連続の間にも
浅薄な偽《いつわり》の正義は正体を露《あら》わし
兵士らは道化《どうけ》た自分らの使命を覚《さと》った

祖国への信頼を失ったものたちに
帰るべき心のふるさとはすでになく
残されたものはただ行方のない郷愁ばかり

かくても日本を恋うる人々は幸福である
でもかわいそうにそれは野鴨の幸福〔イプセン『野鴨』参照〕である
光に遭《あ》うと色褪《あ》せる偽の青い鳥である

〔布施紀郎氏への手紙より〕　四・一〇

小鳥に与える

小鳥よ　そんなに慄《ふる》えるのではない
お前はいつも臆病すぎるのだ
誰だってお前のように可愛いものを
いつまでも忘れておくことはできやしない

だって　思いだしてもごらんよ

あの何年も続いた世界中の
鋼鉄と火との大あらしの間にさえも
お前はお前の巣を失わなかったではないか

そうは言え隠れていたいなら隠れているがいい
心ない誰かが餓《う》えた血の犠牲に
お前を照準することがないとは言えないのだから

永劫のなかにとり残されたような
この街の城壁を守って　日々
私はお前へのひそかな愛情を感じている

〔「灰色の背の手帳」より〕

戦争と平和

最後に頼るべきものは自分の力だけだ
そうして私にとってはわずかな知識と知性的訓練の力だけだ

勇気と誠実とは万人に望まれる
学徒にはその上に冷静な知性が望まれる

大衆は身をもって戦っていると誰かが言った
大衆は果たして戦争を体験しているだろうか
戦争は〝少数〟のみによって戦われている
兵隊は機械のように動いているだけだ

兵士たちの体験はみな違っており
しかも大切なことは一つも体験していない
彼らはありのままを見ることができないのだ

大衆は無知であるゆえに戦争を知らない
ジャーナリストは賢いけれど真実を持たない
インテリこそ戦争を体験しうる唯一の階級だ

中国少年に贈る別れの歌

さよなら　たのしかった三日間の友だちよ
私はいつまでも居たいのだけれど
　　秋が私を呼んでいる

明日私たちは江《こう》〔揚子江〕を遡《さかのぼ》るであろう
お前のおしえてくれた小羊の唄を
心のうちにくりかえしくりかえしながら
やがて私は潯陽江頭瑟々《じんようこうとうしつしつ》〔唐の白楽天の詩「琵琶行」の一節〕の秋に
なかばかくしたと言うその人の俤《おもかげ》を
心ゆくまで偲《しの》ぶことであろう

おもえば私たちのであいも
琵琶行《びわこう》のそれのように奇《く》しく
そして別れはそれよりも哀《かな》しかった

友だちでいようね　いつまでもいつまでも
一九三八・八・一七　これはソネット*にならない

＊ソネット……西欧の定型詩で脚韻をふんだ十四行詩。この詩は十三行の詩である。

〔柿岡時正氏への手紙〕　六・二九

退院？　河出書房の『廿世紀思想』ってのどうでしょう。よさそうだったら立木に買わせてください（君が買う必要はないだろう）。『学窓文化』〔雑誌〕は今年いっぱいぐらい見合わせたほうがよくはないかと思う。やむにやまれぬ気持が君たちの間にできたのでなければ。
折口《おりくち》〔信夫　歌人・国文学者　釈迢空　母校の教授　一八八七—一九五三〕氏の『古代研究』絶版とは恐ろしいご時勢ですね。僕はとても学校にはいられないだろう。勤労奉仕だけでもご免だ。やっぱり京都へ行って勉強したいと思うのです。いっしょに行きませんか。ではおうちのかたがたによろしく。

〔雄甲への手紙〕　八・一一

夏休みと犬と火事の手紙見ました。武勇談や戦記は書いてはいけないのです。帰ったって話したくはない。勝手に想像してください。詩や歌も嫌なんだけれど、気まぐれに詠《よ》んだ歌一首、三カ月以上前のです。

　血まみれの兵らよろめき来る壕の縁に
　　今日を初陣《ういじん》のわがすくみおり

如何《いかが》？

誰が何と言っても戦争ってきたなくてむごたらしくていやあなものです。これも人生の必然なら欣《よろこ》んでしなければならないんだが。ウソッパチの新聞武勇談みたいなことは現代の戦争にはないと思いなさい。僕には許されても書けないよ、さいなら。

〔宛名日付不明　遺品の中にあった手紙〕

霧と秋草とが美しい。現実の砲火や戦死者の姿に映画や文学でのような迫ったものを感じえない僕はヘンリ・ウォットン〔イギリスの詩人・外交官 一五六八―一六三九〕の亜流だろうか、戦争は不潔で惨酷だと言う。あるいは戦争は退屈でばからしいと言う。僕はその人たちに反問する、人生そのものが不潔で惨酷で退屈でばからしいのじゃないかと。野上弥生子《のがみやえこ》の『デビド』*が『婦人公論』に連載されてるのは時局がらうれしい。おかあさまによろしく。

＊『デビド』……エレナ・ポーター作『Just David』。野上氏はこれを「美しき世界」と改

題して翻訳し、一九三八年五月から十五回に分けて連載した。

〔母への手紙〕　　一一・一二

おかあさま　随分ご心配なさったことでしょうがお体にさわらなかったのならいいがと祈っております。

申しわけのないことですが、今度の戦闘の地形と気候には頑張りきれず、山岳戦一カ月、山岳地帯を突破してもう一歩で徳安《とくあん》〔江西省の北部〕という時、ついに前線から落伍し野戦病院〔戦場に仮設された軍病院〕に収容されました。病気はマラリヤからはじまって痔《じ》がひどい脱肛になり続いて急性気管支炎を併発、それが妙義《みょうぎ》山のような険阻《けんそ》な山上のことなので発病後二週間も食事もほとんどとれず睡眠もできずに機関銃を担《かつ》いで戦闘を続けておりましたが、平地へ出て敵が総退却をすると気がゆるんだのか身動きもできなくなり、部隊が追撃戦に移った時、落伍してしまいました。中隊の半数以上がマラリヤや大腸炎にかかり死傷もかなりあったので、ついに四梃《ちょう》の機関銃のうち二梃まで後方へのこして進撃に移った有様でした。僕の入院したときも隊から七人もいっしょに入院しました。

ところが野戦病院は戸も何もない吹曝《ふきさら》しの土間へ蓆《むしろ》一枚毛布一枚で寝かされていたのでマラリヤと気管支炎がなおらない上に大腸炎まで併発、後送されて星子《せいし》〔江西省の北部〕の病院へ参りました。ここも設備が悪く寒い上に薬もろくに貰《もら》えない有様で苦しんでおりますと、自動車隊の川田さんが見つけて見舞ってくれ、フトン、懐炉、果物汁など何かと毎日のように持って来て世話してくださり本当に助かりました。

それからまた後送されて今は九江《きゅうこう》〔江西省の開港場〕の病院におります。ここは何千人も収容する大きな兵站《へいたん》病院〔補給基地に作った軍病院〕で明かるいりっぱな建物に厚い綿入れのフトンも配給され診断や薬も行き届いて衛生兵なども親切です。〔実はここもそうよい設備だとはいえなかったらしい＝龍樹氏の注〕ここへ来てから一週間余になりますが見違えるように元気になりました。咳《せき》もほとんど出ずマラリヤは完全におさまったようですし下痢もとまって軟便二回ぐらいになりました。

もう後送されることもなくここで退院できるだろうと思っております。〔実はその後悪化し再び上海へ後送された＝同氏の注〕

幸いに毎日暖かくよいお天気なのでこのごろは庭などブラブラしてみます。そうそう戦友の大橋上等兵やいっしょに町内から応召した遊佐君などもこの病院におりますが、病棟が違うのでなかなか会えません。

川田さんは抜群の成績で上等兵になるそうです。自動車隊は慰問袋などもたくさんわたり、給与もいいそうで羨《うらや》ましいようです。歩兵の者はみんな自分の子は歩兵だけにはさせたくない、自動車隊へ入れると言っております。

ところで大切なお願い、中隊と連絡がつかないので俸給*が貰えません。八月以来戦闘中も全然支給されませんでしたのでもう三円ばかりしかありません。で航空郵便で至急二十円ばかり〔三とかいて、みせげち〔見せ消し〕にしてある＝同氏の注〕送っていただきたいと存じます。為替《かわせ》では厄介な手続きが要りますので没収されたらそれまでとして現金で手紙へ封入してくださいませ。往復六日から八日ぐらいで着くようでございます。ときどき紛失するのもあるようですが、がいして無事に着いております。勝手ながら至急お願い、退院したりするとそれっきりになりますから。〔これはすぐ送ったが、受け取れなかった＝同氏の注〕

それから内地からの手紙八月中旬ぐらいまでしか受け取っておりません。その後のは中隊のほうへ行っているでしょうが連絡の方法がないので原隊復帰まで貰えません。雄甲の消息だけでも真相お知らせください。死んだものなら死んだもので好きな山歩きで斃《たお》れれば本望だろうと思います。〔雄甲は八月三十日秩父《ちちぶ》雲取《くもとり》で遭難した。その記事を新聞で読んでいたのだ＝同氏の注〕

では皆様によろしく。右取急ぎお願いまで。

〔十一月二十二日呉淞《ウースン》〔上海の北〕着。細菌性赤痢。下痢二、三十回、衰弱甚しく、貧血。二十

七日より穿孔性腹膜炎併発。二十六日に、名古屋の父宛に代筆の航空郵便で一目会いたいと便りがあったが、まにあわなかった＝同氏の注〕

＊　俸給……軍人の俸給は階級間格差が大きいのが特徴である。一九四三年の「陸軍給与令」では、大将は六六〇〇円(年)、少尉は八五〇円(年)、軍曹は約二五円(月)、二等兵は六円から九円(月)である。諸手当は別だし戦時増俸など加給が多くこれは実情を示すものではない。

〔稲田済氏への手紙※〕

※　日付不明。未発送のまま遺品の中に発見された。

やっとペンを執《と》り上げる元気が出ました。

このひと月半ほどまるで死んだように何を考える力もなくアリスの夢〔キャロル『不思議の国のアリス』〕みたいに纏《まとま》りのない妄想の中を彷徨《ほうこう》していたのです。

でも正直のところ今でも再起の気力はありません。もう君たちとならんで行くことはできないような気がしています。

では龍樹のことよろしくお願い。

椿《つばき》 文《ふみ》雄《お》

一九一四年（大正三）八月十四日生。山口県出身

成蹊高等学校を経て、一九三七年（昭和十二）三月、東京帝国大学法学部政治学科卒業

住友機械工業に勤務中、一九三八年十月、陸軍に入隊

一九四三年四月六日、召集解除後病没。陸軍上等兵。二十八歳

〔「陣中日記」より〕

昭和十四年一月二十一日

まもなく城壁には日章旗が立てられた。

今自分はその直後休憩のあいだにこれを書いた。たいていの兵隊は思い思いの恰好《かっこう》で寝ている。土によごれたこれらの兵隊たちの寝顔には、まことに頼もしいものがある。

（一時五分記）

設営者の誘導で我々はなにがし書局という本屋にはいる。本屋であることがなぜかうれしかった。学用品などを売る店らしくもあるが、あんがいインテリの主人が好きな本

でも読んでいたのかもしれない。

我々にあてられた室はシナ兵がさっきまでいた跡の歴然たるものがあった。戦闘帽、ゲートル、弾薬、拳銃《けんじゅう》のサック、靴下、青竜刀《せいりゅうとう》〔中国在来の軍刀。大きくて重い〕、こういったものが散乱し、暖炉には火こそなけれ、新しい灰が崩れ残っていた。

壁には抗日ポスターが、ガリ版で書かれて貼りつけてあった。その中には「日軍実小的消耗代価」として一民焦土比於等〔原文のママ〕、その次に日本軍の骸骨が山と積まれた絵が書いてあった。二枚ばかりはぎ取って図嚢《ずのう》の中に収めておく。腹が減ってきた。飯が凍っている。水筒の水が凍っている。夜不寝番に出る。

一月二十三日

暖かな日だ。

今この城内は一個中隊半ばかりの歩兵と若干《じゃっかん》の砲兵によって守られている。

今朝銃声を聞く。

砲兵隊本部と東門、西和門、北城壁とに出されてある下士哨〔下士官一名に兵数名のつく歩哨〕との間に電話をひく。通信班から二名、夜だけ勤務に出る。

今俺はその勤務の最中である。時計を見ると、夜中の一時半を少しまわっている。三十分おきごとに下士哨から異常の有無が報告される。

ろうそくの光がまっすぐに立っている。犬がよく吠える。さっきまで火をたいていたが、室内が乾燥して喉《のど》にこたえるので止めた。

焚きつけのためだろう、砲兵の人が持って来てほうってある紙屑の中に本のあるのを拾って、あけて見たら、蔣介石《しょうかいせき》全集であった。『軍人的人生観』*の初めにつぎのような文字があった。

「生産的目的是在増進我們人類全体的生活　生命的意義是在創造其継続的生命」〔生産の目的は我々人類全体の生活を向上させることにある。生命の意義はその継続する生命を創造することにある〕そしてこれが「我個人的哲学観念」〔私個人の哲学観念〕であり「我的人生観」〔私の人生観〕であると彼は書いてある。いかにも堂々たる人生観だが、それだけにそらぞらしい感じもする。今俺は煙草に火をつけてぼんやりしている。誰か小便に起きたようだ。長い放尿の音。

＊『軍人的人生観』……蔣介石が一九三〇年一月、中央軍官学校で行なった講演「軍人の人生観」。

一月三十一日

点呼のとき、S軍曹から手紙に関する注意があった。

「……一言注意しておく。手紙の中に行軍が辛《つら》いということを書く者が多々あったが、そうでなくとも心配しておられる内地の人たちはどんなに思うだろうか。お前たちが書かなくとも行軍の辛いことぐらいは、『麦と兵隊』〔二三〇ページ参照〕やなんかで、内地の人も知っている。それからこのごろはねぎばかり食わされてうんざりするとか、みんなねぎの屁《へ》ばかりしているとか、こんなこともどうかと思う。兵隊は兵隊らしく、自分も元気でやっている、どうか銃後のことを頼むとか、淡白な手紙が一番よい。」

そうなると、僕の手紙は皆落第だ。

二月一日

寒し。今晩から不寝番は六人ずつ交代で一晩を受け持つことになった。今まで毎晩あった不寝番がこれによって四日おきぐらいになるというのだが、このほうがかえって辛い。一番はじめに当たる。一時間立って二時間寝るのだが、結局うとうとと朝をむかえた。

T伍長が酔っていた。ふらふらと立哨中の僕のところにやって来て、

「やあご苦労。どうだ軍隊というところに慣れたか」という。

「だいぶ慣れました」

「慣れたのか、慣らされたのか」

「両方であります」

「両方？　じゃ少しは反抗心があるな」僕はドキッとした。

「君なんか高等教育を受けてるんだが、全く馬鹿らしいと思うだろう」一番触れられたくないことだ。僕は黙っていた。

「黙っているね、そりゃ馬鹿らしいだろう。矛盾だらけだと思うだろう。え？」僕は仕方なく答えた。

「何の社会にだって矛盾はあります」

「うん、まあそういう認識をもっていれば、俺も安心した。今日は少し酔っているんだ。失敬なことを言ったら許してくれよ。ああ寒い、おい、寒いだろう？」

T伍長はゆうゆうと下士官室のほうへよろけて行った。

「戦線暗く……か。」

その後ろ姿を僕は見送りながら、何か言い足りぬ寂しさを残した。

月がこうこうと照っている。僕は剣を抜いて光を受けてみた。

六月三十日

行軍は始められた。
例によって肩が痛い。涼しい夜風が吹いていく。黙々とした兵隊、ただ月のみが美しい。アンデルセンの『絵なき絵本』ではないが、「今宵私は蜿蜒《えんえん》一里にもわたる日本の兵隊を見た。彼らは皆あふればかりの背嚢《はいのう》を背負って、一路西南へと行った。」

七月二十一日
昼前のことだ。三、四里先の山地で敵と遭遇しているとの報に通信も直ちに武装、整列す。飯前で釜には南京〔かぼちゃ〕と豆の汁が煮たまま、我々はそれを置いて直ちに乗車す。道途中河を渡るに苦心しつつも、砲や機銃の音を聞きながら、しだいに現地に近づく。あいかわらず悪し。砲の音次第に大きく、山の稜線にはすでに敵軍が見えると、眼鏡を手にした前田中尉は張り切っている。皆車上で弾込め、さあ今日こそ撃てるぞ！
先発のトラックと行李《こうり》〔弾薬や食糧などの運搬隊〕は部落内に集結している。我々もトラックから飛び下りる。負傷者がもう出て、顔面に血の繃帯《ほうたい》を巻いた兵隊が木陰に横になっていた。一目でいよいよやる所まで来たなという切迫感に襲わる。次の部落まで三百メートル位。この間横から敵の狙撃をうけながら各個躍進、ヒューンという銃弾がパチと耳元ではじけるような銃弾(狙われているんだ)。前ばかり見つめて高粱《コーリャン》畑を走っては伏せる。汗がタラタラと流れ、息がつかえる。雑袋の米が尻につかえて走りにくい。気がついた時いつのまにか鉄帽をかぶっている。やっと部落に駆け込むとたんに山砲が三十メートル前方に落ちて轟然と炸裂する。二、三分ごとに的確な敵の山砲の射撃が続く。直ちに河原に出て開いて伏す。ドーンヒュルヒュルヒュルヒュルヒュル、バーン。

七月二十二日

……………

弾《たま》の中で思ったこと二、三。

一、敵がどこから射って来るかわからぬ時ほど恐ろしいことはない。だからまず敵状を知ることだ。

二、弾の中を走っている時は、エーくそ、あたるならあたれといった気持。それが後になってその無事なることを謝したい謙譲な気持。

三、躊躇《ちゆうちよ》は禁物だ。大本営陸軍部発行の従軍兵士の心得にも「引込思案《ひつこみじあん》は禁物である。機先を制して積極的に働きかける者は勝利の栄冠があり、身を捨てて一歩踏み込むところに活路は求めうるものである。」とある。

九月十八日

十八時大連埠頭《ふとう》着。下船。

埠頭前の電車道にて小憩。莒《りょ》県〔山東省〕の田舎から都に出てまた深き感慨あり。思えばここは日本だ〔大連は日本の直轄地、関東州の中心だった〕。ビルとビルの間から流れ、アスファルトを渡って来る秋風に「コン畜生」と思えど強い郷愁をどうすることもできぬ。（十九時記）

自動車が走り、電気がこうこうと照らしている。そして、日本のオフィスマンやウーマンが歩いている。ただそれだけで目ざむるばかりの新鮮なものを感ずる。

関東軍倉庫に入る。倉庫といっても内部は兵舎作りとなっていて一年振りで屯営《とんえい》、藁《わら》蒲団《ぶとん》とチカチカするすり切れた毛布に眠る。

（大連上陸！　まさかお母さんはご存知ないでしょう）

九月十九日

日ソ停戦協定〔ノモンハンで日ソ両軍衝突、九月一五日停戦成立〕というやつが成立したらしい。何と歓迎すべき傾向なるかなだ。それかあらぬか、我々はしばしここで待機すべしとの命令なり。

外出許されず皆ゴロゴロしている。午後埠頭に残して来た機材を倉庫に搬入の使役《しえき》に出る。夕方早くも連隊砲と野砲と野球の試合、三対一のまま雨が降ってきた。

九月二十日

引率外出許さる。忠霊塔参拝後解散。

コーヒーを飲み、レコードを聞き、レストラントで洋食を食う。女の人の何と美しい化粧であろう。ウェストミンスター十本入り四十銭なり。部隊は旅順へ出発とのことなり、明日設営は先発となる。

九月二十三日

三時過ぎ乗車。今日は人間扱いにされて客車だ。みなハシャグことハシャグこと。四時大連出発。途中高粱がまだ刈り取られないで稔《みの》っている。北支よりだいぶおそい。そして木が小さい。美しい林檎《りんご》畑も印象に残った。五時旅順着。

九月二十五日

晴。午前中兵器の検査あり。午後背嚢を除いた軍装にて二〇三高地〔日露戦争時の激戦地〕へ行軍。行程約一里強。高地の麓は農園が多い。林檎の実が美しく目を射る。林檎園の彼方に忠霊塔を小さく見上げることができる。シナの戦地にこうした和やかさが訪れるのは何年の後だろう。果樹園の主人もいいなと空想しながら歩いていると、突然ガスの演習が行われ直ちに装面〔防毒マスクを着用〕して坂道を頑張る。

山頂に乃木将軍〔乃木希典、日露戦争の旅順攻撃軍司令官〕筆の「爾《に》霊山《れいさん》」の碑が立っていた。小さい秋草が風になびいていた。

松《まつ》井《い》榮《えい》造《ぞう》

一九一八年（大正七）十一月十日生。静岡県出身
一九四一年（昭和十六）十二月、早稲田大学商学部卒業
一九四二年二月、中部第三部隊に入隊。見習士官となり、中国に出征
一九四三年五月二十八日、湖北省宣昌県桃家坊北方にて戦死。陸軍少尉。二十四歳

〔先輩への葉書〕

穂積純太郎様

松井見習士官

ごぶさたしました。新聞でごらんになられたでしょう。こちらへ来るそうそう大別山〔華中の大別山脈〕作戦に参加を命ぜられ弾の下をくぐって来ました。

元気です。弾はバッティングと同じで、*なかなかあたらないものです。この弾だけはあたってもらっては困りますが……。

中支に警備する者のなげき(?)は、今や軍の重点が南方方面に指向されて暗い重苦しい第一線警備たる中支に対しての国民の眼は冷淡と言っても過言ではあるまい。事実蔣〔介石〕さんの正規軍、遊撃隊〔パルチザン〕、新四軍、*土匪《どひ》など数多いそして命知らずのシナ人に取りかこまれての警備。万年ベンチマンの縁の下の力持にも似て華々しくこそなけれ全く苦労この上もないものです。田舎のシナ家屋にワラを敷いてあり合わせの机に向かい、ローソクの火でもってこれをしたためている松井榮造の姿をご想像ください。何よりも暗い感じというものが人の心を荒れさせてしまいます。一度お便り願います。ではまた。

＊松井氏は、岐阜商時代、三度、甲子園の優勝投手となり、早大時代には好守、好打の名選手としてならした。

＊新四軍……中国共産党が指導する国民革命軍新編第四軍の略称。日中戦争の全面化により国共合作が進み、華北に長征していた共産軍主力は八路軍となり、華中に残留した部隊が新四軍となった。

近藤《こんどう》孝三郎《たかさぶろう》

一九一五年(大正四)二月三日生。愛知県出身

一九三五年(昭和十)三月、名古屋高等商業学校卒業

白半材木店に勤務中、一九四〇年七月、陸軍近衛歩兵第一連隊に入隊、同第五連隊に転属。中国大陸からマレー半島に転戦

一九四二年一月十九日、マレー半島ジョホール州バクリにて戦死。陸軍上等兵。二十六歳

〔鷲主泰久氏〔友人〕への葉書　近衛歩兵第一連隊から〕

昭和十五年七月

「可愛い新兵さんにゃ暇がない」〔軍隊内ではやった歌〕って誰が作った言葉か知らないが全くよくできている。

今度の応召兵の中では中隊一番の年よりである、若い連中といっしょにしぼられるのは全く疲れるが、また一風変わっておもしろい。この素朴で野蛮な生活形態の中からまず第一収穫をあげようと焦っている。

しばらく新聞も読まないから時勢に遅れる心配は十分ある。

君のような丙種《へい》はうんと読み、うんと見て、うんと考えていちいち僕に報告する義務がある。

ただし葉書でくれ。封書は手続きが面倒だ。

皆によろしく。

〔鷲主氏への葉書〕
十五年七月七日
ごぶさたご寛恕《かんじょ》、東京の夏はなかなかに暑い。
この前の日曜、邦楽座で「第三の影」を見ました。ポウエルとロイとベビイとアスターの幸福な家庭を見て、才子佳人相営む大兄のご家庭を思い出しました。僕らが簡素で落ちついた家庭を持つことのできるのはいったいいつのことかと考えてちょっと憂鬱でした。
いつか話した名古屋の娘さんには先月はじめ東京駅で会いました。先方の苦しい立場を察してこちらからきれいにプロポーズを撤回しました。娘が惜しいことをしたと思ったか、やれやれ助かったと思ったかそこのところはわかりません。

今度の日曜、日比谷劇場で「ダッズワース」も一度見られます。

〔鷲主氏への手紙〕
十五年八月十八日
　丸の内十号館あたり
　プラタナスをゆすぶる風は、
　もう秋である。
　ワンピースの乙女らは
　街路に溢れ
　濃紺の背広の色は
　眼に痛い。
　兵隊、われらの軍靴は重く、
　眼鏡をくもらす汗の中に
　背にめり込む背嚢《はいのう》の重みの中に
　遠く遥かな郷愁を、感じる。
過度の肉体の労働のために頭の一日一日ぼんやりして行くのを感ずる。そしてこれもまた、恋愛や名誉や物欲を脱滅《だつめつ》するために、楽しみである。
「スタンレー探検記」はもう見たろうし、『城砦《シタデル》』〔クローニン作〕はもう読んだろうに、君はまだ何とも聞かしてくれない。

泰久様

東京九段　東部第二部隊中村隊　近藤孝三郎

〔鷲主氏への手紙　華南から〕

啓

熱帯熱《マラリヤ》の軽いので野戦病院の一隅で、ウンウン唸《うな》っているところへ大兄からの慰問袋が届いた。おおかた〝近藤なんて奴は忘れちまっているんだろう〟と思っていたところなんで、とてもうれしかった。何度も何度もお礼申し上げます。

〝双鳩香《そうきゆうこう》〟というのを焚いたら大きな髯《ひげ》男が四人も五人も鼻をクンクンならして〝内地の香〟をかぎに顔をよせてきた。『新映画』は広告のはしから質問室に至るまでみんな読んでしまった。「戸田家の兄妹」が見たいなあ、「城砦」も「エジソン」も。

「ダディロングレッグズ」〔ウェブスター『足ながおじさん』〕はやはりジュディがお多福風《たふくかぜ》で寝ているところへ薔薇《ばら》の蕾《つぼみ》の贈物が届いてジュディが声をあげて泣くところが、いちばん好きだな。

衛生兵が慰問袋をドスンと小生の枕もとへ置いて行った時の気持はじっさいジュディ

以上だった。

転戦ようやく半歳に近く、人も殺したし、敵前上陸もしたし、豚や鶏を料理することも覚えたし(弱虫の小生が血だらけになって豚の腹を裂く図をご想像してお笑いください)、兵隊ひととおりのことはしてみたが、一皮むけばまだ応召前の小生とすこしも変わらない。

いつになったら〝逞《たくま》しき兵隊〟になれることやら、お恥ずかしきしだい。ただ〝大陸ボケ〟がしてボンヤリしてきただけ。

いろいろご報告したいことは山ほどあるが、やはり〝鋏《はさみ》〟〔検閲のこと〕がこわくて書けない。

内地の皆はいったい何をしているだろう。

イイダサンは、クロベエは、ミスターゴートーは、そして藤島は？　おひまな時間が見つかったら手紙がほしいなあ。

いずれまた。ありがとう。

泰久大兄　　　　　　　　　　　　　　　　　　孝

Ap. 13th

P.S.　こちらで豊富なのはタバコ(ファイン、ヴァージニアの上等が輸入される)バナナ(一本一銭)など、そのかわり林檎《りんご》一コ八十銭、卵一コ二十銭などというのがある。…………

〔鷲主氏への手紙　華南から〕

お手紙ありがたく。

しかし、君もずいぶん罪なことを書くぜ。

五月の名古屋の郊外のMarried Life〔結婚生活〕が南支の空のつき抜けるような青さの下で、肉体的労働オンリイに終始するプアーバチェラー〔あわれな独身者〕にとってどんなに羨ましさを感ぜしめることか、むしろそれは羨ましさを通りこして、ねたましさでいっぱいである。

部隊本部でレコード・コンサートがあるというので日が暮れてからも一度軍装して聴きに行った。人がいっぱいだったので夜霧の降りた芝草の上にすわって聴いた。ミス・ワカナの漫才があり、玉川何とかの浪花節《なにわぶし》があり、アキレタボーイズが歌えば宮城《みやぎ》道雄《みちお》〔箏曲の作曲・演奏家〕の琴があるという具合で、果てはリストの「ハンガリア狂詩曲」まで飛びだして久しぶりの内地の声に兵隊は、皆ただぼんやり口をあけて夢中だったが一番僕の心をうったのは何とかいう十歳ぐらいの女の子の童謡だった。たしか小川の流れを謡《うた》った童謡だったがどうしてあんなに涙が出てきたか、自分では今でもちょっと説明ができない。ただ、僕らの心が内地の清純な女らしい感情に渇《かわ》き切っていることだけは確かである。

渇き切っているといえば僕らの心がどんなに読書と知識に飢え切っているかご想像つくまい。かわいた海綿よりも、もっとみじめな状態である。

バリー〔ジェームス・バリー　イギリスの劇作家・小説家　一八六〇―一九三七〕の『マイ・レイディ・ニコティーン』は石川欣《いしかわきん》一《いち》氏のご推奨もありもちろん大兄のお気に入るものと想像していたが、堤千代《つつみちよ》女史〔作家〕を買っていただいたのはちょっと意外だった。実際まやかしものの多い雑誌小説の中で、小生もかねてから相当にこの人の女らしいこまやかさの行き届いた文章を買っていたのです。「小指」「雛の宿」「妻」……など。何でもこの人は心臓が悪くてちょっとも家の外に出ることができない人だそうだ。ジュディが感心するエミリイ・ブロンテ〔イギリスの作家　一八一八―四八〕によく似ていて愉快じゃないか。

「白鷺《しらさぎ》」のお篠《しの》が傘さしてたたずむ大川端のシーンを見て一番先に感じたことは、〝雪〟を裏に住む姑娘《クーニャン》に見せたらどんなに眼をむいてびっくりするだろうかというはなはだ散文的な想像である。

ここんところ二カ月ばかり鏡を見たことがないが、小生の人相にも多少の変化があらわれてきているに違いない。なぜって、毎日毎日西瓜《すいか》の皮のように水っぽい南瓜ばかり食って百四十度〔華氏〕の太陽の下でうごめいているのだから。

家の賢弟?は今年ようやく試験がうかって今八高〔旧制第八高等学校。名古屋〕の寮にいる。去年の春、大兄にいっしょに来ていただいて公園の傍の汚ない旅館へ行ったことや、帰りに日進堂でジイド〔フランスの作家一八六九―一九五一〕の『エル・ハジ』買ったこと懐かしき限り。以下後便にて。

六月十六日　　孝三郎

鷲大兄

〔鷲主氏への封緘葉書　華南から〕

六月五日と十六日付のお手紙いっしょにいただきました。それとパンフレットと、『新映画』と、どうもすみません。

大兄の歌論についていささか異議があります。小生の考えでは、〝大陸〟でも〝大同石仏〟〔山西省雲崗にある石仏〕でもどしどし我々の中へとり入れて、これらの語感や視感がすっかり我々の中へとけ込んで破調や異様感がなくなった時こそ日本の芸術の一歩前進ではないかと思います。

『新映画』読んでも大した期待の持てそうな作がないのに悲観しております。大兄ご推薦の「雛妓《まいこ》」なんかを渋谷実《しぶやみのる》氏〔映画監督〕の演出で見たい。日本映画のこのごろの貧困の重大な原因の一つは、事変関係の殷賑《いんしん》〔好況〕産業の職工さんたちへ向けて意識的に程度を落としているためではないでしょうか。

かつてアラスカ〔銀座のレストラン〕の上で話したことのある鈴藤の娘、今年四月結婚して今は夫君とともに北辺の地、張家口《ちょうかこう》にあるという。この人の決断と勇気はともすれば退嬰《たいえい》的になろうとする僕の精神を常に励ましてくれる。

こちらへやって来る当時はやたらと自分を悲壮なものに考える感傷が強かったが、今はだんだん考えが変わって来ている。もっと明かるく、のんきとなっている。くわえ煙草で晩のお菜《さい》を気にしながら明かるく死地に赴《おもむ》ける心構えができ上がったら、それはもういよいよ本ものである。

野戦病院にしばらくころがっている間に僕の唯物論が少しずつぐらついてきているのを感じ出した。このあたりにはゾルレン〔なすべき義務〕でなければ解決し難き問題が多すぎる。

いつの日か、紅茶でも飲みながら大兄とともに夜を徹して議論する日を持つことができたならそれはどんな喜びだろう。

七月七日　　孝三郎

鷲　大人

(部隊名が変わりました)

渡《わた》辺《なべ》辰《たつ》夫《お》

一九一六年(大正五)一月四日生。静岡県出身
静岡高等学校を経て、一九三九年(昭和十四)三月、東京帝国大学法学部法律学科卒業
一九四〇年四月十日、陸軍に入隊。陸軍経理学校を卒業
一九四五年四月五日、ビルマ、シャン州カンドウにて戦死。陸軍大尉。二十九歳

〔手記「襄安《じょうあん》〔安徽省〕にて」〕

八月〔昭和十六年〕の半ばごろから師団が総軍〔シナ派遣総軍〕の命を受けて、江北地区(和県、巣県、含山県、無為県〔いずれも安徽省〕)の米を約五万トン調弁することになったという話を聞いた。師団としての具体的方針のできたのが二十日ごろで、その打ち合わせ会(軍の各機関の)が師団司令部で行なわれるから出席せよと経理部衣糧科主任の林大尉から命ぜられて出席した。しかし、その調弁計画の一班となって、江北地区の襄安へ出向くなどとは考え

及ばなかった。なぜならば自分はまだ内地から来てわずかに二週間ばかりにしかならないからである。しかし情勢はついに結局ここ襄安の地に自分を送ってしまった。

米五万トンといえば莫大な量である。十五個師団の兵隊が約一カ年食っていける量である。元来この江北地区は米の生産地として知られ、年産少なくとも五十万トンにのぼり地方民需米を除いても年々二十万トンは他に移出していたもので、この計画の五万トンも決して無理な数量ではない。敵の新四軍もこの米をねらって遊撃を試み幾度か彼我《ひが》の小競合《こぜりあい》を繰り返していることが報ぜられた。

米も経済物資である以上、経済原則に従って流れる。この江北地区産業も事変前は（事変中といえども）蕪湖《ぶこ》〔安徽省、揚子江南岸の港〕へ、あるいは上海へと価格の高きを追って流出している。軍米五万トンといえどもこの価格に従って購入するならば苦もなく手に入るわけである。しかしそれでは、江北地区作戦の意義は消滅してしまう。廉価に軍用米を獲得することこそ軍の要求なのである。そのために軍も師団も我々見習士官以下を江北に送ってこの目的を達成せしめんとしたのである。

打ち合わせ会の状況は計画側である参謀部は机上論を主張し楽観的であるのに反し、実行機関である経理部側は悲観的であった。しかしこの議があくまで机上論より実行ということになると両者は一致した。民間側は中支〔中華〕買い付け組合を結成する三社（三井、三菱、大丸）および特務機関（経済、政務、謀略などを行なう軍機関）を招いての協議会が開かれたが、今度は原案の支持を経理部がせねばならず、他は反対側に立った。経理部員は部長以下ジレンマに苦しんだ。商人はあくまで利潤という見地に立って一歩もゆずらぬ（もっとも表面はこれを否定したが）。経理部側は戦地の特色を主張する。もし価格の点で米が潤滑に出て来ないと言うならば軍には銃剣がある。刀にかけても出してみせると言う。商人はそれならばそれでやってごらんなさい。今までにもそんな経験はあって、いつも失敗に終わっているのですからという。こう言われてみるとどうも経理部は自信を失ってしまう。

しかし命令とあらば仕方がない。どんな不可能という見通しがつけられたとて実行しなければならぬ。倒れて後已《や》むである。

商人側の主張はこうである。軍は商人にまかせてくれ、軍は江北米の集散地たる蕪湖にいて倉庫を開いて米を受け取ってくれればよいのである。麻袋であろうと、検収用の器具、秤器、傭船《ようせん》、苦力《クーリー》、何一つとして必要はない。皆商人がお膳立てをし精白せる米を蕪湖において手渡しをすると言うのである。素人《しろうと》考えでは軍は懐手《ふところで》をしてみすみす高い米を買い、商人に不当の利を貪《むさぼ》らしめるというかもしれないが、実際はそうでない。米は元来蕪湖に集中することになっているのであって、奥地へ進出して要所要所を押さえるよりも蕪湖市場という根幹を押さえれば、労せずして米の獲得ができるというのである。昨年蘇州《そしゅう》〔江蘇省南部の古都〕においても初め武力をもって米の買い付けを行なおうとしたところ、失敗に帰し、中支野戦貨物廠《しょう》はついに商人に泣きついて商人の言う価格で商人に買ってもらった。これにはいろいろの価格操作を行ない、規定数量以上の米を買い入れ規定量の超過米を上海で投機売りをし、その利益をもって買い入れ原価の低減を計ったというのである。我々はこうした商人側の主張にも服することができず、まず九月四日第一回調査班を江北に送った。

　これに先立って、江北地区では米の搬出を絶対禁止し、米の密移出を予防した。公然の移出は表面これによって押さえられていたが、裏面には経済原則に従う密流出が少なくはなかったであろう。

　第一回調査班の齎《もたら》した報告は米の地場〔現地の集散市場〕の相場は軍の購入を企図する価格以下であって、この点は楽観的である。しかし新四軍の跳梁《ちょうりょう》甚だしく、いわゆる治安は維持されていない。農民が日本軍に米を売ると言えば、新四軍は黙って見ているわけはない。迫害を加えるか、あるいは税を課するのである。地場十二ドルの籾《もみ》でも、一担《いったん》〔約六十キロ〕につき八ドルの税を課する。これが一度や二度ではない。こうして新四軍の下を潜《くぐ》って出てくるものは非常に高い価格になっている。これを買い上げようとすれば、軍の買い上げ価格では低きに過ぎるのである。そのほか、軍の企図する精米での買い上げは精米機の皆無のため、絶望であり、玄米、または籾の買い入れがせいぜいのところである。

森《もり》　茂《しげる》

一九一五年（大正四）九月一日生。岡山県出身

第六高等学校を経て、一九四一年（昭和十六）三月、東京帝国大学医学部卒業

国立公衆衛生院に勤務中、一九四二年十一月、陸軍に入隊。華北、ニューギニアに転戦

一九四五年二月一日、栄養失調のため、ホーランディア（現ジャヤプラ）付近にて戦病死。陸軍中尉。二十九歳

昭和十二年十月十日

出征兵士にまたちょくちょく会う。

戦いを否定することはできないけれども、我らの同胞が結果において誰のために戦い

誰のために死んだことになるのだろう。国のために、そして子孫のためにと死んで行く兵士たちのために、その将来への期待を裏切らないような幸福な社会を築くことこそ我らの努《つと》めだ。

祝出征の字の何と空虚なことか!!

ほんとにおめでたいと考える奴はよほど馬鹿だ！　戦争に勝つことにより私腹を肥やす輩《やから》は別として。

空虚、俺の心には独断も起こらねば、疑惑も逃避せんとす。プチブル根性で煮しめられている。

昭和十三年二月五日

雨。十時登校。図書館の食堂でお昼。白石君や中山君と話す。唯物史観ないし唯物論的社会経済に関する本および哲学に関する書物は全部絶版になるらしい。古本屋では俄《が》然《ぜん》値上げだ。『唯物論全書』〔三笠書房刊〕も絶版だ。我輩《わがはい》の研究も出鼻をくじかれそうだ。やっと方向が立ちかけたばかりなのに。

夜は六高〔旧制第六高等学校。岡山〕の旧クラス会。会費一円。とんかつを食ってニュー・トーキョーでビール。会するもの六人。

昭和十三年二月十五日

今日の新聞の杉山平助〔文芸評論家〕の論文。

東亜協同体論について、彼は協同体論者がマルクス主義を放棄しながらも、なおその方法論的半面においてその分析方法を捨てえない矛盾を指摘している。しかしその分析方法を捨ててしまったらいったい後に何が残るか。そしてそれに代わるべき何ものがあるかは彼の与《あずか》り知らぬところであるらしい。知識階級の自己矛盾――すなわちその論理の適用は反国家的となり自らの否定となる――のための沈黙を恰《あたか》もわずかの滞支経験によって一大発見でもしたように引っかきまわすのが彼である。彼は一種の放火犯人であり火事場泥棒である。

自由学園の学生が霜柱の研究をして補助金をもらっている。内容はよく分からないが面白いことと思われる。ことにその研究が女性の手になることは封建的女性の多い日本への一つの暁の鐘ともなれば幸いである。

今の時世ではその研究の本質＝研究態度の社会性の如何はさておいて、物を何物にも捉われないで物その物として見、しかも科学の眼をとおして、すなわちそこに批判的態度を蔵しているということが重要である。
これにつけても女性のために今少し自然科学の教育の振興されることが望まれる。

…………

昭和十五年二月十三日

外科のあとタムラ〔東大前グリル〕で吉田、山本、鷲沢とダべる。学校を出たら箱根に病院をたてて一もうけしようなど、なまやさしい考え方。我々はこれでよいだろうか。世の中の人々のために何か仕事をしようとするひたむきな考え方はスープに浮かんだ油のように決して融《と》け合おうとはしない。でもなお油同士は自分の心の中で融け合いながらだんだんと成長してゆくようだ。

島崎〔東大前古書店〕で、『マキアベエルリ選集』を購《あがな》う。価一、六〇。『社会政策史』を母が片づけた時に父に似て自分もどうも糞蠅《くそばえ》だそうだ。

でもどうして社会政策史を読むことが臨床医家となることと反発するのだろう。この学問と社会学とは汽車のレールのように永久に合することのないものだろうか。自分はやはり今までの医者があまりに専門にとらわれすぎたのだと思われる。その結果は？　医者の人格の低下ではなかったか。世の中からの遊離!!　社会が医者を非難する。そして同じく利潤を追う者としての事業家を非難しないことの根底にはやはり医業なるものが他の仕事と異なった直接的な社会性を有するからではないか。一般事業に比してより身にせまってその社会性を感ずるためではないか。そういう社会性を認識さえすれば、医業を単なるパンのための仕事以上に理解するに何の不自然をも感じないし、またその社会性をより明確に認識するための手段として『社会政策史』なども決して医学生に取って縁のない本ではなかろう。…………

昭和十五年九月二十一日

…………万年筆を買う。二割引二円四十銭。

昨日の軍陣衛生の講義は相当におもしろかった。馬鹿だと言うものもいるけれどももともかく張り切って時局を乗り切ろうとするところにいろいろと教えられるところがある。医学というものが単に個人の治療保健を目的とするだけではなく、広く集団を目標とすべきが現実の社会的要請であり、しかも単に生物学の立場に立つだけでは不十分なので、広く精神科学の知識をも包括せねばならぬとするの議論は、公衆衛生院あたりで国民衛生を標榜《ひょうぼう》する教授連よりもさらに一歩進めていると、感銘深く聞くことができた。そして、現実の医療制度の矛盾を、いろいろの統計より分析するところは別にさして新味のあることでもなかったが、それをいかなる方向にいかに処理してゆくかを教えてもらいたかった。

壮丁《そうてい》の体格の低下の中で都市壮丁の体格が農村壮丁に比して著しく悪いこと、また都市壮丁の割合が農村壮丁のそれに比して著増してきていること、しかも農村壮丁の体格自体決して楽観しうる状態にないことなどは、今われわれが苦しんでいる食糧問題と生産力拡充の矛盾という大きな溝に直接連結している問題であり、現在の政治組織とも連らなりのある根本的な問題なのであるが、これをいかにして解決してゆくかを、いま少し具体的に聞いてみたいような気がした。鉱業労働者のうち石工のように直接職業自身がその著明な不良体格の原因と思われるようなものはわりあい簡単に解決しうる問題と思われるが、それすらも公衆衛生院あたりで手をつけぬのは確かに怠慢のそしりを免れられないであろう。

昭和十六年一月三日

この日記をつけはじめてもう五年、事変以来のことだが、このごろはさすが現実の姿が浮き出てきて将来の見とおしがはっきりしてきた。そうすると他の人々のわからぬといっているのが歯がゆくもある。去年の暮れの三十日に信ちゃん〔従弟〕に会った時にも特にその感じが深かった。もう大学に入ろうという者が人生に何の目的も身につけて感じられたり、また考えたりできないものかと残念にも感じ、また彼の行き方と自分の行き方との間の大きな距《へだた》りを異様に鋭敏に感じた。今度新体制運動〔五八ページ参照〕が起こってから急に目覚めたと自分に思われるこの今の自分の意識が世俗一般の人々と距離のあるのは、別に不思議はないと思うけれど、自分がこれまで身内の人同様な世界の人と思ってきた信ちゃんにおいてその距離を眺めると、それが案外と遠いものであるのはおもしろい現象である。…………

昭和十六年一月五日

午後二時みんなお使いに出たあとでK嬢が来た。姉の帰るまで相手になる。何かと自慢の種を大切にもっていてちょこりちょこりそれをのぞかせねば自尊心が満足しないと言ったふうの女の人。栄養学校には行っているがうまく食ってゆくこと以外には何の熱情も持ち合わせていない。よい口が見つかったら職をもつと言う。日本の人々はどうしてこう生活と社会的な仕事とを切り離して考えるのだろう。彼らには仕事は単にパンを得るための一手段以上の何物でもない。そのくせ滅私奉公とか国家の恩とか忠義とか概念的・抽象的な言葉だけがはびこっている。社会の恩に報じるとか、国に忠義をいたすとかいうことは現実の生活にとっては全く外面的で空虚な形式以上の何でもない。これは十分注意されてよい。

我々は貧しくとも現実の物質的生活とその上に立つ精神的生活とに豊富な意義を持たせてゆかなければならない。かくして統一された生活感情こそまさに億兆《おくちょう》一心〔全国民が心を一つにする〕の現実の姿をあらわすことだろう。

昭和十六年十一月十八日

二、三日前先週の金曜日に赤塚先生より言われた二本木〔新潟県。燃料工場があった〕行きの件はいよいよ実現、二十七日には森下、赤塚先生先発ということになる。

昨日と今日、そのための調査票の作成、診療所新設のための器具薬品の見積もりに忙殺された。余は横橋先生とともに「保健医診療規程」なる草稿を作った。正午前赤塚先生の許《もと》に郡山〔福島県〕工場の和智氏来たり二本木工場と同様のことを依頼す。結局横橋先生のみ郡山を受け持ち、余、森下、菅原の三人は二本木に交代に出張することとなる。「月に十日出ることは大変だ。研究所での仕事は何もできなくなる」と森下先生盛んにぼやく。なるほど研究生活は相当に阻害される。だがこれまでだって同様だ。余は現場に直接に当たり工員たちの生活にふれて実際の指導を行ないうることに非常な喜びと不安を感ずる。今日あることはすでに漫然とながら予期していた。今さら研究のできないことをくやまない。ただ必然の流れに身を流しながらも一生を捧げた労働衛生の彼岸に泳ぎつくのだ。しみったれた研究よりもどれほど崇高な仕事だろう。

誰か新たに会社の金で人を入れようという問題は果たして解決されるか。

菅原君いわく「先がわからぬから誰も来ない。大学の研究室にいれば三年か四年経てばＴＩＴＬＥ〔学位〕がとれる。ところがここで果たしていつＴＩＴＬＥがとれるか」と。

赤塚先生いわく「そりゃ臨床家のほうが何と言ったって金はもうかりますよ。でもそれで果たして人生がおもしろいかね。博士号ならここだってとれますよ、森下君なんか……」だが余は知っている。赤塚先生のおもしろいというのは教授にならんとわからんおもしろさなること、森下君はまあＴＩＴＬＥがとれるかとれないかより、子供の生まれるほうがさらに確かであることを。だから言ってやった「好きでなくちゃあこの仕事はわかりませんよ」と。菅原君、友だちに名を借りて自己の不安をすっかりさらけ出した。しかしそれを自分で気づかぬところに余は彼のヒューマニストを感じ、限りない好もしさを感ずる。舞台はおもしろくなったぞ。

昭和十八年二月九日〔姉への手紙　華北から〕

いろいろありがとう。くわしい手紙を書きたいのだが、こちらからは特別の事情のない限り封書は許されないし、また毎日の日課は○○〔軍事機密のため伏字〕だし頼りない便りだと言われても仕方がありません。暇ならいくらでもあるんだがね。二本木から帰って来るとしらみがいたでしょう、ちょうどあれと同じで、朝一回労工〔中国人労働者〕の調子を伺《うかが》って来ますと夜二、三匹収穫があります。ところがここは内地と違って回帰熱*が多い。これはしらみが媒介します。だからまあ危険きわまりなし。

この前の北京《ペキン》の絵葉書はきれいでしょう。あんなきれいな所と思ったら大間違い。ここは新しく開けたところゆえ、この前のところのような城壁の美しさもありません。坦々たる平野に枯木がしょぼしょぼ生えています。そのかわりに敵にやられる心配もない。こわいのは病気だけ。

こちらは治安地区と敵地区とにわかれてそのあいだに深い堀割が作ってあります。敵が治安地区から物資を車や馬につんで持ち出さないように作ってあります。そして、所々にトーチカと称する望楼があって見張りをしています。討伐は敵地区に入って行くのですが、敵の拠点をつぶしてまた帰って来ることもあるし、治安地区を拡大してゆくこともあります。

最初にいた隊に今ごろいれば討伐に出ていたことでしょう。一正〔甥〕手紙ありがとう。しっかり勉強しなさい。悦ちゃん〔姪〕もしっかり。

＊ 回帰熱……シラミやノミなどが媒介する伝染病。発熱期をくりかえすのが特徴。

二　戦火は太平洋上へ

道標

右はきびしき冬に至る
左はかなしき山に至る
ああ
雲の中の道標《みちしるべ》

木《き》村《むら》節《たかし》遺稿詩集「野《の》稗《びえ》の如く」より

年表(二)

一九四一(昭和十六)年

12・8　日本、米英に宣戦布告。マレー半島上陸、真珠湾奇襲、「シナ事変」を含めて「大東亜戦争」と称す。11日、独伊、対米宣戦布告。戦争は世界に拡大

12・10　マレー沖海戦

12・19　「言論出版集会結社等臨時取締法」

12・25　日本軍、香港占領

一九四二(昭和十七)年

1・2　日本軍、マニラ占領

1・9　「国民勤労報国令」、勤労動員始まる

2・15　日本軍、シンガポール占領

2・21　「食糧管理法」公布

3・5　日本軍、バタビア(ジャカルタ)占領

3・8　日本軍、ラングーン占領

4・1　台湾総督府、陸軍特別志願兵制度実施

4・18　米軍、東京を初空襲

5・8　閣議、朝鮮人に徴兵制施行決定(実施は四四年四月)

5月　日本軍、フィリピンを制圧

6・5—7　ミッドウェー海戦に完敗

8・7　米軍、ガダルカナル島上陸、反攻開始

8・8—11月　ソロモン海域をめぐり日米激戦

12・23　大日本言論報国会設立

一九四三(昭和十八)年

2・2　スターリングラードのドイツ軍、降伏

2・7　日本軍、ガダルカナル島撤退

4・18　山本五十六連合艦隊司令長官戦死

5・29　アッツ島守備隊全滅

9—10月　連合軍、イタリア本土上陸。イタリア降伏

9・22　学徒の徴兵猶予停止(理科系学徒は入営延期)など「国内態勢強化方策」発表

11・5—6　大東亜会議開く

11・22—26　米英中、カイロ会談

11・25　タラワ、マキン両島守備隊全滅

12・1—10　学徒兵一斉入隊

12・24　徴兵適齢一年引き下げ

一九四四(昭和十九)年

1・20　朝鮮人学徒「特別志願兵」入隊

太平洋戦争まで、日本は十年にわたる中国侵略のために疲労し国民の士気も沈んでいた。しかも日本は、ドイツの最終的な戦勝をあてにして、「清水の舞台からとび降りる気持ちで」アメリカ、イギリスを相手とする成算のない大戦争に突入した。緒戦の戦果は輝かしいものであった。ハワイ、マレー沖海戦に始まり、マニラ、シンガポールの攻略、ジャワ、スマトラの占領にかけての急速な戦果の拡大は、ながい戦争に倦《う》み、懐疑的となっていた人々の心にさえ、めざましい印象を与えた。

しかし、それはつかのまのことだった。国民には虚偽の発表しか行なわれなかったが、開戦の七カ月後、ミッドウェー海戦において日本海軍が大打撃をうけていらい、戦況はとどまるところなく悪化していった。そして、その大きな転機となったのが、一九四二年暮れから翌春にかけてのガダルカナル戦の敗北であり、その危機感をさらに国民に印象づけたものが連合艦隊司令長官山本五十六《やまもといそろく》の戦死であった。そのころ、ヨーロッパでもナチスはスターリングラードで敗北し、アフリカ戦線でも独伊枢軸軍の敗退が始まっていた。そして、五月にはさらにアッツ島守備隊の玉砕が国民を暗い気持ちにひきこんだ。

四三年は日本が敗北への道に大きく曲がり始めた年であった。日本はその敗色をおおいかくそうとするかのように、フィリピン、ビルマ、自由インドに独立を認め、その年十一月五―六日、東京の議事堂に満州国、汪兆銘《おうちょうめい》の国民政府、フィリピン、ビルマ、タイ、自由インド各国政府代表を招き、「大東亜会議」を開いた。しかし、「共存共栄」「人種差別の撤廃」「資源の開放」などの美しい五原則を掲げたこの大会議を主催した日本の国民生活は、この年いっそうのみじめさを加えていた。

四一年には米穀は配給制となり、翌年には衣料が切符制になった。さらに四三年には薪も炭も切符制となり、たばこも空箱をもって行列しなければ買えない有様だった。野草の食用化が推奨されたのも、このころである。

労力不足のため徴用、勤労動員はいっそう強化され、女子勤労挺身隊の「自発的」結成、男子就職の職種制限、買い出しなどが国民生活を混乱させた。その一方、軍需工場では原料輸送の途絶《とぜつ》、経営管理の無能、軍・官僚行政の分裂、熟練労働の欠乏のため生産力はいっこうに上がらないという現象が一般化していた。

学生生活も不安な焦燥感にみちていた。五月には勤労報国隊整備要綱が発表され、講義は正常な形では行なわれなくなった。猶予《ゆうよ》年齢の切れた学生たちの姿がつぎつぎと消えて行き、残されたものにも、もはや学校は多くの意味をもたないように見え始めた。九月、イタリアが降伏してまもなく、学徒の徴兵猶予が停止され(理科系学生は入営延期)、学生たちの前には戦場への道がひらかれた。

長門《ながと》良知《よしとも》

一九一八年(大正七)十月一日生。東京都出身
一九四二年(昭和十七)九月、早稲田大学法学部卒業
一九四二年十月一日、東部第一〇二部隊(柏)に入隊、幹部候補生となり、水戸飛行学校を卒業
一九四四年十月二十六日、バシー海峡にて戦死。陸軍中尉。二十六歳

昭和十七年九月十八日(午後十一時十分)
赤紙《あかがみ》の臨時召集令状*を受け取って、今帰って来た。ただ予期のことが実現されたにすぎない。半弦の月に雲がとんでいた。
夜中の突然の呼び出しで本郷区役所に往復する間に胸に感じたいささかの動揺も静まり平静が帰ってきた。また昨日までと同じ、いや、つい先ほど、午後八時までと同じ心持の同じ生活が今後つづくであろう。書き改められねばならぬことはさらにないのである。私は入隊の日にも、ただ簡単にこうくりかえすのみである。今までとちがった私に

「なろう」と思っても、「なれ」と言われても、「なれる」はずがないではないか。いつまでたっても私は私であり、さらに据《す》えた眼には、一分《いちぶ》のごまかしもあるはずはない。種も仕掛けもないのだ。ごらんの通り。…………

＊　臨時召集令状……兵員が不足し現役兵の徴集では間に合わなくなって、補充兵、予備役を緊急動員するのが臨時召集であり、その命令書が(臨時)召集令状である。令状が赤い用紙だったことから俗に「赤紙」と言う。

十二月四日

北国特有の空模様というのがある。厚いカーテンのような鉛色の雲が美しいふくらみをもったひだを作って、空一面を蔽《おお》っている彼方に蔵王がある。太陽と雲とが作りなす美しい照明の効果はある時は深い沈鬱に、ある時は白銀の輝かしき荘厳にその山を浮かび上がらせてくれるのである。こんな世界にはまた枯葉一つ落ちる音がしない――。冬枯れの山、冬枯れの野。

寒さにがっしりと肩を押さえられて、我々兵隊は不動の姿勢の視線をじっと彼方に釘づけにしたまま動こうとはしない。

こんな一刻、私は一昨日のできごとを思い起こした。被服庫の臨時当番で働いていた私を、三上《みかみ》伍長殿が訪ねてこられた。そこで私はやっぱりこの日父が訪ねて来たのを知った。もちろん空しく帰られたのである。私の手に父が託されて行った時計と腹巻きが渡され、私は白い毛糸のなつかしい感触をたのしんだのであるが、それにもまして私を愕然《がくぜん》とさせたものがある。

真新しい文字盤のその時計は、私の掌《て》の中で、先刻までつづけてきた秒針の音を、間違いなく立てていたではないか。私は秒針の音に父を聞いた。それは父の掌の中にあった時にも、こうして音を立てていたはずである。なつかしいものが惻々《そくそく》と胸を浸し、胸を洗うのを覚えた。私はその記憶を、美しい照明にその姿を瞬時にして変えていく蔵王の脊稜《せきりよう》に面して、私は多分に宗教的なおののきすら感じながら思い起こしてみたのである。その時私の目は何の予告もなしに涙を溢《あふ》れさせた。詩に詠《うた》い出そうと思った。けれども、それを纏《まと》めるだけの余裕が残念ながらないかもしれない。

…………

昭和十八年三月十七日

転属〔他の部隊に所属がかわること〕はいずれ近いうちに始まるだろう。この戦友の何人かが野戦にいく。不思議なことである。容赦《ようしゃ》なく運命は苛酷なことをする。

けれどもここには雑談と笑い声がある。だれの顔も明かるい。春の陽《ひ》に暖められて幸福そうである。いや実に幸福そのものなのだ。

転属の前の日、出征のその日の朝、いやその瞬間まで彼らも我らも、今と同じように勝手なことを言い合い、笑い声をあげ、朗らかであるに違いない。ここに兵隊の秘密がある。兵隊の強さの鍵が、その少なくとも一つが隠されている。

四月十日

中林が班に遊びにくる。関口と三人で珍しく閑散な班で語り合い、しみじみとしたものをたがいに感じ合う。中林が日記を見せてくれる。おもしろい文句が見受けられた。「私の前に一人の敵もいない時には私の後ろには一人の味方もいない。私の前に多くの敵が充満している時には、私の後ろには多くの味方がみちみちている。進むのだ」という意味のことである。それから彼が野戦に行けぬと知った時の失望落胆とそれからの恢復の経過を叙してこう言う。

「俺は野戦を想像の上に描き、そこにすべてを置いていたのだ。」

そして、久保の次のような言葉を引用している。すなわち久保が出発の命令を受けていよいよ壮途《そうと》に出る時日の近くなった時に、「俺は転属の命令を聞いた時躍《おど》り上がって喜んだ。しかし今となってはむしろ行きたくない」としみじみ語ったそうである。何かしら私は人間の心の深みに触れたように思い衿《えり》を正したのである。中林も久保もみんなインテリゲンチャだ、ほんとの意味の……。かれらはみんな人生のほんとうの意味を、歯をくいしばり血と汗とでもって手探りしつつ進んでいる。人生を身をもって体験し、人生を身をもって描いていく殉教者である。…………

四月十二日

針仕事をしながら、ふとこんな考えが湧《わ》き、こんな言葉が口をついて出た。「国に殉ずるということ、戦死するということ――それは何も犠牲といわれるべきものではなくて、ある人間の、ある時代における生き方――必死の力をこめた生き方そのものなのである。」

浅見《あさみ》有一《ゆういち》

一九一八年（大正七）一月一日生。埼玉県出身

千葉高等園芸学校を経て、一九四一年（昭和十六）、九州帝国大学農学部農芸化学科

卒業

日産化学勤務中、一九四二年二月一日、東部第七七部隊に入隊
一九四五年七月七日、千葉市空襲のさい、小仲台の千葉陸軍高射学校にて戦死。陸軍中尉。二十七歳

発《た》たん日は明日になりつつ家族らのふるまいせわし聞くがかなしさ

言賜《ことた》びし母のみ顔についにいま涙にじむを見て出《い》でて来ぬ

発つからに心ひとつにまつわりし哀《かな》しきこともすてて出で来ぬ

吾を去《い》なすついの電車の窓にしていま一度《ひとたび》は父を見むとす

まだ放つ隣り陣地の弾丸《たま》の音ここにして百合《ゆり》の花にふるえ来

身にしみて想《おも》わるる夜や東京の片明かる灯を見つつ息つく

友は征《い》った
太陽が葉桜の枝からまぶしく照り出した時、
私の前をざくざくと砂利道を踏みしめて……

きっと、私をさえ見なかったろう
隊列の中に
私は友の顔の青ざめて涙ぐんでいるのを見た。

友は征った。
数日は過ぎた。その日その日は砂塵ものすごく
樹木の葉さえ吹きとばされて
無残に窓ガラスを打っていた。

友が征ってからまた

三人の北国の友が征った。
私はひとり取り残された。
あの友にああしてやるのだった……
あの時ああ言って別れるのだった……
ああ静かな脱皮に似た春光の日の思い出だった。

（昭和十七年四月二十八日）

大峡《おおはざま》吉隆《よしたか》

一九一八年（大正七）十月十五日生。東京都出身
水戸高等学校を経て、一九四三年（昭和十八）九月、京都帝国大学経済学部卒業
一九四三年、短期現役*として海軍主計見習尉官に任官、第二六海軍航空戦隊司令部附
一九四五年三月七日、フィリピン、ルソン島山中にて戦病死。海軍少佐。二十六歳

* 短期現役……海軍は大学卒業生を二年間の現役で主計科などの将校を養成した。

京城《けいじょう》〔ソウル〕の皆様お元気ですかね。君も元気で通学されてることと思うが、今もって内地からの便りを手にしないのでただ想像しているだけだ。早いもので兄さんも戦地に来て三月にもなるが幸い病気もせずにがんばっているからご安心のほどを。主計科の兵隊は約六十名ぐらいいるが、毎日机に向かって顔を会わせるのは十名程度、皆従順でよく服従し気持がよい。当地は雨期に入って毎日昼ごろあるいは夕方にスコールがやって来る。たちまち道はドロンコとなり風呂《バス》に行くこともできず雨降りの夜は部屋で蟄居《ちっきょ》の体《てい》。椰子《やし》林が整然と続いており、ときどき枯葉や実が落下してくるが、幸いまだ当たって怪我をした者もおらぬ。もし頭にでも実が当たったならば即死であろう。邦人がわりあいに多く、ときどきバナナやパパイヤをいっぱい持って慰問に来てくれるが何しろ人数が多い隊のことゆえ、十分には行きわたらぬ。しかし南の国に来て日本人に会えることは、どちらにとってもうれしいことである。当地の原住民は勤労精神に乏しく、あまり働かぬようである。一週間の給料を土曜日に渡してやると、有金《ありがね》全部、翌日曜日の闘《とう》鶏《けい》にかけて一日を興奮のうちに過ごす話だが、まだその現場を見たことがない。物資が欠乏した現在、金があっても何も買えぬことから彼らに貯蓄心を失わしめ、賭博《とばく》に浮き身をやつさすようにしたのであろう。原住民の言葉は解せないが、少し英語を話す奴もいるので、危なかしい英語で彼らと会話をまじえたことがある。

当地はまったくの田舎《いなか》で何の楽しみもなく毎日同じような生活を続けているが、一週一度の休業の日(午後から)庶務・給与の兵隊とバレーをしたりキャッチボールをしたりして無聊《ぶりよう》を慰めることにしている。烹炊《ほうすい》所の裏の茂みに一メートル以上の大トカゲが四、五匹巣くっている注進を受けたので、早速、釣り針に肉をつけて仕掛けておいたが、四、五日しても獲物はないのであきらめてしまった。夕方になると、幾万とない大コウモリの大群が羽音もすさまじく西の空に向かって飛んで行くさまは壮観でもあり壮大でもある。

夜間飛行がある時など、コウモリが邪魔になり、頭痛の種となっているほどだ。五月三十日大本営発表のビアク島〔ニューギニア西北方の島〕の戦果を聞いたろう。戦果の陰にはかならず幾多の犠牲の伴うことを忘れてはならない。我々戦地にいる者、とくに自分のような隊にいる者は、南の島に散華《さんげ》した忠勇なる将士に謹《つつし》んで哀悼《あいとう》の意を表すると共に敬虔《けいけん》なる祈りを捧げてやまぬ。戦いはいつまでも続く。我々はこの一戦を勝ちぬくために朝となく夕となく縁の下の力持の仕事を努めている。集団生活に起こる個人的確執《かくしつ》や感情問題あるいは自我よりくる不平不満、戦力を阻害するものはこのようなものから起因してくる。これは銃後においても戦地においても同一であろう。神様にあらざる人間の、不完全なる人間の平生として、当然のこととは言いながらかかるものを克服せねばならぬところに悩みがある。朝《あした》に基地を飛びたてば夕《ゆうべ》には亡き数に入らぬとはかぎらぬ武人の生命とは言いながら、生あるうちに自我を通し、わがままを尽くすことは戦争下において何で許されようぞ。

戦地に来ても私の人生観は変化しない。人間はいつまでも誠実、純でありたい。生死は別問題である。死ぬ時は死なねばならぬ。人間の生命死ぬまで正しく男であることを念頭に置いて、御《み》国のために微力を捧げている。内地に帰ることなど、今のところ念頭にないが、帰ったところで戦地のみやげは戦争の話のみ、内地を出る時の約束も戦場に来てみれば一場の夢に過ぎぬ。そのうち、トカゲでも捕えたら皮をはがして手製の財布でも作ってあげよう。ハハハ……。

何しろ故国を遠く離れているのでなかなか郵便物も来ず、いくら手紙を出しても梨のつぶてでまことに張り合いがない。慰問状をバニャバニャ(マレー語でたくさんの意)しかも殺風景でないのが欲しいね。

岩波文庫などもどこかから集めて送ってもらいたいものだ。あるいは古雑誌、釣り針、テグス、ウキなども。注文するものはこのくらい。六月から本俸八十五円也《なり》、そちらに送ることになっているが、内地のほうに手続きがまだとどかぬかもしれぬ。………(ただし内地に転勤になれば減額するかもしれぬぞ。アハハ――)

こちらでは猫に小判の軍票〔占領地区で軍の発行した紙幣〕さ。紙も不足なので手紙はなかなか書けぬから、葉書でがまんしてくれ。体にくれぐれも注意して勉学に努められることを希望する。
皆様によろしくご伝言ください。

兄より

親愛なる弟へ
日付も場所も書けぬからそのつもりで。

村《むら》上《かみ》鴻《ひろ》郷《さと》

一九一九年(大正八)一月十五日生。広島県出身
一九四一年(昭和十六)十二月、京都東寺専門学校卒業
一九四二年二月、陸軍に入隊、船舶部隊〔二六五ページ参照〕に属す
一九四五年一月二十一日、台湾南方海上にて戦死。陸軍中尉。二十六歳

小倉市にて待命中

空虚《うつろ》なる笑いは多くなりにけり雑魚寝《ざこね》の兵に我もまじりて

ハルピン雑詠

春寒き中央寺院の柵《さく》かげにロシヤ娘のつましき祈り

祖国なき流浪の民の集うとう暗き茶房《さぼう》に我れ座してあり

郷　愁

つつがなく北満*の冬凌《しの》げよと母が手編みのチョッキとどきぬ

我がために疲れし夜も筆をもつ母の心のはからえて泣く

はるかなる征途へ

父母よものな思いそ我が征途《みち》を心静かに見送りたまえ

船舶兵の任務のすべてを今にして父母に告ぐべき心をもたず

＊　北満……中国東北部で、現在の黒竜江省、内モンゴル自治区東部など。

松《まつ》永《なが》龍《たつ》樹《き》

一九一六年（大正五）八月二十二日生。東京都出身
國學院大学予科を経て、一九四一年（昭和十六）三月、同大学国文科卒業、同研究室助手として勤務
一九四二年二月、陸軍に入隊。同年、保定候補生隊に属し、翌年、見習士官を経て少尉任官
一九四四年五月二十八日、河南省魯山付近の戦闘にて戦死。陸軍中尉。二十七歳

「従軍手帖」第一部※

一九四三年二月一日初稿　於保《ほ》定《てい》
『学徒兵の手記』（兄茂雄氏の遺稿集、九七ページ参照）に答えて
稲田済《いなだわたる》の友情に捧ぐ

※　松永龍樹氏の「従軍手帖」第一部、第二部は、一冊の大学ノートにびっしり清書されて

いる。これは、生前内地に帰還する戦友に託されたものである。

序――一九四三・二・一――

すでに一年の野戦生活
僕は今告白する
この一年　僕は何もしなかったと！
鍵《かぎ》をかけられた精神！
命令に追随しただけの肉体！

しかし　それだけではいけないのだ
戦争は　かくも困難なる事態の下《もと》に
僕により多くを要求する
僕は戦わなければならない
正面の戦闘以上に　僕の精神は戦わねばならない
軍隊はその組織とアトモスフィア〔雰囲気〕とを

根底から変えられなければならない
日本陸軍に最後の栄冠を与えるために！
軍人としての僕は
今　軍人以上の使命を自覚する

1　入　隊

《入営…珍しい粉雪の朝であった。何の感慨もない。すべてはきわめて事務的に処理された。他人の騒ぐのが走馬灯《そうまとう》のようでうるさかった。

《立春の日に面会が許された。元気になって軍服が似合うと母や妻は言ったけれど、五日前までの僕は、もうその軍服の下にはいないのだとだれが気づくであろうか……心尽くしのコーヒーを最後の味と飲みほした。

《その夜命令が下《くだ》り翌朝品川を発《た》つ。レールをはさむあの思い出多い崖には残雪がまだらであった。——この身に何のかかわりもなく——僕の心は冷たかった。

《京都を過ぎたのは深更《しんこう》、東寺《とうじ》の塔の影すら見えず、初めて見る瀬戸内海の風光も期待に反して平凡であった。それに汽車は総《すべ》てのよろい戸*を降ろしていたのだ。

《深夜の門司の街は異国のように冷たく私たちを迎えた。宿舎の割り当てを待って公園にすわっているとしんしんと土の底から体が凍りつくようであった。

《内地を去る朝〝女学生の楽隊が見送ってるぞ〟——僕は甲板《かんぱん》へも上がらずただ振動によって出港を知ったのみ。後に〝出征の日の感激〟について語られるたびに奇妙な思いをすることになった。ボロ貨物船は玄海《げんかい》の浪《なみ》にはげしく揺れた。

《朝鮮…赤土、赤土の山、赤土の崖、ぬけるような青空、空気は凍って美しく雪の上に鵲《かささぎ》がいた。〝信州の旅〟を思い出さぬこともなく、車中の雑談を背に僕は二重ガラスに顔を押しつけていた……一時間ごとに寒さが加わっていった。

《一週間の後、はじめて土に降り立った。貨車が転覆している。山という山の頂《いただき》にトーチカ〔要所をコンクリートで堅固にかため、内に銃火器を備えた防御陣地〕と城壁——〝弾《たま》が来るぞ〟とおどかされるが、不眠ににぶった神経はどこを風が吹くとも感じない。

《その夜更《よふ》け、私たちは小さなシナ街についた。中隊は鉄道付近の警備に任じている。降るような冬の星空の下をみなだまって歩いて行った。こんな時だけ、僕は幼い日の夢を実現しているように心躍《おど》るのだ。星たちが見知りごしでどんなに懐かしかったことか……。


…………

＊　よろい戸……ほんらいは列車の遮光用の上下できる戸。軍は要塞地帯の通過や軍隊の移

動に際しこの戸を上下させて軍事機密を隠した。

2　新　兵

《編成が終わると教育が始められた。〝聞きしにまさる〟——最初の一カ月、何を思い、何を感じるひまもなかった。寒さや冷たささえ全然感じなかったのだ。……ただ事象が事象を追っていた。しかも好奇心を引く何の新鮮な印象もなく——

《速駈《はやがけ》と匍匐《ほふく》の毎日…まだ伸びない麦を踏んであわただしいばかりの半年が過ぎた。何を考える間も、何を思い出す日もなかった。精いっぱいの力は、ただ自分の内部を破壊させまいとする努力、そのための最後の一線は肉体の生命の維持でしかなかったのだ。

…………

《内務*とは無理と不合理の権化《ごんげ》！　軍紀《ぐんき》とは欺瞞《ぎまん》と要領の成果！　初年兵*には人間の生活はない……。

《旧年兵や上官はしかたがない。一緒に入営した同輩のあまりに激しいエゴイズムとみにくさへの不感症——精神と肉体との——には、ぼくは予想以上の大衆への嫌悪に悩まされた。彼らを人間だと思いたくなかった……しかし他に生きようのないこの社会は？

《だが僕は入営の朝、何と言ったか、最低の生活、もっとも一般的なる体験、歩兵の惨烈なる戦闘と平凡なる日常……それを抜けてはじめて僕は大衆を知り彼らに声かけることができるだろう、と、自ら進んで受けた試練ではないか。意地だけが僕の生命を支えた。

《でたらめの〝員数《いんずう》〟教育を終えて一期の検閲。*翌日はじめて落ちついた外出、だが、小さなシナ街に生気はなく、寄ろうとした天主会堂は歩哨にとがめられ、ラマ塔の下、池の端にねころんでコトバも通じない小孩《シャオハイ》〔子供〕たちと侘《わ》びしく規定の時間を過ごすのみ……五月だというのに池は沈鬱によどんでいた。

＊内務……一個中隊は、原則として六個の内務班に別れて生活した。演習、勤務ばかりで軍隊の日常が成り立っているわけではなく、食事、洗濯、掃除も、兵隊たち自身の手でやらねばならない。内務班は寝室であると同時に、日常家事が行なわれる場である。そして、家事・雑事の負担は、初年兵だけの上に、重くのしかかってきた。要領の悪い初年兵は、煙草を喫うどころか、食事も落ち着いて食べられない。演習・訓練のきびしさよりも、内務の気づかいと繁忙のために、耐えられなくなって自殺する兵隊が出たりした。

＊初年兵(新兵)……軍隊では、軍隊の外の生活を「地方」「娑婆」と呼び、軍人以外を「地方人」と呼んでいた。ひとたび営門を入ると、「軍隊」という社会の特殊性に完全に適

応できるよう、あらゆる機会を通じ、あらゆる手段をもって、新しい兵隊（新兵）をきたえた。起床動作、言葉づかいに至るまで、軍隊の掟に従わねばならない。些細な違反も、ただちに私的制裁の対象となった。

＊ 員数……軍隊の官給品の数のこと。転じて員数教育とは頭数さえ揃えばよいという教育法。

＊ 一期の検閲……入隊後六カ月間の初年兵教育ののち、総仕上げとして検閲が行なわれた。

3 討伐

《わずかに自分の時間はできたけれど、理解ある人はすでになく、同年兵にも上官にもただ一人の話相手もない。……要領を使って上官の愛顧を受けるのはたやすいが、それを卑屈と感じる潔癖はまだ僕を見捨てていなかった。…………

《一日、中隊で相変わらずの内務（卑屈と欺瞞の一日）＊……夜半、突然匪情《ひじょう》（ゲリラの情報）があがる。出動！ 月下の営庭、週番下士官の達する編成だけはすなおな感激を誘う。そして、自転車の一分隊が六百の敵を追跡する。……

《弾は楽しい、あの興奮だけは！ 少なくとも僕の荒れ果てた神経をさえ純粋な緊張に引き込んでくれる。何もかも忘れて兵士たちは団結する。……

《弾が来る、展開、攻撃前進……、高粱《コーリヤン》を分けて稜線へ稜線へと登る。敵の逃脚《にげあし》は早い。分隊長や旧年兵も速い。僕は古年兵の食事や米を背負って息を切らしながら、そんなことは忘れて自分の体をふがいなく思う。

《勝戦《かちいくさ》の快さ！　そして負軍《まけいくさ》のみじめさ……撤退《てったい》の夜行軍、倒れた兵士を負って、暗黒の道を辿《たど》る、止まる、進むと思うと止まる。歩きながら眠る、突然道から転《ころが》り落ちる。銃ばかりは土につけずに捧げている自分！　だが、その精神を分析するひまもなく歩く。行軍、行軍は全精神、全肉体をかけた努力だ。

《討伐は〝永遠の行軍〟と〝瞬間の戦闘〟から成立する。僕はやっとついて行った。……それでも、中隊にいる偽装生活よりはよかった。全力をあげている心身が、とにかく一つの積極的な方向を持っていたから。

《帰れば特別外出！　営外酒保《しゆほ》の汁粉《しるこ》に我を忘れて息をつく。……だが、それだけ！それだけでいいのだろうか？　はじめてその反省を覚えたのは、夜、部隊衛兵に立った時のことだ。

4　内　務

＊　週番下士官の達する編成……戦闘配備につく者と、部隊に残る者とに分けた。

《初年兵はまだいい、食欲だけで精いっぱいだから。北支軍現地中隊の現況を言おう。駐屯地においては毎日毎日酒と懐郷との、のらくらした生活。幹部はP屋〔買春宿〕と麻雀《マージャン》に夜を更かす。下士官は下士官で、兵は兵で、それぞれ眼前瞬間の享楽だけを求め空《むな》しい除隊の日数を数えている。

《明日の生命への危惧《きぐ》が彼らをこのようにするのであるか？　見かねるばかりの軍紀の頽廃《たいはい》！　軍の首脳部は戦陣訓＊の普及と懲罰令の動員のみによってこれを防ぎうると思っているのか？……無意味な時間つぶしの反復、おぼつかない帰還の噂の繰返し、それだけが彼らのプライベートライフなのだ。むなしい青春！

《はたしてそれから一年の間に、〇〇事件をはじめとして続発した対上官暴行罪、抗命罪、そして一方に奔敵《ほんてき》者の増加＊、軍司令官以下主要幹部の引責……軍は汚名にけがされ、しかも首脳部必死の対策も何の効果をも見せない。…………

＊　戦陣訓……一九四一年一月「戦陣道徳昂揚ノ資ニ供スベシ」という命令を付して、当時の陸軍大臣、東条英機の名において出された訓令である。本訓でとくに注目すべきは「其の二」の第八「名を惜しむ」の項に「生きて虜囚の辱を受けず、死して罪禍の汚名を残す勿れ」とあるところである。これにより降伏と捕虜が認められなかったため、将兵は敗北が決定的となった後に全員戦死(玉砕)せざるを得ず、無用な犠牲を重ねた。軍は民間人に

もこれを求め、沖縄戦や末期の満州戦に見られるような悲劇を生んだ。

＊　対上官暴行罪、抗命罪、奔敵者の増加……北シナ方面軍の第十二軍法会議は、一九四一年から四三年のあいだに、上官暴行三十、抗命十、奔敵（敵軍に走る）十六等五九九の処刑を記録する。軍紀違反は増加しつつあった。

5　書信

《内地からは一期の間もよく便りが来た。家庭からも友だちからも――しかし教育期間はそれを読むのさえやっとで、便りくれる人々の心にしみじみ思い入る余裕はまったくなかった。……そして多くは返事も書かずにしまったのだ。

《この社会の中で公然と自分を生かしうる日が来ないかぎり、ほんとうの便りは書くまいと決心していた。それは一つには上官の禁止するところに触れるからであり、より大きくは、軍の本質に関する問題を提起しないでは僕のこの環境下の状態を書くことができないからである。

《『学徒兵の手記』の時代とは検閲の程度もまったく違い、また野戦の召集予備兵と教育期間の現役兵との自由の相違でもあった。あのように個性を発揮し、あの程度にも真実を語ることは今の僕にはまったく許されていない。

《制限されて偽《いつわ》ったレポオトを書くくらいならむしろ無音《ぶいん》を誇りたい。事務以外のいっさいの思想と感情は僕の便りから消去された。事務上——兵隊としての生存上——必要でないところへは、どんなになつかしくとも、どんなに心配でもけっして手紙を書くまいと！　ほとんど厳重に僕はこの掟《おきて》を守っている。

《けれど内地からあまりに思いやりのある便りが来る。東都の文化戦線について僕の奮起を促さずにはいないレポオトが来る。……やむをえぬ事情をだけは何とか伝えずにいられない。〝精神の上の完全なるストップ、鍵を掛けてからどれだけの時が経ったろう。ふたたび活動を要求される時、錆《さ》びついていない自信もないのだが。……〟そして検閲官はその葉書をストオブにくべた。

6　暍《えつ》病《びょう》〔日射病〕

《夏が来た。討伐が繰り返された。一夜で終わることもあり、一週間一月と続くこともある。一木の陰のない埃《ほこり》の道を行く。どこまでもどこまでも行く。…………

《暍病！　弾にあたって死ぬ者より日射病の犠牲が多かった。初年兵は誰も彼も、下痢と暍病にかかっていた。水がはなはだしく悪いのに飲まねば暍病に倒れるのだ。部落につくたびに僕は頭から水を浴びた。それも歩き出せばまた熱湯の中にいる思い。

《いつももうだめだと思う瞬間に休憩があった。精いっぱいのところで落ちずについて行った。休止があり状況〔演習や実戦における一つの戦闘状況〕が終わるたびにもう十分遅れたらと思うと戦慄せざるをえなかった。

7　兵　隊

《駐屯地に帰ればいつもまた例の反省が頭をもたげる。

《兵士たちの日常はきわめて合理的だ。それは予想以上で『学徒兵の手記』を信じなかったことを悔《く》やんだ。——しかし彼らは合理的である前にあなたまかせだ。長いものにはまかれろ、〝軍隊の申し送りは絶対だ〟、正式な統帥《とうすい》系統〔軍の統率・命令系統〕ではない、この社会に長い伝統の不文律だ。権力と服従の因習だ。

《ただその中で可及的に〝要領よく〟生活することだけが自分らに選びうるところだ。少しでも楽で安全な生活を定められた年数だけ送って〔二九六ページ参照〕一日も早く内地へ帰ること、それだけが彼らの希望だ。…………

《ほんとうはこうして与えられたことのみすれば、衣食住何の心配もなくまた良心も満ち足りた気楽な生活を彼らはむしろ享楽している。内地の生活がより楽だとは思っていない。しかもそのことをけっして口にしない。彼らの内地への憧憬《どうけい》は実は彼らの青春と自由への夢なのだ。それは現実ではない、彼らの空想、一つのロマンチシズム……ふるさとのない郷愁……。

《そしてひとたび戦闘の日、死との出会いの瞬間、彼らは突然だれも、あの日本の〃神〃となる。…………

《兵士らはいとも安易に、自分たちを護国の勇士と信じる。我らあっての祖国だと！それは甘い一つのセンチメンタリズムだ。兵士らの心のふるさとだ。兵士らはその自慰によって青春の浪費を悔やまない。……

《だがそれでいいのだろうか。それが〃自惚《うぬぼれ》〃でないとだれが保証したか、自分たちの文章を売るために、この自負の源を作ったジャアナリズムに災《わざわい》あれ！兵士らの自慰は悲しい。彼らにはそれを反省する知性もなく、またそれを否定しては彼らにはこの困苦に耐えることができないのだ。

《千万の壮丁がこうしてその青春を向上への意志を喪失したままに暮らしている。

…………青年のきわめて一部だけが兵士となる時代ならば、兵士は兵士としての本分だけを果たせばよかったであろう。今は違う、すべての青年が兵士としてその青春を送るのだ。そのとき兵士の務めは軍人である前に世代である。国家を背負うべき青年層としての務めを兵士であるがゆえに怠ることは許されない。…………

8　教育

《ことに幹部候補生*として選抜された者たちが一般の兵士とその点で何ら異ならないのを知った時、僕の危惧は増大しないではいなかった。僕は精神に鍵をかけていることに不安を感じはじめていた。これが国軍の幹部であろうか。これはこのままでよいのだろうか。

《将校たるべき者の教育そのものすら一期の教育とその精神において何ら異ならない。教育と呼ぶのは気がひける。少なくともそれはインテリに対する教育ではない。向上への意志はどこにもない。…………

《「作戦要務令」*と「歩兵操典」*は完璧である。「軍人勅諭」*と「戦陣訓」はあますところがない。しかもそれらの講義には何の方針もなく何の効果もない。小学校の修身とどれだけの開きがあるか。学徒であれば自ら読むことによって、ずっと大きな収穫を得るであろう。学校の教育は文部省式のそれよりもっと悪い。何ら生徒の心理的反応は考慮されていない。

《術科〔実戦の訓練〕さえが体力演練〔演習や訓練〕以上にどれだけの効果をねらっているのか。これで対ソ戦闘を行なおうという、教官が何も知らないのだ。…………

《日本陸軍に教育なるものなかりせば……おそらく日本の陸軍は世界に一流の軍隊でありうるだろう。……事実、候補生も兵も実戦における体験によってのみ、また彼らの忠実な精神と〝地方〟以来の合理主義的生活法によってのみ、戦闘における実力を養成しているのだ。もし軍隊がすべての教育を廃止するならば、国軍はいっそうその実力を満たすに違いない。

《兵士の実力養成はちょうど戦国の世の武士たちに似ている。初陣《ういじん》以来の戦闘とその間における先輩の教導とが彼らの唯一の実際の師だ。彼らはただ体得する。精神教育すらが幹部教官の説教からではなく彼ら自身の合理精神と弾雨下の修練から来る信仰との結合によって成立する。

《封建時代の教育、しかもその古い烈々の精神をさえ失ったまったくの〝員数〟教育、〝階級と位置さえ与えられれば軍隊のあらゆる任務はだれにでもできる簡単なことに過ぎない〟例の軍曹はそう言った。だれもそれを知っていながら、しかも教育の不必要に思いいたらない。習慣の力は恐ろしい。

《…………そんなある日、演習の終わった茜空《あかねぞら》に雁が鳴いて渡るのを見た。故郷に思う人がないわけではない……一抹《いちまつ》の哀愁は果て知れぬ僕の使命を彩《いろど》っている。（すでに僕は新たなる使命を考えていた。）

＊　幹部候補生……大学・高専・旧制中学の卒業生は志願によって試験ののち、甲種(予備士官学校で教育ののち将校となる)乙種(下士官となる)の幹部候補生になる道があった。

＊　作戦要務令、歩兵操典……二一三ページ参照。

＊　軍人勅諭……一八八二年一月に発布されたもので、帝国軍隊のもって根幹となすべき最高典範であった。「我国の軍隊は世々天皇の統率し給ふ所にぞある」から始まって、大元帥としての天皇親率のもとにある帝国軍隊の沿革とあり方を述べている。このなかに「下級のものは上官の命を承ること実は直ちに朕が命を承るものなりと心得よ」という一言があり、これが、軍隊内における絶対服従の根拠になっていた。ＢＣ級戦犯裁判で争点となった「命令と責任」問題の根源はここにある。

また、「一、軍人は忠節を尽すを本分とすべし、一、軍人は礼儀を正しくすべし、一、軍人は武勇を尚《とうと》ぶべし、一、軍人は信義を重んずべし、一、軍人は質素を旨とすべし」の五カ条は、日朝、日夕点呼でくりかえし、奉唱することになっていた。

9　性　格

《むりやり幹部候補生に採用されて連隊本部と予備士官学校と二つの教育を受けさせられた。連隊での集合教育は東京の学生ばかりだし、それでも少しはインテリ味があった。中隊と学校と三つの社会の中でここがいちばん僕の性格を生かしてくれた。

…………

《〃地方〃にいた時は、新しい社会に入っても無意識にでも自分の好きなグループを作るから性格は自分の欲する――無意識に――形に維持される。軍隊ではまったく個人の選択を許さずに社会とグループが(戦友までが)与えられるために、まったく自分の意志を無視して性格は形成されるのだ。

《僕の場合、中隊では反軍的で体格劣等しかも図々しく横着で意志薄弱な劣等兵として扱われた。僕は僕の精神的特性のすべてに鍵をかけ、あらゆる個性をかくし、ただまじめに熱心にひたすら一兵士として忠実であろうと努めていたにかかわらず――すべての努力は水の泡であった。彼らは僕の履歴と肌ざわりから固い先入主を作ったのだ。

《だから僕が幹部候補生に採用された日、すべての幹部が意外な顔をした。実際は僕にも意外だったのだ。…………その発表の命令があったのは、中隊が遠い山の中でちょうど一日に二回も戦闘を繰り返し、隊長は狙撃されて負傷し疲れ切って宿営したその晩であった。僕は隊長を後送するトラックで急いで中隊の街に引き上げた。採用を予定されていた人たちは討伐に出ずに中隊で命令を待っていたのだ。

《完全軍装、赤レンガの駅はふしぎに明かるい光の中に浮いていた。柳が軽くゆれ……埃《ほこり》だけがシナであった。ふたたび一期にまさる教育へと、僕は重い心を引きずっていた……みんなの喜びに調子を合わせるのがむずかしかった……きびしい教育と聞いて書簡も本も……討伐の背嚢《はいのう》にまでしのばせたあの英語の童謡も、みんな処分した背水の気持。

10　幹　候〔幹部候補生の略〕

《連隊本部での集合教育。僕は頭脳明敏と知られ、同時に僕のまじめさも僕の精進も、中隊時代を思うならおそらく実質以上に買われたのだ。ここの社会では僕はほとんど模範兵の一人でさえあった。何という奇異の思いであったろう。………

《ふしぎなことにはこうした性格の変化の末は体力までも変えたことだ。僕の体自身は変わりはしない。僕の気力によるがんばりが、ここでは正当以上に認められたのであろう。……体力はここでだけ一人前に扱われた。社会の評価というものの力を――体力までも左右することを僕ははじめてほんとうに知った。

《第三の社会、保定の幹部候補生隊、全北支の生徒、そして全日本にわたる出身地……都の学生だけだったのと比べてここはまた一つの大衆化であった。ここの僕に与えた性格は文学的優柔不断。そして、僕は僕に与えた学校の第一印象が悪かったので、これを是正する熱意を失ってしまった。………

《僕は機械のように与えられたことだけを為《な》し、必要となれば必要の程度だけ感激を装った。教育者の与える感激の場面に、僕はその裏面の卑劣な計画のみを見た。偽りの涙が将校の情誼《じょうぎ》を育て、嘘の感激が、いたずらの悲憤慷慨《ひふんこうがい》が、生徒の憂国の丹心《たんしん》〔本心〕であるのを見た。

11 不感症

《しかしなぜ、これほどまで情熱を喪失したのであろう。軍隊に入って一年、ついに一度も心深く動かされるということがなかった……入営前の数年のあれら〝対話〟の夜々、そして青春の夢の旅。……あれらの感激はどこへ行ったか。ああ軍服の下に僕はハートを持たなかった。

《どのような事件も——そしてほんとうに驚くべき刺激に満ちた一年だったのに——戦友の自殺も、身に集まる集中弾も、そして、惨虐な拷問も、ついには自らの銃剣を衂《ちぬ》りさえしたけれど、僕は馬鹿のように不感症であった。ここに書くのも恥《は》じる経験の多くにさえ何の感応をも示さない。それらは皆どこか他の世界のできごとにすぎなかったのだ。

《それはあの呪《のろ》うべき三八年の秋〔兄茂雄氏の戦死をさす〕以来のことではあった。あの日から僕は別の星に住んでいる。人生へのあらゆるインテレスト〔関心〕は失われた――そして入営の日から僕は二重仮面をかぶることとなった――(今そんなことを言うべき時ではないが、戦争も国家もほんとうは僕にはどうでもよいのだ。)………

《僕は夜ごとに非現実の中に生活するようになる。都との地図上ひとまたぎの距離は、僕を今の東京からどんなに引きはなしたことか。今、僕には茂雄さんや雄甲さん〔弟〕のほうが東都に住む知人たちよりも現実的なのだ。夢にはだんだんあの人たちが生き生きと活躍する。

《もう一つは古典と空想の世界、定家や雅経〔飛鳥井雅経『新古今和歌集』の撰者 一一七〇―一二二一〕がどんなにリアルな肉体を持った精神となって僕に迫り出したことか。戦友たちが都の女の噂をする時、僕は平安の歌人たちと膝をまじえる錯覚に孤《ひと》り興奮を覚えるのだ。

《真実〝ここ〟では内地のことより死者の世界が近く感じられる。ほんとうに近いのだ。僕はそれにつれて現実へのインテレストをますます失い、それにつれてまた死者たちとの出会いを享楽する冒険をさえあえてするにいたった。今のような時代に何たるニヒル！　しかし偽装の修練は、僕を生活の面から落とすことを防ぐ。

《こうなるまでに僕はあんなに自己嫌悪と戦った。しかも今の環境は自己嫌悪を否定するならば、人間嫌いを強調することとなる。むしろ二つの悪徳は日ごとに深く強くなる。それを阻止しようとすれば僕の生命は破壊されるだけだ。

……………

12 使命

《象徴的な意味でなら、軍隊においては、僕の通って来た人生とはまったく密度の異なる空気が僕を囲み、窒息しないためには僕の内部構造を変形しなければならないのだ——感覚も感情も偽らなければ誠実でない——こんな矛盾が人生と呼べるだろうか。

……………

《軍人としての本分と学徒のそれとはほとんど常に矛盾した。軍人たるべくば他のすべての使命も欲望も捨てるべく命ぜられた。しかもその軍人の本分は何と形式的で低級だったことだろう。ただそれだけを全人生の目標とは何としてもできなかった。

……………

《僕は軍隊改造の使命を感じはじめて以来、軍人としての信念を学徒の本分に一致するところまで高めた。今や僕自身には何の矛盾もない。本分は一つ、使命は環境の中に定められる。忠節というコトバは一つ、陛下への帰一は一つ、国家と社会への善意は一つ、ただ異なるのはその内容の分析であり、解釈であり、そしてその実践の手段である。

僕の忠節の方法はおそらく現在の軍の首脳部の根本方針を冒《おか》す。

13　戦　争

《戦争ってどんなものかときどき考えてみます。けれどもわからない。戦争がいやなものかどうかさえわからないのです——親しい中学生から戦地への手紙だ。…………

《僕も戦争って何だか知らない。大東亜戦争が始まってからは君たちもまた戦闘員だ。戦争の体験は僕らより君たちのほうが少なくとも精神的には深くかつ大局的だ。こちらにいると戦闘の中に具体的にいるためにかえって反省しなくなり、ほんとうの体験がつかめないのだ…………——返事の一案。

14　軍　隊

《この辺の討伐戦闘は兎《うさぎ》狩りみたいなもの、ほとんど戦闘の部類には入らない。ぐるっと囲んでおいてから砲火で追い出して討ちとるのだ。まるで遊び半分みたいなようだ。命を的の激戦はきわめてまれな局部的なものでしかない。しかも死はくだらぬ時に不意にやってくる。…………

《すべてこの現在の状態を僕らは永久的常時のものとして考察しなければならない。

内地にある者は留守とか待つとかの気持を捨て、戦地にある者は帰ったらという心を持ってはならない。そして、僕らの任務はこの絶対の不自由をしのんで軍人であるとともに世代でなければならないのだ。…………

《封建的に極度に強化せられた軍隊がついにその実力の限度を示したのはノモンハンの尊い教訓であった。それ以来、国軍は科学化を意図されたはずであった。装備だけではない。重要なのはその組織と社会的アトモスフィアとにおいて——。

《しかし、その意図はどこに現われているか。不幸にして、僕は一年の軍隊生活のどこにもその片鱗をさえ見なかった。ソロモンの苦戦〔年表参照〕が同じ原因によっていないならば幸いである。我々の軍隊の実力の限度がこの決戦にさいして不足をきたすとしたら？……そして真の近代化なくしてはそれは必至ではないか。

《軍隊の本質的科学化！　近代化！　しかも困難は同時に軍隊における〝近代の超克〟*が要求されることだ。軍隊はいまだ近代化していなかったにもかかわらず、各兵士は完璧な近代の個人主義をモラルとしているからだ。……この改造は容易なことではない。その自覚さえ現われていない現在においてとくに。

《入営直前、僕はある形で僕の軍隊観を結論していた。肉体と精神の孤独を否定する大衆性に対する本能的嫌悪と、国軍の非科学的組織に対する不満と。そして最後に国軍の封建的モラルに対する危惧と。僕はけっして楽観的な気持で入営することはできなかった。

《陛下の皇軍の一員たる栄誉、もっとも直接なる方法をもって時局の社会、国家に尽くしうる喜び、それが僕の中核に燃えあがっていたから、僕は冷静に欣《よろこ》んで出発した。けれど――自覚の程度の深さに比例して、使命と環境との矛盾に対する煩悶《はんもん》は大きいはずであった。

《一年の体験はその矛盾をほとんど底知れぬまでに深くしてしまった。あの日の危惧と煩悶は純粋に抽象的なものであったのに、今はそれが現実となりしかも予想以上に証明されたのだ。――僕はますます沈潜せざるをえなかった。

＊　近代の超克……一九四二年十月号の『文学界』誌上で、個人主義や自由主義を生んだ欧米の近代文明に追随した明治以後の近代化を克服し、日本的伝統にかえろうとする趣旨の座談会が行なわれた。

15　観　念

…………

《現実によって転向を強いられるような観念は真の観念ではない。それは、本来現実を基礎にしなかったために、遊離した観念的な観念にすぎなかったのだ。（それが今までのインテリの弱さの正体であった。）…………

《従来の論壇文壇の思想がどんなに観念的で無力なものであったかは、この戦争以来、如実に暴露しつつある。この一年の総合雑誌ぐらい小気味よくくだらないものはない。日本の思想界は一度滅亡しなければいけない。…………

16　芽生え

《保定での半年はこうして〝数えまい〟とする努力の中に過ごされた。目をつぶれ、すべての事象に目をつぶれ、俺の心臓よ凍結せよ。……僕は冷凍魚のようにして極寒の保定を過ごそうとした。冬眠！　傷つけられまいとすることだけが意志された。

《まつげが凍って折れ、洗濯物は洗うはしから棒になり床にはりつく。終夜掩体《えんたい》（敵に体や兵器が露出しないように構築した物）を丈《たけ》より深く掘らないではいられない黎明《れいめい》攻撃の演習。星ばかりがギラギラとはだかで、僕の心をさした。……他のものはすべて偽りの仮面しか持たない、生命のない生活――。

《この不満にもかかわらず春はやはりめぐってきた。芽ぐみは僕の内部にも起こりつつあった。枯葉の大地に伏すと、土はまだ凍っていたが、広い大空には幾行の過雁《かがん》が毎日毎日啼《な》いて通った。遠い憧《あこが》れがその声に生まれた。……ふしぎな力で郷愁と復活とが僕の心に脈うってくる。…………

《しかし、このふしぎな目覚めの美しさ、若々しさに反比例して、その翌日から僕はたちまち苦しい矛盾の中にあえぐ身となった。――生活の制圧と真実のないアトモスフィアとはもとのままでありながら、とざしたはずの精神――絶対にこの社会とは調和しない精神がよみがえった時――その衝突を自覚した時。

《だが忍苦の方法がないわけではない。長い偽装の修練が無益であるわけがない。巧みなカモフラージュの蔭に、秘《ひそ》かに新生への準備が企てられた、〝企図《きと》の秘匿《ひとく》〟〝準備の周到〟……

《その一つがこの「手記」となり、第二の手段が正月から始められた「済《わたる》の旬報」を基礎とする通信網の確立である。…………

17　卒　業

《毎日毎日渡って行った雁の列、いつか営庭に桃李《とうり》が咲き、若杉参謀（三笠宮殿下）のご台臨《たいりん》下の卒業式、セパレット・コンパ〔卒業コンパ〕……どんちゃん騒ぎの一同を捨てて、僕は一人の戦友とトオチカに登った。……都でくんだ酒の味の思い出か、春浅い夜空の誘惑か、遠く蛙もないていた。僕は大陸ではじめて自分を語っていた。

《翌朝、僕たちは保定を去った。一度の外出もなくまったく知らない市街を行進して——埃《ほこり》の河北から緑の山東へ、それは蘇生《そせい》の象徴であった。長い教育の期間は終わった。同時に偽装の生活と別れたい。それが僕の切なる願いであった。…………

「従軍手帖」第二部〔一七四ページ参照〕
一九四三年五月—九月　於済南《さいなん》

序

済南では随筆というより日記的にメモを書いた。その中から「従軍手帖」に似合うものを抜いて第二部を作る。除いたのは多く読書感だ。それはさまざまな本があった。読書感が自然に〝従軍記〟に関してゆくのも多いのだが割愛した。今そのおもなものの目録だけあげる。

麻生《あそう》三郎《さぶろう》『イタリア紀行』、太宰治《だざいおさむ》『東京八景』、服部直人《はっとりなおと》『愛情の古典』、シェリー『詩の為に』とゲーテ『詩と真実』、川端康成《かわばたやすなり》『伊豆の踊子』、『フランス其の後』と『ソヴィエト通信』、ペギイ『半月手帳』、宇野《うの》浩二《こうじ》『文学の三十年』、杉山平助『文学と生活』、風巻景次郎《かざまきけいじろう》『日本文学史の構想』、坪田譲治《つぼたじょうじ》『風の中の子供』、伊崎浩司《いざきこうじ》『討伐日記』、今村太平《いまむらたへい》『満州印象記』、中村正四郎『詩集ちぎれ雲』、杉山平助『文芸五十年史』、井上豊《いのうえゆたか》『国学論』、田中冬二《たなかふゆじ》『橡《とち》の黄葉』、『大学新聞』抜粋、ネルヴァル『暁の女王と精霊の王の物語』、『静思』に就いて、『セヴィニェ夫人手紙抄』、吉田松陰《よしだしょういん》『書簡集』および『講孟余話』、暉峻康隆《てるおかやすたか》『蕪村論』、我が書「ラ・ソレリイナ」〔『チボー家の人々』第四巻〕、「ユカリの書」について、クラウゼヴィッツ『戦争論』、『フランス中世文学史I』、グウルモン『文学散歩』、映画「海軍戦記」と「翼の凱歌」、半知識への憎悪(『続次郎物語』と『米百俵』)(これはエッセイ)、高津春繁《こうづはるしげ》『比較言語学』、柳田国男《やなぎたくにお》『日本の祭』

1　新生

《四月三十日、あれから何度目の誓いの日であろう……昨日殺風景な埃の河北から三日の旅、アカシアの匂い、柳の花散る緑の山東へ半年ぶりに帰ってきた。歩廊《ほろう》の上をころころと柳の花が転がり、深紅の兵舎が緑に映え、空には夏の雲が漂《ただよ》う。

《けれどまたしても教育が繰り返されることになり、予想した自由の日はどこに待つのであろう。——済南の市街はまるであの伊勢佐木《いせざき》町〔横浜市〕を思い出させたが——そこも重い軍装で行軍して通ったのみ。

《五月、ふたたびめぐる時鳥《ほととぎす》の季節、二週間の隊付実習＊のため懐かしい滕県《とうけん》〔山東省〕に帰る。正月以来の〔二字抹消〕と胸をえぐる〔一字抹消〕に苦しめられ、みんなが分屯地《ぶんとんち》にでかけたあと一人残留して初年兵と語りあう。昨日の雨のあと晴々と秋のように澄んだ五月の陽……その光の中で敬語で話されると僕はますます侘《わ》びしく新しい自分の位置にとまどいしてしまう。初年兵が軍隊の印象を語る時、僕はいよいよ憂鬱にだまりこんでしまう。…………

＊隊付実習……予備士官学校を卒業した者は、見習士官となり、中隊に配属されて隊務を実習する。

2　将　校

《見習士官を命ぜられてすでに一月、一年有余の野戦生活に徐々に熟した例の使命感について一度はっきり書いておきたい。こと半ばにして僕の倒れた時、後つぐ者の指針として！　しかも必ず後継者を残さねばならない。僕一人で成就しうるような生やさしい仕事ではない。

《僕としてあれほど嫌った幹部候補生、受験も採用もまったく強制的であり、また僕にとっては絶対消極的被教育と完全偽装生活の末ではあっても、ともかく見習士官の拝命は僕の自由意志からの志願であると形式されている。

《兵と将校との間には強制と志願との越えられない絶対の線がある。兵である以上、僕の今までの生活法――（消極と偽装――『学徒兵の手記』）は完全に倫理的であった。しかし今日僕の方針は変更を要求される。今はもう軍隊社会の中に僕の個人としての位置を宣明《せんめい》し積極的にこの社会のために動かなければならない。

《今まではできるだけ〝殺すまい〟として生きた。これからは〝殺そう〟と意志するのだ。自分個人のことを言えばどうにでもして生きて帰りたいと思い、在隊中の時は〝数えまい〟(Just David)〔一一六ページ参照〕とした。今は死のうとしすべての時を数えるのだ。

《兵隊を殺して将校が生きていることは絶対に許されない。この日僕は生還を期さない。――もちろん出征の日に覚悟はした。しかしそれはあくまで受動的だった。今や僕は死を求める。けっして生きては還《かえ》らない。

《僕は今日『学徒兵の手記』をはなれる。知性を捨てるのではない。知性が積極的に戦争と軍隊のために生きるのだ。そして、それは死処《ししょ》を得ることだ。…………

《〝転んでも科学的〟では足りないのだ。僕は〝科学的に転んで〟みせてやるのだ！　有意的に！　そして言ってみれば、それは〝陸軍のキリスト〟たることだ。…………

《むなしい郷愁と内地の文化戦線への思慕は捨てる。文化も知性も現在の立場において生かしうるものだけが有意義だ。僕は都のレポオトに期待しまい。都への通信をいっそう減少しようと思う。努力は全精神、全肉体とすべての時間とを要求する。

《故国のことは忘れ果てる。ただ知性の活動は瞬時も忘れてはならない。知性の修練、軍隊における知性の修練がどんな結果を生ずるか？　それを実験してみせてやる。学徒士官の道を見よ！　わが棘《いばら》の道を見よ！

《もっとも冷静にして科学的な思想と感情、そこに生まれるもっとも断固たる意志と行動――その関係だけを示しうれば――〝知性だけが真の意志を生む〟ことを証《あか》しうれば――。

《その上に少しでも軍隊を科学化し、近代化し、同時に兵らをして近代個人主義の小市民性を超克せしめうれば、これにまさる欣《よろこ》びはない。

3　遺　書

《こうなるとゆかり〔夫人〕への遺言も〈あれ〉だけではいささか足りなくなった。もうけっして二度とあえないことを！　自覚させそのうえで日々の生活を設計させなければ、――帰りを待つというはかない希望をねこそぎ捨てさせるのだ。僕の死がでなく、僕の決意がそれを与える時に初めて僕は勝つであろう。

《もし死んだら、死んでもけっして——という遺言は力弱い。必ず死ぬ。キミにはボクはすでにない。今の僕はキミのものではない、ボクのキミは去年の二月以前のキミであり、キミのボクは笄《こうがい》町〔自宅。東京麻布笄町〕に遺ったボクだけだ。パパやママとの君の生活、大陸での僕の生活、それはたがいに何の関係もない。…………

《…………もうもっとはっきり僕は君に言わなければいけない。いわば君に〝理由なき離縁状〟を渡すべき時が来た。キミがボクを欲するなら、キミのボクはただ笄町の二階にだけいるだろう。

《海を渡った僕はもうこの体の一分もキミのものではない。僕は全身全霊を捧げる。犠牲というコトバが消極的な語感を持たないならそう呼んでもよい。

《僕は全力をあげて新しい使命に邁進《まいしん》する。何の後顧《こうこ》の憂《うれ》いも持たず——銃後のおかげではない、キミの努力と僕の意志によってだ。——僕は新しい仕事をただ一人ではじめた。同志の獲得はもっとも望ましいが一年半の体験はその不可能を教えた。僕は今〝ニュートンの海〟*を感じる。

＊　ニュートンの海……到達できない遠大な目標のこと。ニュートンは、自分の学問的業績を幼児が海浜で拾いあつめた小石や貝殻にたとえ、真理は以前の通り未知の大海さながらに残っているとした。

4　読　書

《兵士と被教育の身に読書の自由と時間は全くない。はじめの一年、本をみなかった苦しさは何にもまさった。済南に来てはじめて僕はもったいないほどの時間を得た。

《時間があればインテリは活字を恋しがる。今までの生活で一番その時間の持てたのは列車輸送の間だ。ただ幹候とかインテリとか言っても、まずは三文小説か映画雑誌しか本を知らないかたがたばかりの教養程度だから、容易に〈よめる〉ほどの本は手に入らない。…………

《輸送があろうという時には一週間ぐらい前から気をつけて何とか〈よめる〉本の一、二冊は忍ばすのだが、それが外も見えない貨車内の幾日をどう保《も》たすものではない。勢い、活字でさえあれば！　ということになるわけだ。

《ちょっと堅いものは、文庫本でもポアンカレ〔フランスの科学者一八五四―一九一二〕では、小説でも堀辰《ほりたつ》雄《お》となり雑誌でも『改造』となると、もう幹候の八十パーセントは敬遠しようという時代だから、誰の図嚢《ずのう》の中もヨーカンはあっても本はないというのが真相で――。

《兵隊には活字と時間とが調和して与えられることはめったにない。内地からははるばる届いた書籍がちょうど討伐先への連絡で送られてきて、読むひまもなく連日の行軍などという時、背嚢《はいのう》は一グラムでも軽くしたく泣く思い——それでも汗でよごすまいと苦労して背嚢の外側につけて歩いた。

5　対　話

《済南に来て一週間、気ちがいのように読んだ。それが過ぎると選択が始まり、今度はしゃべりたい欲求が耐え切れないまでになる。夜を徹し、日に日を継いだあれらのおしゃべり！　しゃべることをやめてからどれだけの時が経ったか。

《読むことと瞑想することだけが許されたこれらの日々、しゃべりたい欲求が奔然《ほんぜん》として僕をとらえる。読み考えたことを——しゃべる相手がない、書いても読んでくれる者がない。書く意欲も挫折して——それに僕は書くために一度しゃべることを癖にしてしまっていた。いきなり書いたものはただしゃべるためのメモでしかない。

《茂雄さんとの、あの母様をさえあきれさせた飽くことのない対話、一瞬を惜しんだ二十四時間！　そしてそれができなくなってからも済《わたる》とけさをとそして紀郎《のりお》とのおしゃべり、また奇妙な芳郎君との対話、何も言わない時正さん〔いずれも友人〕との対面！………それらが僕を支えていた。

《しゃべるべくして黙る時、はじめて沈黙は価値となる。僕はその中にしゃべった以上の思想を創造してゆくことができた。今まったく相手のないこと——茂雄さんを失った日にはじまった〝対象のない人生〟〔ロマン・ロラン『ジャン・クリストフ』より〕がまったく具象的に僕を囲んでいる。どうして思想の展開がありえよう。

6　定家……六月三日

《なべて世の情けゆるさぬ春の雲たのみし道はへだてはててき——定家。

定家という男はまあなんと僕の心を知っていたのだろう。まるであきれるばかりだ！

〝たのみし道〟への郷愁は僕をとらえてはなさない。

《しかもその春の雲さえが、〈別れにし身の夕暮れに雲消えてなべての春はうらみはててき〉ここまでくれば何とも言いようもない。これ以上の哀傷があるだろうか。…………

《〝たのみし道〟がへだてられて以来、僕は〝抒情《じょじょう》〟を失いはてた。そして、それはこの世界の動乱期においてはただ僕のみの苦悩ではない。それは〝なべて世の〟ゆるされぬ叙情であったのだ。けれど、それが〝なべて〟を越えて僕個人のものとなる。この底のないはげしい哀傷への路《みち》！

《ああていちゃん〔兄の茂雄氏のこと〕！　僕には〝身の夕暮れ〟があまりにも早く来てしまった。

〝青春がそのまま晩年であるような世代〟と済《わたる》は言った。……それをさえもう知っていた定家よ。…………

《弱き人類の苦悶、そして、その中にただ一人自覚せる者の苦悩……後鳥羽院《ごとばいん》歌壇＊の中に定家の精神は芸術におけるキリストのそれであった。彼は知らなかったけれど、彼の〝文学〟はついにその次元に達していた。何の道でもいい、キリストの次元にあることこそ僕らの〝使命〟に対する最後の仕事だ。最高の位置だ。…………

《文化・文学・新古今の仕事を完全にあきらめることはもう僕には不可能だ。それをはなれた僕は僕ではない。顧《かえり》みればこの一年半は高熱に侵《おか》された悪夢のようだった。僕の一生の暗黒時代だ。…………

《生きて帰らないということは真の選ばれた使命を捨てることではない。一つだけでも全身、全力を要求する二つの仕事が二つなりに僕を呼んでいる。やはり僕の使命と責任とは両立しない。

《古い人道主義のセンチメンタリズムは捨てよ。英雄らしく見えるのは使命に対する偽りだ。簡単に死ぬことは人にほめられるだけ実は卑怯なのだ。できるだけ生に執着し生きて帰らなければいけない。

《両面作戦が強いられている。エネルギーの二分は戒《いまし》めよ、重点は必ず一つでなければならない。二つの目的は遠く一つに統一されている。作戦は主動的に立てよ……今思う唯一の方策は気分重点の敏活なる転換だ。……しかし〝兵は詭道《きどう》なり〟（用兵の要は人をあざむくことである）（孫子）と、機は密なるべし、――（実は自分で迷うからごまかしておくのだが）。

《済南に来てから死への新たなる覚悟と宣言と、そして努力と煩悶と、一月、今やしずかに自分にもどった心だ。あともどりかもしれない。そうだ卑怯だ。第一今ごろ〝決死〟などと言うのは笑われものだ。しかし、卑怯でいいと思う。〝滅私〟というのは軍人哲学が知るような簡単なものでいいはずがない。…………

＊ 後鳥羽院歌壇……後鳥羽院を中心とする新古今の歌人たち。

7 白《しら》智《ち》鳥《どり》

《茂雄さんの遺稿「白智鳥叢書」（『学徒兵の手記』はその第一巻であった）は出版すべきであった。あれだけ準備もし意欲も燃えながら、とうとう出征までにただ一冊しか上梓《じょうし》しなかったのは、僕があまりにも客観を重んじ、その意図と仕事の中に僕の感傷と主観との入ることを恐れすぎたからだ。…………

《今思う、僕が死んだらどうしてもこれだけはしとげてもらいたいと。それは茂雄さんのためでも僕のためでもない。〈死にたる者は死にたる者をして葬らしめよ！〉僕は追憶やセンチメンタルのために遺稿集を出すのを一つのぜいたくとして軽蔑する。しかし、茂雄さんの遺稿と伝記とは、けっしてたんなる追憶や感傷ではない。それは私たちの世代が伸びえなかった若芽を次代に贈るべき責務、ジェネレイションの歴史への使命だ。それは国家のためだ。我々の忠節の最高の仕事だ。

《これだけは遺言しておかなければならない。嘆かれるのと思い出されるのはいちばんきらいだ。しかし仕事だけは継いでもらいたい。…………》

8　外　出

《初めて済南外出、アイスクリームを十円! そしてポタアジュからはじまる正餐《せいさん》! しかも肉も魚も豊富でまるで戦争前――こんなものを食べていいのかしら? 兵隊として故国をあとにしたはずのものにとってそれほど不協和な一日。

《数軒の本屋にはおそらく内地でも得がたいだろう詩集や美術の写真集に至るまで――新刊がみちみちている。息をつくこともできないぐらい。本棚の前に立ってめまいのする思い! 錯覚ではないか?(済南にこれらの本を消化する人々が住むのであろうか? それならどこに?)

《同じころ内地から幾多のなつかしい便りを受け取る。書簡は僕らの最大の魅力でありながら、その返事を書く苦痛はかえって内地からの便りを恐怖させるまでに大きい。

ハガキを前にして泣きたい焦燥《しょうそう》！

《それから――私たちの生活はある日曜日突然〈大人〉になり、済南中の女性は〈見習士官さん〉のまわりにわき立つ。と、翌日はたちまち言語に絶する困苦欠乏と死の訓練！　生活程度には何の安定性もない、王侯より乞食へ！　乞食より王侯へ！　めまぐるしい転換がその王侯さえ安らかに楽しませない。…………

9　技　術

《将校団というものは軍隊における唯一の社会だ。社会の名に価するのはここだけだ。というのはここにはすくなくとも人間がある。将校同士の交友はわずかに文化的、人間的でありえ、個性の活動が許される。済南に来て初めて僕は将校の何たるかを知った。

…………

《みんな〈人間〉としての使命と〈軍人〉としての任務との間に苦しんで、そしてそれぞれにある解決法を持っている。そこを知ることが将校との交通の興味の焦点となった。……話相手をえ、同志を作ることはできないにしても、とにかく精神と精神の接触がかすかに始められている。…………

《要するに性格と人生観と、そして生活のテクニックだ。その三つの獲得が私たちを秀《すぐ》れた軍人にするだろう。そしてM少尉のテクニックは完璧な両面作戦だ。………

《〃軍人になったからって、典範令*以外の本をなるべく読まなくてはいけない〃M少尉から軍隊に来てはじめてきいたことばだ。何か耳を疑う気持であった。……ドストイエフスキーがシベリアにカント、ヘーゲルを送らせたあの気持！　外出のたびに持てるだけの本をかかえこむ。………

《自己は一つしかない。忠節も一つしかない。学生の日々僕はまじめな友人たちを軽蔑して巧みなポーズを人生の唯一のスマートな方法だと信じていた。しかし今――一年半の自己放棄は僕をいっそう正直忠実にしたのだろうか。何かそのテクニックにはわりきれないものがある。

《二つの態度がともに一分の偽りのない真実の自己でありうるためには、その社会が完全に自己の欲する形のものでなければならない。というのは第二の態度は自己の個性でなく社会の欲求と方針に従うものだからだ。

＊　典範令……軍隊には、各兵科ごとに、たとえば「歩兵操典」とか「騎兵操典」とかいう操典があり、また「剣術教範」、「体操教範」など術科ごとの教範があり、そのほか、軍隊全般にわたって、「作戦要務令」あるいは、内務についての心得を書いた「軍隊内務令」があり、これらを一括して、典範令と呼んでいた。

10 気力

《〃気力〃の実力をこのごろしみじみ感じる。戦闘はただ指揮官の気力によってのみ戦われる。教習隊の幾つかの激しい演習で自分の体力以上に行動しうる時、気力の勝利は僕を酔わす。

《気力の実力を信じてはいた。〃知性に発する気力の力〃を僕は何度説いたろう。しかし都ではそれは仮説に過ぎなかった。人はそれを信じなかった。くやしいが実証の方法がなかった。都ではあらゆる争闘が空論か暴力でしかなかったからだ。

《戦争はものの本体と実力とを露《あらわ》にする。ついに知性の気力は実証される――僕が戦争から得た体験の意義はおそらくここに極まるであろう。これだけは大声で都の同志に伝えたい。……………

11 ドイツ学生

《『ドイツ戦歿学生の手紙』の中に、〃僕は戦時よりも平時に祖国と国民のためにより多く役立ちうると確信はしていますが、今さらそんな慎重なほとんど打算的な観察を行なうのはまちがったこと不可能なことと思います。……重大なのは犠牲的精神であって何のために犠牲が捧げられるかということではありません〟という一通〔フランツ・ブルーメンフェルトの手紙〕がある。

《これはきわめてロマンチックだ。『学徒兵の手記』に言わせれば彼は〝犠牲という悪徳の犠牲になった〟一人に過ぎない。それは〝転んでも科学的に〟のモットーに反している。私たちの出征は一九一四年のヨオロッパ〔第一次世界大戦開始のとき〕のように流行的なものではなかった（学生の飛行機志願がそれと同じでないことを僕は信じたいのだが）。

《ところで同じ人の第二通には、〝僕の恐れるのはただこの内心の寂しさです。人間、自分自身、この世のいっさいの善《よ》いものに対する信頼を失うことを僕は恐れます。ああこれは恐ろしいことです……どんな肉体的苦痛よりもずっと辛いことです……ずっと辛いのはここにいる人々の間を支配している信じられないような荒《すさ》んだ調子に耐えることです。銃丸や榴弾《りゅうだん》が僕に遠慮したとしても、心に痛手《いたで》を受けたとしたら何によって救われるでしょう。前にそれを言ってくれる人があったら……〟

《入隊してみた軍隊はこういうものだ。ことに最後の一句は涙なしには読めない。戦時、言論の統制がこうした真相――個人の実感を全く伝えさせないことはけっして正しいこととは言えない。『学徒兵の手記』にもただ一カ所だがこの同じ思いが出てくる。

…………

《しかし第三通において(戦死直前)、彼は前便の危惧を単なる戦友間の不満であったと言い、今はすっかり快適だと称している。僕は僕の経験と『学徒兵の手記』の傾向から考える。それは学徒兵の知性の生んだ強烈無惨な意志の力だと。

《人間の存在を許さないほどの環境にも負ける気になれない知性が、無理に状況を欺瞞し、自己の抒情を圧迫し尽くし、そこに意志の勝利を叫んでいるに過ぎないのだと。

《戦争と個人との関係は、本来的にはこのようなものだ。それは完全な無理だ。戦争には生活はない。ただあるのは不可能に対する意志の争闘だけ。知性は、順境にあっては抒情を生み、逆境にあっては意志を生む。

《その意志が負ける時戦争は人類を自滅させるであろう。私たちは敵に勝つ前に〈戦争〉に勝たなければならない。その哲学が根拠になって、それが個人のみでなく国民の世界観である時に、国家は初めて真に克《か》つであろう。個々の戦闘はその中の技術にすぎない。……しかも技術もまた時に世界観を破壊することがある。……技術はあくまで優秀でなければならない。

12　教習隊〔幹部候補生の教育隊〕

《七月、済南の猛暑！　いっさいの心身の働きが止まる。やっと息をしているだけ。

……しかるにこの生活は僕にとってはきわめて快適だ。顧《おも》えば内地にあって四囲の情勢に気がねし、何か圧迫感に抵抗しながら研究室に籠城《ろうじょう》しているよりはどんなに気分が楽だかしれない。

《国家への責務は示された任務の遂行のみであり、それはごく単純な仕事にすぎず、それさえ果たしていればだれに何とも言われることなく、そして時間も本も十分とは言えず、欲しいものをとは言えないが読める程度のものが手に入り、かつ勉強の環境も悪いとは言えない。静粛な時も続き、電灯も明かるい（済南に来てはじめて照明に悩まずに済んだ）。週に一日、二日はまったく読めない日があるが、その日はそれで若い冒険心をそそらずにはいない演習が待っているのだ。

《タバコはヴァージニアにこと欠かず、外出すれば一〇時間、内地なら五年前の生活程度が待っている。ただ寂しいのは通信の不自由と話相手のないことだけ――演習や教育も全般の方針はまったく統一がない無意味なものであるにかかわらず、区隊長（教習隊は区隊に分かれており、その隊長）の性格ゆえに情熱が持てないことはない。…………

《僕の兵隊生活はこの時代、この世代の他の人たちと比べて著しく苦痛の多いまた長いものだったけれど、出征の朝、ゆかりの父上に申し上げた意味で、僕に自信を与えるもっともよい地盤となることを信じる。

《最低の人生、最苦の生活に耐える人間と知性の実験、もっとも苦痛多くかつ長くしかも平凡な歩兵小銃隊であることも、また他の楽なあるいは華々しい海軍や航空の部隊でなく〈軍の主兵〉であることが、この戦争の体験をもっとも確実に民衆的なものにする――僕は今まで何か公言すべくあまりにアリストクラート〔貴族主義者〕でありすぎた。

《そしてこの体験は僕の将来をして安心して自己の所信を公言しうる基礎とだけはなりうるのだ。体験のないためにみすみす勝つべき論理と信念とを遠慮しなければならないことがどんなに多かったろう。

《何かひけめに似た感じに責められつつ、それに抵抗して孤独の自己を信じ、しかもだれにも認められずに文化的環境の中にいたあの研究生活は、けっして快適と安心とを与えなかった。渋谷〔母校國學院大学の所在地〕では空はいつも暗かった。日本で明かるい空のあったのは、ただ社会と絶縁してゆかりと遊んだ信州においてだけだった。………

13 世代

《同期の戦友だけではない、青年将校はみんなだいたい弟の年輩だ。もっと若い人もある。ことに士官学校〔職業軍人を養成する陸軍士官学校〕の出身者には――、思えば僕の世界観や人生観は理解されないわけだ。社会が軍隊であることだけが致命的なのではなかった。

《見習士官の仲間、将校同士の間でさえ、僕の認識の方法や表現のタイプはけっして同質のものとはとられない。そこには理解不可能な溝《みぞ》がある。それは一つには世代の相違であったのだ。

《この幼稚な将校教育に真実身を入れて収穫しうるのは、仲間の中でもいちばん若い中学出の連中だけだ。僕とは五年の相違があり、その五年は大震災〔関東大震災〕を記憶せず、その後の未曾有《みぞう》の転換に翻弄《ほんろう》されず、マルクシズムを歴史の中にしか知らない。

《僕らのような個人たるための煩悶を経ずして大人になった。それをだれもふしぎと思わない。だいたいにおいて統一ある方針で育てられた僕らに言わせれば一種奇型《きけい》の世代。※

……………

※　このあとノート四ページがとんでいる。

14　遭遇戦

《汗、肩の痛み、脚がガクガクだ……太陽、雲のない大空、灼《や》ける埃の道、一昼夜の六キロ行軍、今朝倒れた戦友の顔を思いながら歩く……昨日からの空腹、水筒は重い。熱湯になった水が腰にあついが蓋《ふた》をとるひまがない……情報があがってからは、背嚢の重さを忘れた。中隊長と二人尖兵《せんぺい》〔前進部隊の最前線に警戒配置される兵〕の前に出た。

《地図にない路、目標の丘はまだ見えない、先を行く通訳が首をかしげている……わからないのだ、まちがったのか、おやだれか帰って来る。将校斥候だ、着いたかな、……報告、斥候は路を誤り尖兵よりずっと右に遅れています。……ああだめだ、……よし尖兵だ、まなじりを決する思い、尖兵をつれて行きましょう。中隊長、よし俺が連れてゆく、いっしょに来い、駈歩《かけあし》……。

《ひときわ埃があがる、皆だまって物すごい顔、汗と泥でこねた顔、あかい目がすわっている。しかしいや皆走っている。大丈夫だ、走れ、軍刀を腰にさしなおす……気をつけて息を歩調に合わせる。……頭がガンガン鳴る。…………

《ふりかえる、尖兵の列、乱れたかな、尖兵長が何かどなって——おや中隊長が見えない、ちょっと止まって息を入れて尖兵をやりすごす。擦《す》れちがいながら、大丈夫か、は、大丈夫です、落伍三名、よし行け、かまわずまっすぐだ……とたんにみえた、あ、丘だ。

《中隊長殿！　あ、顔が青い、俺はもうだめだ！——丘が、丘が見えます！　中隊長殿！　何、どれだ、眼鏡を貸せ、——鉄帽をうけとり眼鏡をわたす。先に行きます、尖兵を連れて、よしすぐつづくぞ——それが中隊長との別れだった。…………

《尖兵はバラバラになっている。一人一人追い抜く、もうすぐだぞ、頑張れ！　だが丘は見え出した時のまま近くならない、息が胸が——何くそ、何くそ、ここが気力だ……それを思うと愉快がこみあげる。

《あとからだれか叫ぶ〝中隊長殿が——〟何、一瞬立ち止まる、いや行け、心の中、暗いところで、行きますと叫ぶ、目をつぶる思い、実の目はみひらかれて丘をにらむ、まだ敵はいない、さ早く……L・G〔軽機関銃兵〕一人でもいい、俺について来い……。

《丘の頂、思わず深く息を吸った。敵ははるか麓にまだ行軍隊形じゃないか……よし尖兵長戦闘指揮、俺は中隊長を見てくる。回れ右、いっさんにもと来た路へ……中隊長の無事を祈る心にはゆとりができていた。……ふいにうしろにL・Gの連続点射がここ ろよく大空にこだまして行った。……何か号令がゆっくりと聞こえた。空にはいつか大きな入道雲が輝いていた。

15　夜間演習

《それは二百の中隊が半数も暍病《えつびょう》に倒れた激しい遭遇戦であった。無影山という丘の名は私たちの記念の合い言葉になった——帰りの夜《や》行軍《こうぐん》——よく帰れたと思う。美しい月がみまもっていたのを憶《おぼ》えている。…………

《無事に任務を終えて帰った。壕は水がいっぱいだ。それでもそこにすわって天幕をかぶると風と雨をわずかにさけて暖かい。濡《ぬ》れたマッチを苦心して擦り、冷たい体を二人抱きあって吸う一本のタバコの味！　天幕に囲まれた中、一〇センチの所に泥まみれの戦友の顔、瞳が夢みているように美しい。…………

《そんなのが私たちのくりかえした演習だ。

16日曜日

《本日ご昼食のメニュー…ポタアジュ、青豆の味、スプンで掘るようにドロリとした奴…酢漬けの紅大根と雷魚のフライ…マヨネーズの味、軽い川魚の触感…ビーフとタンと、これが重点、タンのやわらかさは一年間に覚えた肉の硬度の感覚をとまどいさせた。ソーセージつきの野菜サラダとチキンの蒸し焼…ハム入りのオムレツ。

《トマトにマヨネーズをかけて下に敷いたサラダが目にしみる……とくに栄養のために半熟卵三つ、デザートはクリームコオヒイで、ビワとナシと、そしてふうわりしたケーキにグラニュ糖をまぶしたロシアンケーキを嚙《か》じり、（実はまだフレンチ・トオストとミルクセーキとチョコレートと……）

《本を一山抱えて帰り、病気の区隊長のところへおみやげを持ってゆく。閑談一刻、夜満天の星夜、一時はげしい夜間銃剣術！　すぐつづいて整列、H少尉と旧飛行場へ。

まあるくなってねころんでまん中でポータブルをかける。やさしくなつかしい曲ばかり。《聞きながら流星の数を拾う二時間！　ヴェーガ〔織女星〕が空に君臨している。この二、三日急に鳴き出した虫の音を露といっしょに踏みしだいて帰り途《みち》……　〝汨羅《べきら》の淵〟＊を合唱する。

これがいちばんいい僕たちの日曜日だ。…………

＊　汨羅の淵……古代中国の楚の詩人屈原は国を憂い、湖南の汨羅江に投身した。ここではこの故事を一節に使った五・一五事件の三上卓大尉作詩「昭和維新の歌」の意。

追　書

シナおよびシナ人についての感想がないのは兵隊の立場と被教育の身では触れる機会も少なく、真相はわからない——兵隊に対して彼らはある一様なポーズをとる——からだ。

一九四四年一月二日

第三部こそボクのほんとうの従軍記になるだろう。※それは見習士官教育を終えて二つの大きな作戦に出、少尉に任官しそして初年兵教官をやる。その間の将校としてのメモだからだ。将校になったボクは例の〝鍵〟〔一七五ページなど参照〕を完全にはずした。そしてそれだけ衝突も多く生活は波乱をきわめた。しかもそれだけボクの新鮮なめざめたばかりの精神は張り切って一触即発の危うい緊張の中にあり、それだけ感ずること多く……ただあまりの忙しさがノオトを残す暇を与えない現状だ。日々あの若かった少年の日のような豊富な感受性にみちあふれ、入営以来二年にして初めてボクは涙を流し、この毎日を感謝と感激の中に送っている。いつの日か第三部を清書する時をただたのしみにしているのだ。

初年兵――

あの固い軍隊教育への不信がボクにはげしい独断から特殊な教育法をとらせている。ボクは憑《つ》かれたようになってボク流の教育に馳《はし》っている。成功か失敗か？　知性が勝つか、肉体が敗れるか？　知性教育をうけた初年兵が他の兵隊とどれだけの相違をみせるにいたるか、ただそれだけがボクの価値を定めるだろう。

ボクの人生の最初の仕事、全力全霊を籠《こ》めたボクの仕事。

ボクははじめてここに情熱の人生を発見した。

※　第三部はついに見出されなかった。

菊山《きくやま》吉之助《きちのすけ》

一九一五年（大正四）八月十七日生。三重県出身
第八高等学校を経て、一九四一年（昭和十六）三月、東京帝国大学農学部農学科卒業
農林省農政局に勤務中、一九四二年一月、陸軍に入隊
一九四四年十月二十一日、フィリピン、レイテ島ナゴロット山麓にて戦死。陸軍曹長。二十九歳

〔昭和十八年　兄への手紙〕

兄上様

…………「早いものだ、もう二年になる」これは私らでもそう思います。大きな戦いの経験はまだありませんから、大きい声では言えませんが、討匪行《とうひこう》（抗日ゲリラの討伐）などの日の経つことの早いのには一驚を喫します。しかしたとえば、1、夜明けごろの歩哨《ほしょう》の時、2、行軍や追撃の時、3、ポンポンと銃声を聞いて待機している時、4、弾雨下に伏せている時などの一時間、二時間は物すごく長いもので、今の仕事のように机の前の一カ月は長くて長くてたまりません。

大東亜会議〔一九四三年十一月〕のこと、いっこうにピンと来ません。うれしくないと言っては叱られますが、比島人には現実の物価高や何やかやで、そんなことに喜びを感じている者は田舎にはありますまい。彼らの言動に何らの反映も見られぬのがその証拠です。あたかも壁紙を貼った部屋のように、いちおう表面はきれいに見えていても、一枚紙をめくると眼も当てられない無秩序さが暴露されそうです。これなど比島の青年や壮年層の生活態度、人生観(あるのかないのかわかりませんが)を考察して強く感得したことなのです。これを独立国家の国民として扱っていくことと、物価の高騰をどうするかということと、この二つは物に動じなくなった私にも大きな悩みです。しかし前者は何としてでも育てねばならないし、それが私らの負うところの義務でもありましょうが、後者の物価高のほうは困ったものです。ここにいちいち品名を列挙する余裕も必要もありませんが、生産工業の皆無なこの国の経済的弱点を遺憾《いかん》なくさらけ出したとしか思えないのは、どんな小さな町にも飲食店と闘鶏場と市場と映画館と撞球《どうきゅう》場のあることで、完全な消費都市です。大都市も製糖会社、ビール会社、修繕工場ぐらいで、高圧電線など見たくもありません。そしてすでに悪性になりつつあるのではないかと思われるインフレ状態です。しかもこれは私が心配したとてしようのない話で、偉い方々が考えてくださるでしょうけれど、俸給の少ない兵隊には直接響くだけにかわいそうです。同じ南方でもジャワあたりとは大きなひらきがあります。

大東亜会議のことはくわしく当地の新聞で知りました。その代表者たちの幾人かが帰途道順の関係でかマニラに寄って行きました。それがグラフや新聞雑誌に載せられましたから、見たところ大戦果は実にりっぱなものです。だが、同時に戦果と戦局を冷静に判断して、痛切な批判を加えねばならぬ立場にもたたされていることを深く感じさせられました。正直に言って日本の国内宣伝(と言ったら叱られましょうか)も何とかもう少し判然とした言い方がないものかと疑いたくなります。よけいなことかもしれませんが、南方に対する日本文化の宣伝のごときは、はなはだ愚劣だと思っています。マニラ、昭南〔シンガポール〕、スラバヤ、パレンバン、メナド、バンコック、ラングーン、ジャカルタ、メダンだけをまわって帰る人たちに、どうして真の事情などわかるものですか。最近送られて来る新しい兵隊たちに、その感想なり、印象などを話させてみて、いよいよその感を深くします。

近いうちに「森の石松」とかいうクダラナイばくちうちを売物にして名をあげたという男が慰問行に来るそうで、兵隊は楽しみに待っているようですが、もっと何とかならないものかと苛々《いらいら》する心さえ起こります。反面、内地で大相撲があるそうですが、あの体力と鍛錬力とを実際に使えないものでしょうか。こんな憤慨は天《あま》の邪鬼《じやく》かもしれませんが、頼りない日本青年と、心細い大和撫子《やまとなでしこ》〔日本女性の美称〕の出る映画もこちらに来ているようです。馬鹿らしいことばかりです。

ミミズのタワゴトのほうへ筆が走りました。

酷寒のみぎりお大切に願います。

兄上様、姉上様

富山を去って玉島〔岡山県倉敷市〕へ移られた趣《おもむき》はだいぶ前に承《うけたまわ》りましたが、心ならずもごぶさたいたしました。

比島もいよいよ独立*いたしました。実況はどうともあれ、ともかくその歴史的意義からも、対内外に及ぼす政治的の、精神的の影響はすこぶる大なるものありとはあまねく宣伝されたところであります。その機会にこの土地で、兵隊としてめぐりあった感激はおそらく忘れられない思い出にはなりましょう。しかしながら残念なことに比島の一般大衆の胸にいかなる意義をもって受け入れられているものか、はたして事態を認識しているかどうか、疑問の余地を多分に存しております。というよりは真の意味がわかっておらぬのではないかとさえ考えられます。おそらく十年前満州国が建国したさいにおいてもかかる状態ではなかったかと存じます。今反攻の機運あなどるべからざるおりから、西南太平洋への距離からいっても、また旧植民地であった点から言っても、比島は重要な位置を占めるもので、今のうちに十分な用意と覚悟をいたさねばならぬと思います。

私も思いがけなく隊を転じて部隊本部とかわらない仕事の忙しさに驚いている始末です。分隊長時代は、火野葦平《ひのあしへい》*言うところの「私の兵隊」がおりまして、いわゆる一家族のごとき親しさをもって毎日を送れたのですが、ふたたび家庭的雰囲気の親密さは望めず、生死一体の観念も薄弱になっていくのは否定できません。

夜明けの東空には今金星が時代遅れ的の感じを与える輝きを放っております。さすがに黎明払暁《れいめいふつぎょう》時の空気は冷やりと肌に快く、最も気持のよい一刻です。しかし熱地の夜明けは夕暮れと同様で瞬《また》く間に明かるくあるいは暗くなってしまって、宵闇の漂うとか、東雲《しののめ》の……とかいう感じはまったく望めません。世界での美景の一つだといわれる「マニラ湾の夕焼け」は人口に膾炙《かいしゃ》されたものですが、ホンのわずかな時間だけでドンドン時が経っていきます。……………

＊　比島もいよいよ独立……東南アジア地域はタイを除き欧米諸国の植民地だったから、太平洋戦争にあたって日本は東南アジアの解放を掲げ、日本を盟主とする「大東亜共栄圏」を唱えた。だがすでにフィリピン人の独立運動に直面していたアメリカは、一九三〇年代にその独立を承認する方向をうちだし、三六年、十年後の完全独立を前提にした自治政府

を認めていた。四三年の日本による独立の承認はフィリピンの人心をとらえず、占領による強制調達、アメリカとの経済切断はかえって現地民衆の抵抗を強めた。

* 火野葦平……一九三八年、応召して中国戦線にあるとき、芥川賞を受賞。そのため、中支派遣報道部の部員を命ぜられ、同年徐州作戦を描いた『麦と兵隊』を発表した。引きつづき火野は『土と兵隊』、『花と兵隊』を書き、世上これを兵隊三部作という。

〔短歌八首より〕

明けきらぬ湿田に伏して見透しぬ共匪*部落に乳児《ちご》の泣く声

うれしげに皺引き伸ばし衣嚢《かくし》より良民証を出して見せたり

かた言《こと》の我がタガログに息もつかず面輝かし語る住民

* 共匪……二七二ページ参照。

武《たけ》井《い》　脩《おさむ》（旧姓花岡《はなおか》）

一九一七年（大正六）六月九日生。徳島県出身
和歌山高等商業学校を経て、一九四一年（昭和十六）十二月、九州帝国大学法文学部経済学科卒業
一九四二年二月、陸軍に入隊
一九四五年五月二十六日、ビルマのミヨジャン付近にて行方不明。陸軍中尉。二十七歳

昭和十七年六月九日〔夫人への手紙　豊橋予備士官学校*から〕

私たちはいつまでも海を見ていたね。海もやの立ちこめる中を漁火《いさりび》が私たちに近づいて来るのを。公園の桜の若葉に露の玉が猫の目のように光っていたね。それから西戸崎への舟の上で、また私たちはじっと海ばかり見ていたね。しかし、あなたはときどき〝小鳥のように〟居眠《いねむ》りをしていましたね。――あなたに故郷の母が訪れて来たのであろうか？

今も私は私のなかの海をじっと見ています。ふっと赤い灯《ひ》が点《とも》ります。

むかし詩人の王子ありき。月に指染めて、鎧戸《よろいど》を繰《く》るクララを歌いて戦いの野に出でたりと。

＊　予備士官学校……陸軍の学徒兵などの将校養成学校。仙台、前橋、久留米等にあった。
甲種幹部候補生はここを卒業して見習士官となり、各部隊に配属される。

昭和十八年一月二十七日〔夫人への手紙〕※

※　外征の途中、シンガポールで船長に託したもの。

…………

正月の雑煮《ぞうに》は広東《カントン》〔広州市〕で食った。香港《ホンコン》の新戦場にも行った。サイゴンでは一画家に会った。すべての悪のなかで、彼はみずからの純潔を守る美しい人々の中の一人であった。私はそれをきいて、こよなく美しいと思った。

　わが愛する妻よ。

海よりも深い、この人の世の航海よりもながい愛情のまえで、戦争など何物であろう。南十字星の見える海の上にきて、しかもあなたの姿は記憶のように激しく鮮かである。私にはショールに投げたあなたの涙が見えなかったけれど、詩人の心の眼には、それがはっきり見える。いとも鮮かにそれが見えるのだ。——このこと一つのためにすら私はすべての感謝を、すべての犠牲をあなたに捧げようと思うのです。

＊

シナや安南〔ベトナム〕では昼でも酒が飲める。私は酒は飲めないから、ビールを飲みつつ詩人の眼をひらく。

安南の女、シナの女、日本の女――かなしい風景をここでも私は見る。

ああ、あなたさえいてくれたらと。私はいつもそれを思って、私を嘲笑するのだ。

広東ではイブシ銀で加工した、めのうのブローチと白い石の指輪を買った。けれど、あなたに送るてだてもない。

この手紙だって、あなたの手に入ることを期待することはなかなかできないのだ。

*

いま二人に一本ずつビールが配給された。乗船以来はじめてだ。明日シンガポールに着くから、餞別《せんべつ》の意味で船から出されたのだ。シンガポールでは船を換える。

*

わが妻よ。愛する妻よ。

山羊は飼っておられるや。自分はずっと健康です。

ああ、いつの日ぞ故郷《くに》に帰らん。…………

ではあなたの頬に無限の愛を。午後。

*

いま海の上に暮れが来ようとしている。

八時半だ。

父上やあなたのことなど思う。

子として夫として何もできなかったとしみじみ思う。ことに病身だった母親にはずいぶんわがままをしたとおもう。

結婚前も結婚後も。

内地は寒いでしょう。船は真夏です。

僕はきわめて元気だ。

みなさまのご健康を遥《はる》かに祈っている。

一月二十七日　夕

＊

シンガポールにて
たよりのペンを執《と》るたびに自分はそのたよりたちの運命をなど考える。海を越えて、このペンから細いつながりの糸が通っているような気がする。

＊

終夜木を叩くような鳥のこえがする。

白い蚊帳《かや》に南風が吹く。ああ、絶えて久しいふるさとの匂いよ。音よ。君とおもかげの博多《はかた》の街よ。雪が降っているだろう。

昭和十八年七月二十三日〔夫人への手紙〕

人生はわずかに淋しい。

僕の友人たちもいかが暮らしていることであろう。

遠く来てみると、さすがに内地とむかしがなつかしい。しかしがんばっているから安心いただきたい。

白鳥《ビャイ》に寄す

ひと恋いて絶対の奥のぼりゆきみな喪《うしな》えば羽根の真白さ

…………

昭和十八年八月一日〔夫人への手紙〕

私は奉公の身、思ったことも十分書くことはできない。

それにたよりも思うにまかせて出すこともできないのです。

どうかどうか私の何よりも深い愛の心を汲みとってもらいたい。

私はこちらにきてから、身命を顧《かえり》みる遑《いとま》もなかったのだけれど、そうして、だれにもたよりを書いていない。書いた手紙も海の藻屑《もくず》と消え失せるかもしれないと思うと、たよりなど書く気になれぬ。しかし大島博光《おおしまはっこう》氏〔詩人〕とあなたにだけは全魂を傾けて私は書きに書いている。たとえこれらの手紙が海に沈もうと、神様はこれらの文字と真心を読んでくださるであろう。

*

ただひとつの愛を貫きとおすために、そしてまたふるさとのただ一人のひとのために、私は私の純粋の精神のありたけを詩に捧げている。それに詩はまた私の一生の仕事である。…………大いなる日本の文化のために、これはどんなに生きがいのあることか。友はなく、詩人という詩人はすべてのように時の流行に従うけれど、私たちには未来が見えるのだ。

それに詩は、また、私の限りない孤独を慰めてくれるただ一つのものとなってくれる。私は詩とともにすごしてあなたへの至純なる真心を強く守ろう。

そう思うとき、他人の幸福の数々や、誤られた(?)考えのさまざまも、今の私には、すべて灰色の影にさえ見えるのだ。

木《き》村《むら》　節《たかし》

一九二三年（大正十二）三月三日生。茨城県出身
一九四三年（昭和十八）九月、日本大学専門部美術科卒業
東京計器製作所勤務中、一九四四年三月二十日、東部第三七部隊に入隊。満州第九八一部隊に転属、中国戦線を経て、フィリピン、レイテ島に転戦
一九四五年七月一日、レイテ島カンギポット山にて戦死。陸軍兵長。二十二歳

征　路

め、め、め、め
眼は一つ、い、い、生きむとし
は、は、母もいらぬ
よ、よ、よ、嫁いらぬ

め、め、め、め
眼は一つみひらかれ
み、みいくさに

こぞりて　歯を　く、く、くいしばり
とどろきを
め、め、石のごとき眼は
聞きおりぬ
天地《あめつち》の小さなる眼

西《にし》村《むら》秀《ひで》八《はち》

一九一六年（大正五）十一月十二日生。群馬県出身
水戸高等学校を経て、一九三九年（昭和十四）四月、東京帝国大学経済学部入学
一九四一年八月、陸軍に入隊。華南よりニューギニア、フィリピンに転戦
一九四五年六月二十五日、フィリピン、ルソン島マウンテン州にて戦病死。陸軍伍長。二十八歳

昭和十六年九月五日着信〔錦州（遼寧省南部）から〕
昭和十六年八月十五日　高崎出発

こんな重い背嚢で歩けるだろうかと思った。完全軍装であった。軍服の背中が学生服の冷たさを思い出させて、どうもしっくりしなかった。半里ほど裏路をボンヤリと列について歩いた。まもなく小学校の庭に憩をとった。途中はすべて警戒網が厳重にしかれていた。慣れぬ肩に重力が加速度的に加わった。曇った日である。ここかしこに水溜りが隠見する。真夏の正午過ぎ、いよいよ整列して貨物線のプラットホームから静々と高崎駅の階段を昇った。寂として誰も語る者はない。各人が運命の不可思議な回転に驚きともつかぬ沈黙の眼を瞠《みは》っている。周囲はただならぬ防諜《ぼうちょう》一色に染められていた。

乗車命令をまって粛然と列をなして乗る。片側の窓は堅く鎧戸《よろいど》が閉ざされていた。打ち振る手も万歳の歓声もなく、*鈍重な車輛の音とともに汽車はプラットホームを滑り去った。……………

＊　打ち振る手も万歳の歓声もなく……独ソ戦勃発を好機とした陸軍は「関東軍特種演習」(関特演)を名目に、七月から八月に五十万人を召集し、歓送を禁止して、満州に兵力を集中した。しかし日本は、南方資源獲得のため北進を中止、九月、対米英戦準備に入る。

昭和十七年五月六日着信〔華南から〕

〝西村君プラグマティズムってどんな意味ですか〟

丈《たけ》の高い古参兵*がとつぜん小生をつかまえて斯《か》く言う。いったいこんな人は理解の良い兵隊である。高等教育という資格に形式的なるにせよ一目置いて一等兵の小生の人格を過大評価してくれる。小生は大学の価値を軍隊で云々《うんぬん》するつもりは毛頭ない。それどころか別人扱いされることにありがた迷惑を感じている。とはいえ一目置かれる気持はまんざら悪いものでない。

〝西村、馬鹿らしいと思わないか。くだらぬ軍曹なんかに気合いを掛けられて、地方〔軍隊の外の社会、陸軍用語〕へ出れば西村なんかたいしたものなんだがなあ。あんなやつらなんか話しかけることもできぬくらいだろう〟

こう言う人たちも親切な気持を抱いていてくれる兵隊である。かえって穴があったら入りたいくらい同情的である。

いったい世間では大学なんか無価値だと言う。鼻にかける必要はないと言う。金持とか、大学とかいうものは別世界として尊ばれている反面、そのこと自体が軽蔑の対象となりやすい。小生は大学が万能だとは考えない。しかしながら大学は人間の頭に知識人にあらざれば得られぬ観念の世界を与えてくれる。同じ風物を見、同じ麦飯《むぎめし》を食っても普通人と異なった理智の感覚を絶えず印象づけてくれる。換言すれば、肉体の生活のみならず、同時に理智の生活に生きさせてくれるのである。小生は大学がいかに蔑視され、軍隊がいかに苦しいものであろうとも、大乗《だいじよう》的に価値を認め、かつ詩的美しさを感じている。苦悩に喘《あえ》ぐ自己は客観すれば歌となり詩となる。もっともこと小生に関するかぎり、大学生という肩書を控除してみると一人前の兵隊としてははなはだ遺憾の点が多いかもしれぬ。

〝大学がなんだい、そんなもの意味ねえや〟

こういう人は率直に自己の腹を語る人である。しかし、かく高飛車に出られると意地でも大学を価値づけてみたくなる。しかし軍隊は星〔階級〕の世界である。南十字星を仰ぎつつ、小生一脈《みやく》の哀愁を感ぜざるをえない。

〝西村と校長先生が小隊では一番タルンでいる〟

かく嘲《あざけ》る輩《やから》は小生に反感を持つ兵隊である。

思うに型のはまらぬ世界に生活するくらい骨が折れるものはない。前楫《まえかじ》の荷車は骨が折れる割合に能率があがらない。住みにくい世界にでもりっぱに生き抜くことはもちろん上の上なるものである。しかしながら、今さら小生の世界観は、犬のごとき盲従を許さない。有為《ゆうい》なる言説は他人の叱責でも十分嚙みしめるけれども、誹謗《ひぼう》に似たる言説には、いっさい耳をかさない。働くことはよいことである。しかし、働けば働くで巧《うま》く立ちまわると非難され、動かなければパリツカヌ〔ぱりつく、威勢がいい、の否定形〕、タルンデルと叱咤《しった》される。元来、人間は犬のごとく馬鹿正直で、驢馬《ろば》のごとくお人好《ひとよ》しに骨身を削ることを徳とする。さればこそ他人に迎合することは良心的にむずかしい問題なのである。

結局、小生は自己の体力を省《かえり》みて、それにふさわしいだけ労働し、己《おのれ》の世界観を満足させつつ、肉体の生活の内に精神の生活を発見してゆく。これが不完全ながら小生の行き方である。

＊古参兵……軍隊内の命令系統はタテの階級序列に一本化されていながら、隊内秩序の維持については、入隊年次が兵隊相互の間ではモノをいった。たとえば、一九三五年入隊の上等兵は階級が上でも、三四年入隊の一等兵にアタマがあがらない。戦争が長期化し、予備役召集兵がたくさん入隊し、いわばヨコの序列としての年次が複雑に入り組んでくると、それが、また内務班（一七九ページ参照）というところを、一層息苦しい、住みにくいものにした。

昭和十七年五月十九日着信〔華南から〕

〝……何だって、嬶《かかあ》を持てば戦地でＰ《ピー》屋へ行かないで済むだろうって‼　と、とんでもねえ話だ。そんならおめえ、家《うち》で米を食ってるからと言い戦地へ来れば米を食わないでいられるかい。外米だって米と名がつきゃあ喜んで食うじゃないか。……ともかくこ

の途《みち》はおめえたちチョンガーにはわからねえよ〃

P屋とはプロスティテューション〔売買春〕の略語だろう。兵隊の通用語である。小生考うらく、〃そもまた文化の生《う》める非生産的な商売である〃と。しかしてその文化とは銃と剣が作り上げたものである。チョンガーとは語源不明〔朝鮮語〕、独身者の謂《いい》である。

昭和十七年八月十二日着信〔広東病院から〕

〃春樫《かし》が芽を出すころ、きっと寒い風が吹く。しかし寒い風の原因が樫の芽生《ば》えであるときめこんでいる百姓の考えには不賛成だ。なぜなら風の力は芽生えの影響下にないから〃

これがロシヤの一大文豪の告白であった。しかし毛唐《けとう》〔欧米人への卑称〕の考え方には科学があっても詩がない。ユークリッド〔古代ギリシアの数学者〕のみが学識の唯一絶対の源泉をなしている。切れ味があっても渋味がない。操觚家《そうこか》〔ジャーナリスト〕すらペンを捨てて機械に頼ろうとしている。しかるに日本人は一丁字《いっていじ》を解せぬ者でも詩を心としている。もちろんあらゆる日本人が文学者であり、詩人であり、小説家であるというのではない。

元来詩とは、短歌とか新体詩とかいう物質的な表現形式を意味していない。詩は一種の心のゆとりであって、たとえば寒い風の原因は樫の芽生えだと考えて甘んずる高尚な心境である。
さてこれについて考えさせられるのは戦争と生命である。戦争は生命の犠牲を要求する。しかしながら死が自己を終わらせると打算機械的に考えるならば、その国民にとり戦争は敗の一字を与えられざるをえない。死を恐れぬ国民はもちろん世界にないだろう。しかし、日本人は公的死に臨《のぞ》む一瞬、没我《ぼつが》という詩的世界観に恍惚《こうこつ》とする。死の一瞬は簡単であって、ことさら、正義とか、公益とか、滅私とか理由づけることはしない。科学を忘れて田圃《たんぼ》にでも川の中にでも伏せる。事実、小心だからと思うていた小生も掃射の中をゆうゆうと走っていた。そして自分にも詩があるんだと喜んだ。捷利《しょうり》はある地点で機械を乗り越える力、すなわち詩によってもたらされると考えた。実際、小生の心境はその時樫が芽を出すから風が吹くのだと独《ひと》り言《ごと》をいったくらいのものだった。

昭和十七年八月十三日着信〔広東病院から〕
自分が星は全然要らない、と言ったら宮城の爺さんが「あんたはそう言わすけん、誰とて腹の中で星の殖《ふ》えるのを嫌うものはおらんけん」と自分の言葉を否定した。そこで自分は言った。
「私は星が欲しいとか欲しくないとかいうことは眼中にない。ただお汁粉を大して飲みたいとも思わぬ時は遠い途をわざわざ飯盒《はんごう》をさげて行き、その上長いあいだ列を作って待機して買ってくるくらいなら、面倒くさいから飲まないで昼寝していた方が楽だと思うだろう。しかし他人がそんな時でも親切に買ってきて、これを君飲み給えと言うなら喜んでいただくよ。飲みたくない時のお汁粉と同じで眼中にない星なんだから、卑屈に苦労してまでいただきたくない。俺は一等兵でたくさんだ。一つや二つの星を貰ったってありがたくもないし、一円や二円俸給が上がったりしたって、それぽっちの金は欲しくない。しかしあえてくれると言うなら邪魔にならないから喜んで貰う。知性ではどんな将校にだって負けるはずがないのだから、とうぬぼれて人格者のみを尊敬しているのだ。元来、下士官が階級観を誇り、将校が知性を衒《てら》っているのが、実のない薄っぺらな錯覚のようで、統率権と個人の一個の私権の行使とをはきちがえている。爺さんには俺の気持ちがなかなか判らないだろうが、星が要らないというのは自分の一つの自信力に基づいているのだよ……。」

昭和十八年九月十八日着信〔ニューギニアから〕※

※　内地帰還の参謀に託した無検閲のもの。

『改造』〔総合雑誌〕と『カレント・オブ・ザ・ワールド』〔時事英語の学習誌〕と『短歌研究』および六

月二十九日出の書簡、八月二十三日に受け取りました。眼鏡も縁を糸でしばって使用しています。辞書も豆辞典を借りましたからまあ何とかなります。

小生の現在は通信兵などではありません。師団司令部の通訳です。そして情報室の一員であるわけです。通訳生活もすでに半年、その間、濠〔オーストラリア〕飛行士の尋問に三回参加いたしました。その他はおおむね鹵獲《ろかく》書類、地図の翻訳がその主たる業務です。土人語もかなりしゃべれるようになりました。しかし、敵国のラジオ聴取は苦手です。夜のみ炊事が許されるため、朝夕二回の飯上《めしあ》げ〔八二ページ参照〕はどろんこで、とてもお話になりません。場所はニューギニアのサラモア付近とご承知ありたし。それでも師団司令部に来ているのが小生の運のひらけた所以《ゆえん》で、生命はこの司令部が全滅しないかぎり安全と思って安堵《あんど》されたし。

サラモア戦線の苦闘はアッツ島、ガダルカナル島に次ぐ凄惨《せいさん》さです。日本人は世界一強いのだというぬぼれは内地の人たちの頭から一掃してもらいたい。これからの日本青年はもっと個性を完成した、生命を捨てることをいさぎよしとする人間を、よりたくさん生産してもらいたい。一日百発平均で五十日も連続爆撃されたサラモアは家屋は全滅、山形が一変した。同じ穴の上へまた爆弾が落ちて、しかも五百キロ爆弾の大穴、深さ四、五間《けん》、直径二十メートル以上のものが数千となく群生している。四発のコンソリデーテッドB24やボーイングB17E、双発のノースアメリカンB25等が五、六十機も空を圧して来ます。目下ではここニューギニアは残念ながら制空権を敵に完全に握られています。かるがゆえに、小生もダンピール海峡〔ニューブリテン島とニューギニアの間〕で三時間漂流の憂き目を喫しました。ニューブリテンからニューギニアへ、それは極楽から地獄への進軍譜かもしれなかった。しかし、日本軍は四面楚歌《しめんそか》の中にもがんばっている。

サラモア戦線の自分たちの苦闘、これは、現在日本の戦っている最悪の場面です。茂木小隊長殿も寺山中隊長殿も戦死しました。中島昇三君や高崎の面会でいっしょになったご存知の白石兵長も、茂木二等兵もダンピール海峡の藻屑《もくず》と消え失せました。

小生はあくまで運の強い男です。そして司令部に来た今日、ご両親様には十分安心して可なりです。もちろん小生としては生命の玉砕は覚悟しているけれど、ともかく自分たちはまったく奇跡の生き残りで五分の一になってしまっている。尾島徳平君も三日間漂流したと言っていました。今は最前線でどうなっていることやら。

事実、形勢ははなはだ悪く、敵の砲弾も日々何百発と飛来します。また小生どもの経験している空襲にあったら内地の一般人などは阿鼻叫喚《あびきょうかん》、戦慄《せんりつ》で気が狂うでしょう。十間と隔たぬ個所に爆弾がおちたのも一再《いっさい》にとどまりません。しかし、自分は平気で昼寝もし、悠然と構えている。なんら周章《しゅうしょう》や戦慄は感じない。防空壕の中で、爆風が鼓膜を破るから耳に指を突っ込み聞いている。大風が断続的に吹きつけるように熱を奪ってサッと過ぎる。

まああまり書いてしまうと、帰ってから話す種がなくなるからこのくらいにしておきましょう。今ニューギニアで死ぬか生きるかの戦をしていますが来春ごろはきっと還《かえ》れるでしょう。小生はまったく健康でピンピンです。参謀殿が内地へ帰られるので、こんな通信を内地から投函していただけることになりました。

八月二十六日　〇〇にて認《したた》む。

横《よこ》山《やま》末《すえ》繁《しげ》

一九一九年(大正八)五月三十一日生。東京都出身

東京高等工業専門学校を経て、一九三九年(昭和十四)、明治大学政治経済学部入学

一九四一年一月、東部電第八八部隊に入隊。飯淵部隊通信兵としてマレー、ビルマ、ガダルカナル島、ブーゲンビル島に転戦

一九四四年二月十六日、フィリピン、ミンダナオ島沖にて戦死。陸軍上等兵。二十四歳

〔一九四二―四三年　フィリピン、バギオ療養所から　家族への手紙より〕

…………

今私のいるところの近くの花壇には、あの清楚な白色のまた桃色のコスモスが、美しく咲き誇っていますが、よく母があの裏の畑に、コスモスをたくさん咲かせた時のことを思い出さずにはおられません。思えば幾多の花が、遠き異郷にいる私のつれづれを、どんなに慰めてくれるかしれません。山を愛し、花を愛し、水を愛する人――私はそういう人はほんとうに心の美しい人と思いますが、残念ながらそのような人にはほとんど逢うことがありません。

笑いを忘れていつも考える時の多くなった男――それが現在の僕です。

ニイチェ〔ドイツの哲学者一八四四―一九〇〇〕は「人間と歴史の害」とかなんとか確か言いましたが、僕もあるいはそのためかもしれません。小さなせせらぎに無情な風によって落とされた葉が、いずこともなく流されてゆく、流れに身をまかすばかり。葉ははかないものですね。そうです、このように僕自身流されているのです。時が、悠久なタイムが僕を流しているのだ。現在、そしてこのような場所までもってきてしまったのだ。どこまで流されることやら、だがよく考えれば果たして時が僕を流しているのだろうか。そんなことを考えると、何がなんだかわからなくなってしまう最近です。

遠くで、考えるな、という声がします。しかし所詮《しょせん》人間はすべて流されているのです。遅いか速いか、場所を問わず。それゆえどうして僕みたいな神経質な男が、考えずに、ただ流れにまかすことができましょうか。


ごぶさたしました。姉さん元気のことと思います。犬さん元気ですか。今小隊長殿が連れていかれるシェパードが傍にいますが、とてもかわいく、動物好きの自分はどんなに慰められるか知りません。死んだパットやワルダーを思い出します。

昨夜は大きい兄さん〔義兄〕や姉さんの夢を見ましたが、遠く離れていてもこうやって夢に逢うことができる。神秘な世界に自分たちを導く夢、まったくすばらしいものです。大きい兄さんに言ってください。「末繁は過ぎし日の大きな握手の温かみがいまだ手に残っている。また、あの時の姉さんの涙がいつまでも自分の胸にたまっている」と。


静かな夕暮れです。

今小生はどういうものか複雑な感情に自ら流されてしまっていて、居《い》ても立ってもいられないような焦《あせ》りというものか、淋しさというものか、そんなものに襲われています。その淋しさを払いのけようとして、所詮クモの巣にかかった一匹の虫のごとく、もがけばもがくほどますます身はしばられる。すなわち淋しさに襲われるばかりです。どうして最近毎日こんな気分になるのか、いらいらしている自分にはその原因を考える余裕もありません。

今日は一種のノスタルジアにとらえられているせいか、筆が走りません。

将棋をやっています。勝とう勝とうと焦る——これを第三者が見たら勝ったところでなんでもないし、また負けたところで恥にもならない。ところが私自身なかなかそういうわけにはゆかぬ。こういったことは人世においても同じでしょう。しかもこのほうの争いはさらに烈しく、私にはとても恐ろしく感じます。

もっと私自身大きなところに目をつけ、この勝敗が何でもないというようになりたいのです。どうしても勝とう勝とうとすると、そこに苦悩や憂鬱が生じます。私は何ごとによらず苦悩を去って、負けること、無抵抗主義になりたいのです。すなわち宗教的な意味の負ける修行をしたいと思います。…………

最近の私は少しでも自然に接すること、すなわちほんとうの幸福というものは功名になく富貴になく、このような平凡な、平和な生活にあるような気がします。

長い間丹精して咲かせた花、それはちょうど詩人が活字になった作品を見るのと同じ気持でしょう。人間は好々爺《こうこうや》になったとき、花のように平和です。大きい兄さんは好々爺になられていただきたいと思います。好々爺すなわち詩人です。草花をそだてる心持、それはすべてに通じます。その花の一つ一つが詩を含んでいます。甘い蜜のように。

正月ももう数える日がありませんが、皆でよい年を迎えるようにと、遠き地より及ばずながら祈っています。

小生はどうもあまりよい年を迎えられそうもありません。今日もまたドンヨリと曇って冷たい風が吹く。こんなうっとうしい天候に接していると、とかくものを考える時が多いようです。そして、この冷たい風に吹かれると、あの芭蕉の「あかあかと日はつれなくも秋の風」という気持がよくわかります。おそらく芭蕉は漂泊《ひょうはく》の旅でよんだものでしょうが、今の小生も、まったくなんとなく、心に冷たい秋風が吹いているようです。芭蕉のさすらいの姿が見えるようです。

今とうとうポツリポツリやってきました。皆のことを思ってこんな作が浮かびました。

暗き雨今日も祈りぬ我が家の幸《さち》を

岩《いわ》田《た》　譲《ゆずる》

一九一九年(大正八)二月二日生。京都府出身

第三高等学校を経て、一九四一年(昭和十六)、京都帝国大学文学部東洋史学科入学、

一九四二年、東京帝国大学文学部仏文学科入学

一九四三年四月、陸軍に入隊

一九四四年八月十二日、ビルマ、レウの患者集合所にて戦病死。陸軍兵長。二十五歳

昭和十八年四月十二日

東条英機《とうじようひでき》をはじめこの難局の政路に当たる諸軍人の腐敗。この時に当たり軍人は財閥と結びつき、でたらめな政界の動きさえみせている。

南方施政〔占領地行政〕のでたらめときたら問題にならないらしい。されど、現在東条内閣に代わっていかなる内閣が現われようとも、本質において何らの変わりはなかろう。嗚《あ》

呼《あ》!! 忠臣いずこにありや、道の衰えたる何ぞはなはだしき。我が草莽《そうもう》〔在野〕の微臣今の世代をいかんともなしえず。いま我は涙をふるって尽忠《じんちゅう》を誓い、次の時代の捨石にたつ。

昭和十八年十一月二十二日　遺書

…………

戦場に征《い》くに当たって、べつに何の感慨も起こらないものですね。我ながら不思議です。人間の精神というものは不思議なものだと思います。父母妹らに会うのも、これっきりになるかもしれないというのに、ぼたもちやおぜんざいを食べたいと思うています。底知れぬのんきさが人間の精神にひそんでいるのが妙ではありませんか。

では皆々お元気で。

岡野《おかの》永敏《ながとし》

一九二〇年(大正九)二月十七日生。愛知県出身

第八高等学校を経て、一九四二年(昭和十七)十月、東京帝国大学理学部物理学科卒

業

一九四二年、短期現役として海軍技術見習尉官に任官、海軍航空技術廠支廠光学部に勤務

一九四三年十一月十四日、夜間雷撃用光学兵器実験中、佐田岬沖にて殉職。海軍大尉。二十三歳

昭和十七年十月三十日(金)快晴〔短期現役入隊後の日記より〕

……………

午後の法制〔法制の講義〕にも深く考えさせられる。幾多のことがらを聞かされた。工員の一割五分が前科者となっている現状は、これは大いに考えねばならぬ。指導者たるもの大いに心すべきである。ちょうど資本主義末期の様子と同じではないか。しかもそれらの前科者がほんとうに懺悔《ざんげ》して戦争に行けばよいが、どうして自分が悪かったかもわからぬままに戦線に行く。たとえばこんな話がある。

工員寄宿舎で物がなくなった。監督は高等小学〔尋常小学校卒後二年の課程〕を出て、村の青年団の幹事でもしてきたような男が二、三年もすればなる。それらが木剣をふりまわして折檻《せっかん》する。それが辛さに無実であるにもかかわらず、徴用されたばかりのいたいけな少年は

盗《と》ったと言う。監督はそれ見ろとばかりに晩まで待てと言い残して工場に出かける。あとに残った少年は恐ろしさのために逃げ出す。もちろんそれらは親もとに帰って行く。そこで三日たっても帰らぬ。逃亡罪に問われてひっぱられる。そこで盗んだのは無実であることはわかってても逃亡罪でもって工場を追い出され、郷里にもっとも近い刑務所に入れられる。こんな場合があるそうである。

このような時にその本人はどうして懺悔ができるだろうか。

まして親の身になってみれば、いきなり徴用でひっぱられて前科者にして帰されたとしか考えぬだろう。それらが監獄から出されて入営して行く。こんな者ばかりが出て来たらいったいどうなるであろうか。また親たちの思想もいよいよ悪化するのではなかろうか。まさにこれは重大問題である。

帝国の前途ますます多難の折りから、国内思想の善導は何より大切な問題ではないか。大いに心すべきである。

今日は休業中の中川に岩波の文庫を貸してやった。これが入谷教官に見つけられ叱られた。図書はすべて教官にさし出してあるはずであったので叱られた。

名誉挽回《ばんかい》でがんばろう。

色川英之助《いろかわえいのすけ》

一九一八年(大正七)一月二十四日生。茨城県出身
明治大学予科を経て、一九四二年(昭和十七)九月、同大学政治経済学部卒業
一九四二年十月一日、東部第四四部隊(宇都宮)に入隊。北太平洋に転戦
一九四四年五月三日、中千島、得撫島《ウルップ》に向かう途中、雷撃をうけ沈没、戦死。陸軍上等兵。二十六歳

傍観者の論理

過去的客体的
未来的主体的
この相対矛盾は
絶対現実に統《す》べられて
これ主客合一＝『行』
(行とはそんなにむずかしいものか)

これ真の自由にして
超越的立場である
超越的＝絶対無的
（私は無敵のことかと思った）

これなん没我的
己《おのれ》を滅して『自』が生きるのである
皇道である　惟神《かむながら》である
かくして個人個人は
神に包摂《ほうせつ》され一となる
多即一、一即多……
（先生よ、僕にはわかりません）

（昭和十七年十月九日）

石岡《いしおか》俊蔵《しゅんぞう》

一九二二年(大正十一)二月六日生。秋田県出身
日本大学文学部二年在学中、一九四二年(昭和十七)四月一日、陸軍北部一七部隊(秋田)に入隊。比島派遣威七二〇五部隊に転属、歩兵第三七九部隊に属す
一九四五年一月十六日、フィリピン、ルソン島ラウニオン州アムラングにて戦死。陸軍伍長。二十三歳

昭和十九年六月十七日

平生の修養浅薄にして大事にのぞみ、いまだ心平《たい》らかならず。真に恥ずべきのいたり。ただ言うべきを言わず、思いし事を語らざるは、やや淋しき感ありといえどもさしたることなし。そは我が内の思いのみ。心に鬱積《うっせき》するは母心弱くして我が身を思い心を痛むそのことのみ。

今の我が心は遠く万里に演習し、しかも再び還《かえ》らざる構えなり。願わくば父母ともに我を案ずるなかれ。我が身を案ぜざれば、すなわち我また心にかかることなし。

私物その他はすでに発送せり。さらに父母弟の栄ゆる大東亜の日を仰ぎて暮らす日の速《すみや》かに来たらんことを祈る。我これを友に託す。※今まさに遠く離るべし、心また明らか

なり。

※　南方派遣の際、女名前にして父宛に送ったこの手紙は開封検閲されたあとがある。

宇《う》田《だ》川《がわ》　達《たつ》

一九二〇年(大正九)四月十三日生。埼玉県出身
一九四二年(昭和十七)九月、早稲田大学法学部卒業
一九四二年十月一日、東部第一二部隊に入隊。豊橋予備士官学校を卒業後、第六連隊防空部隊に配属。暁第二九五三部隊に転属、陸軍船舶兵としてフィリピンに転戦
一九四四年十二月、一時内地帰還
一九四五年一月二十五日、鹿児島県坊ノ岬海上にて、馬来《マライ》丸砲兵長として交戦中戦死。陸軍中尉。二十四歳

昭和十七年七月二十七日〔「二六〇二年〔皇紀〕*日記」より〕

一人の男があった。彼は天を恨みつづけている
天を指し、大地を蹴って彼は叫んでいる

彼は、彼の知らぬ理由によって苦しみを与えられたのだ
彼は彼の生命が神の、天の命令一つでただちに消えてしまうことも充分知っていた
それでも彼は天を恨みつづけた
彼の小さな生命をかけて
絶対に勝てぬことを知りながらも
私は彼をかわいそうな男だと思った
私は彼がいじらしくなった
秋風がそっと吹いて行く
黄色い葉が音もなく散って行った
彼の生命が無くなるのをあわれむように
秋の日は西に沈んでゆき
あたりはうす暗い闇がひたひたと寄って来た
どこか遠くで鐘が鳴っている
星ももう出るだろう

＊　皇紀……『日本書紀』の初代天皇、神武天皇即位の年を起源とするわが国独自の紀元。記紀神話に基づく紀元で、西暦より六六〇年古くなる計算。皇紀二六〇二年とは一九四二

年のことである。一九四〇年前後に政府が使用を強制した日本紀元。

昭和十八年七月二十九日〔日記「南十字星」より　豊橋予備士官学校時代〕

我々は毎日「修養日誌」というものを書いている。そしてそれをある日数が経つと区隊長殿かまたは中隊長殿に提出して見ていただくのである。ちょうど数日前、区隊長殿と会食をしたとき、区隊長殿から、「修養日誌」は本当のことは書くと上の方から怒られるだろうと言われたが、本当である。本当の心のままを書けば必ず「修養日誌」は赤インクで書き込まれる。結局本当の心の日誌はこのノートだけだ。

軍人は淡白なるべしと日ごろから耳タコほど言われている。率直なるべしと言われる。しかしそこにはやはりある程度の嘘ものってしまうものである。例えば我々は今毎日十銭ずつの酒保券が配給されるが、これが一区隊五十人分を箱に入れて各様に持って行くようにと出して置いて、見張りもいないと時々ではあるが、二人分を黙って持って行ってしまう者もあるのだ。結局心の、まごころを記すものは、各々がそっと持っている帳面に秘められた文字のみがこの生活の真実を表わすものなのである。

すなわち私に関しては、私の真実の気持ちをわかってくれるものは天にも地にもただ邦子〔夫人〕だけである。このノートも従って邦子のみにわかるノートであると思う。だから私は自分の思うままを書き付けて行く。結局人間は真実に生きて行かなければ生きることがむずかしい(もちろん明るき人生を意味して)。自己欺瞞で生きて行くことは苦しい。ただただ素直に生きることがもっとも良き人生の指針だ。……………

昭和十八年七月末〔「南十字星」より〕

……………
我々は今後如何《いかが》なるのであろうか。我々が軍隊に入ってから得た世界の動きに、ある決心をせねばならぬかもしれぬ。今現在我々が目標としているのはソヴィエートの陸軍である。ソ連の陸軍と戦うことを目的として毎日励んでいるが、太平洋戦線は必ずしも日本に有利ではない。新聞紙は検査があるため本当の記事は書けないので、これのみを頼りとすることは不可である。やはり英米は強いことを知った。

ところで、我々は今、あと何日で卒業だと毎日指折り数えて待っている。夕方になるとあと百四十五日だと言って皆嬉しそうな顔をする。しかし一歩退《さが》って考えてみた時に卒業はそんなに待ち遠しきものであろうか。卒業はすなわち部下の生命を握って死の神と闘うことを意味する。もちろん私は闘うことそのものは別になんとも感じない。ただ、多くの場合闘えば死傷者を出す。その時、その家族に思いをいたす時、妻、子、老父母らを思い、何とも言えぬ気持ちが湧く。

我々は十二月二十四日に卒業していよいよ第一線に立つ。しかし全部が全部野砲兵に行くとは思わない。ある者は重砲へ、高射砲へ、船舶高射砲へ行く者もある。また場所的に見てもアリューシャン方面もあれば、北満、北・中シナ、あるいはソロモン群島、ビルマ方面もあり、内地もある。皆一応はそれぞれの希望もあるけれども、昭和十九年三月頃は「命令」によって欲せざる所へも欲する所へも出発させられる。

入隊して一年半ついに征く。


昭和十九年八月三十一日〔「水漬《みづ》く屍」※より〕

※「暁部隊第二九五三部隊、香椎丸戦砲隊、宇田川達」と表紙にある広島からフィリピン戦線を経て帰国に至る戦闘日誌。『新版　きけ わだつみのこえ』の遭難記に描かれたレイテ島作戦時、香椎丸沈没の際に体に巻いていたため、レイテの海水がにじんでいる。

……………暁部隊とは船舶部隊である*。太平洋の全域と印度洋にわたって敵前上陸、兵員輸送と、数を頼んで押し寄せる敵の航空機・潜水艦を向こうにまわして戦う特別の兵科である。

私は初めこのノートを戦場日誌として用うるつもりだった。しかし、暁部隊の兵こそは一度港を出れば直ぐに魚雷と爆弾と機銃弾と戦わねばならない。すなわち港を出た時が内地、祖国とこの世において別れねばならぬ時となる可能性が非常に多いのである。ここにおいて私は今からこのノートに想えることを書くことにした。

重ねて書くが、暁部隊のつわもの達は一人一人が、全員が港を出た時から決死隊なのだ。高速力で驀進《ばくしん》してくる魚雷を仕止めるか、あるいはこちらが沈没させられるかの一騎打だ。沈めるか沈められるかの戦いを毎日くりかえしているのだ。暁の兵で三年もいる者は珍しいということは何を物語っているのだろうか。

大空には航空隊の雲彩む《そ》屍があり、地上部隊に草むす屍があるならば我々暁部隊には水漬く屍がある。…………

＊　船舶部隊……太平洋戦線の拡大により、陸軍輸送船の護衛や太平洋諸島への補給などの作戦任務がふえ、陸軍は一九四二年、船舶司令部を設け本部を広島に置いて直属部隊を編成した。

昭和十九年九月三日〔「水漬く屍」より　フィリピン行き直前、広島にて〕

文字の幻想

ふるさとをとおくへだつるうみべのまち

はるばると　てがみはつきぬ
ひくれがた　つとめをおえて
かえりくる　せまいへや
そまつなつくえのうえに
なつかしのもんじをみつけぬ
うれしくてかなしくてしばしたたずむ
いそいそとふうをきるてに
てがみはふるえたり
てがみはふるえたり
にどさんどくりかえしくりかえし
うれしきそしてかなしきここち
いくひゃくり　とおくはなれてわがこころ
わかってくれるは　ただひとり
ひろきこのよに　かずおおきひとのよに
たったひとりの　りかいしてくれるひと
ああそのひとも　とおいところに

はつあきのまんげつにてらされて
しゃしんをみつめ　てがみよむ
くーにーこ、くーにーこ
――――
ほっとつくふかいいき

昭和十九年十月二十五日〔「水漬く屍」より〕
比島西岸にて
…………十九時ごろ昨夜碇泊《ていはく》した付近に戻り、針路を南に転じ海岸沿いに南下、十九時半静かな海面がぼーっと明るくなる。はっとして今来た方を見れば、海岸寄りの傾斜面の山火事らしい。これが内地だと単なる山火事で終わるのだが、ここはヒリッピンだ。敵のスパイがこの山にいて日本船団が通過する毎に、これを起して沖の潜水艦に知らせるのである。
いよいよ来るぞと思っていると案の定、島と反対側にいた護衛艦から橙々《だいだい》色の火光が空にきらめく。艦砲射撃だ。敵潜水艦は山火事の合図に浮上して、我らの行先に急がんとしたところを海軍に発見されたらしい。入日の少し明るい海上は我が海軍の発射する火光で実にきれいである。やがて二十分位たつと元の静けさに戻ったが、島からはさかんに至るところで沖に向け灯火の信号をしている。…………

まもなく静まれる海面を我が船団は一路南下。金波さざめくこの南海も平時ならばと思うことも幾度か。また今にも始まるかもしれぬ闘争を思う時、さらに感慨深くこの波を見つめる。ちょうど二四時、今日の目的地リンガエン湾のサンフェルナンド沖到着。明日はいよいよマニラだが？

二六〇四・一〇・二五――サンフェルナンドにて――

昭和十九年十月三十日〔「水漬く屍」より〕

マニラ港へ入ってまず驚いたことは実にたくさんの沈没船であった。とにかく広い湾内が全部沈没船で満員なのだ。もちろん沈んでいるとはいうものの全部水面下に入ってしまっているのは少なく、大抵は半分くらい水に入っているようなものばかりである。だからこの沈没船にも少しの船員が今も乗っているのが見られる。

青い波が、月の光に金色の波が、赫《あか》く燃え果てた船体にひたひたと打ち寄するを見るとき実にさみしい気分に包まれます。…………

二六〇四・一〇・三〇　一五・〇〇　マニラ湾にて

昭和十九年十二月十八日〔「水漬く屍」より　福山市にて〕

帰途

久しぶりにペンを執る。あこがれの日本に帰って第二日目である。……………

十一月二十六日ごろから近いうちに日本に戻れるらしいとのうわさが立った。そして二十九日、我々はマニラ駅に向かったのである。内地から来る船はマニラ港が危険なために、サンフェルナンドというマニラより北約三八〇㎞くらいの小さな湾に入るとのことだった。マニラ駅からこのサンフェルナンドまでは汽車が通っているのである。もっとも汽車とは言うものの一日一回通れば良いほうで、一週間近く不通の時も度々あるという話だった。

やがて汽車が来たが、兵隊約七〇〇人に対して大型貨車三輛きり無いのである。そこで仕方なく貨車の屋根の上にも乗せた。ここの憲兵の話によると、毎回汽車が通る毎に土民兵*が襲撃して来て機関銃を射ったり、鉄橋をダイナマイトで爆破したりするそうで、昨日はヒリッピン人の機関手が殺されましたと言っていた。やがて汽車は出発した。書くのを忘れたが乗客全部軍隊の証明が必要で、しかもそれもなかなかもらえない状態なのだが。

汽車は初めのうちは良好に走った。しかし午後四時ごろから調子が悪くなりはじめてきた。しかも敵の土民兵の現れる付近からなので気が気ではない。二㎞も走ると止まってしまって二十分くらい休まぬと蒸気が出ないのだそうだ。この汽車は椰子の実のカラを石炭と混ぜたものを燃料にしているので、夜が来ても十分毎くらいに線路の間にこのもえがらを落として行く。それがまだ赫々《あかあか》と燃えているので、ちょうど敵に汽車が通って行くと知らせているような気がした。…………

二日目の午後、汽車は襲われずにサンフェルナンドに到着した。ここで船が来るまで待機である。兵站に行って宿舎をもらう。空家に兵隊を入れてひと安心したが、夕方こんどはここの憲兵がやって来て、我々の後方四〇〇メートルくらいから山になっているのだが、この山を越えたところはやはり土民兵がいて、今までも一人で食物を買いに、あるいは探しに行った者は、必ず拉致されて殺されるので注意してもらいたいと言ってくる。

…………このサンフェルナンドには我々のほかに、パラオ、マニラ、テニヤンなどの引揚げ邦人も大分いた。ここで驚いたことは食物の無いことである。我々も一食一個の握り飯に塩汁だけ、しかも三食とも同じである。米はサイゴン米の、しかも半分以上も、もみの入っているもので、全く閉口した。私はマニラにいる時からデング熱にかかっていたので、約十日くらいは何も食べず(ほとんど一口か二口くらいきり食えなかった)に近い状態だったところへ、ここがこれなので本当にものすごくやせてしまった。日光の直射するところでは目もくらむし、また少し歩くと目まいがして仕方なかった。

…………

しかしヒリッピンの状況はだんだんと悪化し、今度船団が来なければこのルソン島で玉砕だなどと言う者さえ出るほどになってきた。とある日の夕方、船が入ったと怒鳴っている者がある。ソレと一同よろめく足で海岸に出れば、なるほど二隻、我々を乗せる船が入っていたので、その嬉しかったことは言うまでもない。…………

サンフェルナンドを出る時は暑くて裸になる者もあったが、だんだん北に行くにつれて寒くなり、上海沖あたりでは持っているものは全部着ても寒くて夜は寝られず、船の中を歩き回って夜をすごした。もしここで魚雷が来たら、海に飛び込んでも一時間くらいで完全に凍死してしまってなかなか助からぬそうだ。我々が今ここを通るちょうど二週間前にもこの辺で三隻やられてほとんど助からなかったそうだなどという話を聞いて、ここでやられたならもう仕方ないとあきらめた。そしてこのノートも二つに折って腹にしっかりとくくりつけておいた。

日本の本州が見えた時は、皆寒さにふるえながらも甲板に出てなつかしそうに見ていた。今度の帰りも全く天佑神助《てんゆうしんじょ》によるより他にないと思うほどである。

二六〇四・一二・一八日　……………

＊ 土民兵……フィリピンは中国とともに抗日ゲリラの最も盛んなところだった。「土民兵」ないしは「共匪」と呼ぶ抗日ゲリラには米軍復帰に協力する勢力と反米共産主義をめざす勢力があった。

昭和二十年一月四日〔夫人への最後の手紙　広島から〕

邦子、俺は残念だ。実は今日(四日)十六時頃広島の駅に着いたので、期日も明日に迫っているので下宿に帰らずまっすぐ隊へ行った。そして明日すぐ大阪へ行く予定をしていたら、Ａ大尉が「君は予定が変更になって明日は行くのではない。まだ間があるから」と言ってきた。それが残念なのだ。五日に大阪から発つというので、半年の間夢にまで画いていた休暇も二日きり家におられずとんで戻って来たのに……。

それならなぜ早く「予定変更したから前々から言っていた通り、往復日数を別にして家にいる日数だけでも一週間もやる」と言ってくれなかったのだと思うと、もしこれでいずれ近日中に行く(戦地へ)としても俺は死に切れない。日数が少なかったし、しかもその後に大任をひかえていたので本当に心からゆっくりもできず、可愛い淳〔息子〕ともゆっくり遊べず、皆とも充分話もできず、帰ってきてしまったではないか。もうこの次の休みは半年後になるだろう。その時までこの激戦の真只中に、この命が保証できる者は誰かある。俺は残念だ。実に惜しい。…………

遺書※〔夫人宛親展のもの〕

※「戦死ノ公報アラバ開封スベシ」と上書のある大型封筒〔日付は昭和十九年八月二十日〕の中に公式の遺書と親展の遺書の二通があった。

…………邦子ちゃん、私は昭和十七年一月十八日〔結婚の日〕以来邦子ちゃんを喜ばすことなく今日まで過してしまった。しかし私の気持ちは決して世の中の夫たる者に負けぬつもりです。

こうしてペンを走らせているとさまざまの想い出が次々に浮かんできます。今まで何回も言いましたが、私は邦子ちゃんと結婚して救われたと確信しております。父が亡くなってからの家庭苦、精神苦、特に色々なことを考えてしまって、当時は私はいかにして生きられるかを懸命に考えてその日その日を送ったことでしょう。しかし私は邦子ちゃんによりはっきりと生くべき光を、路を与えられたのでした。その故に私は一時でも邦子ちゃんより離れたくない気持ちでした。しかし世の中はそれを許してくれませんでした。そして私は祖国の運命を担って昭和十七年十月一日、あの曇りの日に入隊したのでした。

私は日本人なるが故に愛をふり捨てて大きな祖国愛の為に、私のこの一個の肉体生命を懸けた邦子ちゃんに別れて入隊しました。そして今祖国の為に散って行きます。邦子ちゃん、私は邦子ちゃんと死にたかった。…………

邦子ちゃん、私の心臓が止まるその瞬間まで私は邦子ちゃんのことを思っているでしょう。そして邦子ちゃんの名を呼ぶでしょう。…………

こうしていると頭が変になりそうです。ただ邦子ちゃんに済まないと思う。私は邦子ちゃんと結婚して幸を得たけれど、邦子ちゃんは私と結婚しなければこんなに若くて未亡人にならずに済んだのではないかとも思ったりする。…………

昭和十七年十月一日朝、門の所で無言で見送ってくれた姿が目にうつって来ます。

三　敗戦への道

今日一書明日一書と読みかさね
いずれも二度と見ることなけむ

木《き》代《しろ》子《し》郎《ろう》

一九二四年(大正十三)一月一日生。島根県出身
一九四三年(昭和十八)十月、國學院大学国文学科入学
一九四四年九月一日、陸軍に入隊
一九四五年七月十七日、フィリピン、レイテ島ビリャバにて戦死。陸軍伍長。二十一歳

年表(三)

一九四四(昭和十九)年
1・26　東京・名古屋に初の建物疎開命令
6・6　連合軍、北フランス上陸開始
7・4　インパールの日本軍に退却命令
7・7　サイパン島の日本軍全滅
7・18　東条内閣総辞職、22日、小磯内閣成立
8・4　東京の学童集団疎開始まる
8・23　「女子挺身勤労令」公布
10・12　台湾沖航空戦
10・20　米軍、レイテ島上陸開始
10・24　レイテ沖海戦、連合艦隊の主力を失う
10・25　最初の特別攻撃隊出撃
11・24　マリアナからB29による東京初空襲
一九四五(昭和二十)年
1・9　米軍、ルソン島上陸
1・18　大本営、本土決戦計画を決定
2・4―11　米英ソ、ヤルタ会談で世界勢力圏分割を協議、ソ連、対日参戦を密約
2・14　近衛元首相、敗戦必至を天皇に上奏
3・10　米空軍、東京大空襲。以後都市を無差別爆撃、罹災者急増
3・17　硫黄島の日本軍全滅
3・18　国民学校初等科を除き授業一年間停止
4・1　米軍、沖縄本島に上陸開始、中学生も軍事動員、特攻作戦熾烈
4・5　小磯内閣総辞職、7日、鈴木内閣成立
4・25―6・26　連合国、国連憲章に調印
5・7　ドイツ無条件降伏
6・23　十五―六十歳男子、十七―四十歳女子を国民義勇戦闘隊に編成
　沖縄の日本軍全滅、民間人多数犠牲
7・1　強制連行の中国人、花岡鉱山で蜂起
7・26　米英中、対日ポツダム宣言発表
8・6　アメリカ、広島に原爆投下
8・8　ソ連、対日宣戦布告、満州に侵攻
8・9　長崎に原爆投下
8・14　御前会議、ポツダム(米英中ソ四国)宣言受諾
8・15　敗戦、天皇の録音放送
9・2　日本、降伏文書調印

学徒徴兵猶予停止にもとづく第一回学徒兵の入隊は一九四三年十二月一日(海軍は十日)、全国の学生がペンを銃にかえて「出陣」した。しかし、戦局は、絶望的な様相をこくしていた。米、英、中三国は、そのころすでにカイロ会談において、日本の領土処理の方針を練り始めていた。

四四年—四五年は日本の断末魔《だんまつま》の年であった。米軍の「飛石作戦」は中部太平洋上の各基地をつぎつぎと襲い、米軍は一挙に西太平洋の要点サイパンに圧倒的な攻撃を加えてきた。四四年七月、三万の守備隊と、一万の一般邦人が全滅した。そのころヨーロッパでも連合軍の北フランス上陸が成功し、東部戦線におけるソ連の攻勢転移とあいまってナチス・ドイツの運命もまた決まった。

サイパン喪失は三年にわたる東条内閣の総辞職をひきおこした。彼がその威信回復をねらって強行したインパール作戦もまた惨憺たる失敗におわり、いくつかの倒閣運動が進行したのも、民心の離反がはなはだしかったからである。

この年の国民は新たに建物疎開と、旅行制限と、買出しの苦労に追われた。大都市学童の集団疎開もその六月に決定され、すでに人々は徴用、勤労動員、隣組活動に疲れきっていた。

十月、米軍はレイテ島に上陸しフィリピン奪回作戦が始まった。これを阻止しようとした連合艦隊の作戦は失敗し、戦艦武蔵が沈没した。圧倒的な敵艦隊に対し制空権を失った日本軍は特別攻撃という自殺戦法を初めて下令した。しかし、十一月二十四日には、マリアナ基地からＢ29機七十機が最初の東京大空襲を行なった。四五年初め、米軍はルソン島に上陸、さらに二月には硫黄島《いおうとう》、三月には沖縄攻撃が開始された。玉砕があいつぐとともに、本土空襲はますます激化し、三月と五月の大空襲で東京は壊滅、各都市も焼かれ、鉄道は各地で分断された。敗戦の色は全土を蔽った。四月にはヒトラーが自殺、ドイツは無条件降伏した。日本軍部は本土決戦を呼号し、内地には陸海合計三五五万の兵力が準備された。しかし、その準備は小銃が十人に一丁、銃一丁当たり弾薬七十発、短剣の鞘《さや》は竹製というみじめなものであった。老人も女性も竹槍訓練にかりたてられた。

七月二十六日、米英中三国は対日ポツダム宣言を発し「日本軍隊の無条件降伏」を求めたが、四月の中立条約不延長の通告にもかかわらずソ連の仲介に期待する日本政府はこれを黙殺した。こうして米国は八月六日広島に、九日長崎に、非人道的な原爆を投下した。同時にソ連は中立条約に違反して、八日、日本に宣戦、満州に侵攻した。日本は国体護持に固執しつつも、八月十四日、ついにポツダム宣言(米英中ソ)の受諾を連合国に通告し、十五日には終戦の詔書が天皇によりラジオで録音放送された。

長谷川曾九三《はせがわそくぞう》

一九二五年（大正十四）八月二十三日生。岐阜県出身
第八高等学校を経て、京都帝国大学文学部入学
一九四四年（昭和十九）十二月十九日、宇都宮師団に入隊
一九四五年十月二十一日、天津陸軍兵站病院にて戦病死。陸軍伍長。二十歳

〔入営途上、親友への手紙、上田から〕

拝啓　宇都宮へは篠ノ井、大宮経由で行くため、東京へ寄れないことになりました。君はわざわざ新宿まで出てくれたでしょうに、とうとう会わずに入営してしまうのは、十一月に一度会えたとはいうものの私の心をかきむしります。一度会って君に対して君の友情を謝して行きたいと思いましたのにそれも不可能となりました。今私は信州の上田に一泊して筆を取っております。明日は宇都宮で泊まることになりましょう。君に対する思い出が忘れがたく、こうして筆を取ったのです。うす暗い電灯の下で同じ入営兵を左右に見て、君を思いつつ、それも、二度と会えぬかもしれない君のことを考えつつ

ペンを走らせていくと、つらい弱々しい心が胸をしめつけます。

覚悟と決心は人一倍に持っております。滅私奉公《めっしほうこう》の気持もしだいに成長してきております。しかし過去のことをそれも小さなできごとさえも、思い出してみますと一つ一つに僕のなつかしい思い出がまつわって哀愁の心をそそります。君に対して入営兵がこんなことを言ってたいへん弱虫な奴だと思うでしょう。しかし私があえて言うのは、君に偽《いつわ》らぬ僕が、入営するさいに過去の執着を棄《す》てるため、どんな気持を抱いて行ったのであろうかということを、せめて君にだけでもしらせたいと思ったからなのです。

感激、それも人に取り囲まれてはやし立てられた一時の感激の反動で、こうなったのではありません。僕が言いたいのは少なくとも読書して思索した人間が、または、学問の一端をかじった一学徒が、どういう気持で入営していったかを親友である君に対し知ってもらいたいと思ったからです。いやでしょうが、読み続けていってください。お願いします。……

僕は結局、不幸な人間であったというべきでした。

入営が近づくにつれて僕の心の中に起こってきた不安(それは決して嫌悪から来たのではありません)は、一日一日大きくなっていきました。そして町へ出ることをいとうようになりました。それは町にいる兵隊を見るのが、なんとはなしに僕の心をかきみだすからでした。では、じっと家の中にとじこもっていて私は何をしたというのでしょう。何もできるはずがありません。ただぐずぐずと寝床の中で、不安な気持をどうかして消し止めようと、そして僕が今までに見てきた僕の目ではさとり切ったというような清らかな態度に見えた入営兵の心中と同じになりたいと、どんなにあせったことでしょう。不安は、僕の心中で太りつつある。それは、どんなものだったろうかと今になって考えてみますと、前途に対するその未知より来たものと、過去を棄て去りえないことに対するものとでしたろう。結局四囲のすべてのもの、私の考えに起こってくるものすべてが不安ならざるものはありませんでした。多弁と陽気な騒ぎでそれをまぎらそうとも思ってみましたが、僕にとって、どうしてそんなことができるのでしょう。ユーゴーが『レ・ミゼラブル』の中で言った言葉が頭に浮かび上がります。「一度憂愁に沈むとそれからなかなか抜け出られない者と、容易に変じてそこを出る者とがある。前者をマリウス型、後者をコゼット型と言ってよいだろうか。」

僕はたしかにマリウス型だったと言うべきでしょう。しかも僕はそれになることを従来望んでもきたのですから。また、文学をやり詩人にもなりたいと考えてきた僕にとって、一度なった状態を急に変えるなんていうことはどうしても良心が許しません。少なくとも過去の僕自身が許しますまい。不幸な人間を作ってしまったのです。僕は、そうして長い間苦しんで(人から見れば、じつにたあいもない、いらぬ苦痛であったでしょう。しかし、僕にとってはそれは大きな問題でありました)きました。

　本をたくさん読まねばと思って本を取ってみますと、さらに私の苦痛を深くさせます。それがいい本であればあるほど(たとえば『ファウスト』『人間の運命』『ツァラツウストラ』)苦痛と不安を増しました。

　僕はそのような状態で十二月十日の日、郷里へ行きました。本倉《ほんぐら》〔書庫〕へ行っていろいろな本を見ていますと、『若きゲーテの研究』〔木村謹治著〕が目につきましたので興味あるままに、それを持ち出して家の前の山に登りました。その本は千ページほどのものです。私は山の頂上に立ってなつかしい村の姿に見入るとともに即興の詩を作って大声で村に呼びかけました。私のマントには冬の日がいっぱいにあたり、寝不足の私をともすれば眠りにさそいました。私は一望の下に村を見おろせる崖に腰かけて、その本を読み始めました。二、三十ページ、いや五十ページは読んだでしょうか、ひじょうにその本が気に入って夢中になって読み続けておりました。

　しかし、あまりの気持よさにとうとうそのまま寝入ってしまったのです。一、二時間たったでしょう。私は、私の位置が何処《どこ》にあるかをさめて見てびっくりしました。(あとから考えてみるとじつに不思議なことです。)

私は山の上にいるんだって！　足の下に開かれてある一冊の本を見た時、私はなおさらにびっくりしたのです。こんな大部《たいぶ》な本を読もうとした僕自身に。けれども、読んでしまいたいと思う気持もその一方に勃々《ぼつぼつ》として起きてきました。その二つが私の心の中で争ったのです。立ち上がって私はつぶやきました。……(高橋兄《けい》よ)

絶望せよ、と。ケルケゴール〔デンマークの哲学者 一八一三―五五〕は言った。希望なきときは絶望せよ。それは希望と同じ役割を果たすであろう。

兄《けい》よ。悟りとはこんなものでしょうか。それから七日、出発の日、名古屋駅で送られた時は勇躍入営するといった気持をもっていました。顔もはればれとして精神もなごやかでした。村から発つ時もそれと同じだったといってもいいでしょう。しかし、しかし、高橋兄、肉親と別れることは何とつらいことでしょう。途中までついて来てくれた両親、妹弟が一人二人と去って行く時、そうしてなごり惜しげに私を見つめて遠ざかって行く時、私の気持はしだいに余裕がなくなってきました。最後に木曾福島〔長野県の南部の町〕で父は去って行きました。別れる時、妹は泣いておりましたが、私はこらえることができましたが、父が体に気をつけてと私にささやいた時初めて、初めて泣きました。兄よ、私のことを弱虫と思えば、私は思われてもかまいません。しかし私が泣いたのは、私の将来の不安から心細くて泣いたのでは絶対にありません。私とてもあの山の上で誓った絶望からいっそうの滅私の覚悟と決意とを抱いて、国家に対して死ぬることぐらいは持っております。それで、それだからこそ僕は悲しかったのです。父は、母は私をふたたび見ることがないだろう。子として私が何もしてやれず、親不孝なことばかりして去って行く。しかもあふるるばかりの愛情を抱いてくれた父や母より去って。私は、ほろほろと流るる涙を人に見られまいと、しばらく出入口に立っていました。『三太郎の日記』（阿部次郎著）にもあるように「別れ」ほど悲しいものはありませんね。兄よ、私は征《い》ってまいります。

　こうして肉親に別れ、そうしてまた二度とない友である君と別れる辛《つら》さを雄々《おお》しい決心に変えて行ってまいります。君ともし東京駅で会ったら私はきっと泣いたことでしょう。会わないほうがかえってよいかもしれません。そうはいうものの、私は会いたいと思います。兄よ、人間はやはり弱い半面と強い半面とを持っておりますね。余裕がなくなってくると前者がいっそうに出てくるもんです。私の現在の場合がそうであったのでしょう。私の気弱い言葉をお許しください。

　現在、筆をとりつつも万感胸に満ちて幾度も筆を止めながらついにここまで書いてみました。もう書けません。

　兄よ、体に気をつけて君の進む道を逡巡《しゅんじゅん》せずに行ってください。私は遠くから君の進歩していく姿を想像しています。過去における数々の君の友情を心から感謝します。くれぐれも体に気をつけてください。お母様によろしく。長谷川は元気で行ったことをおしらせください。またお世話になりながらもお礼にも上がらずに征ってしまったことを君からあやまっておいてください。お願いします。では失礼します。当分手紙を出せないかもしれませんが、私はいつまでも元気でいることを信じていてください。

なごり惜しい気持ですが、いくら書いても同じことですからこれで失礼します。では征ってまいります。君の幸せを祈って。

さようなら

さようなら

(他の者が寝入ってからあわてて書いたものですから乱筆になりました。お許しください。)

木《き》戸《ど》六《ろく》郎《ろう》

一九二四年(大正十三)十月四日生。東京都出身

早稲田大学第二高等学院を経て、一九四四年(昭和十九)十月、同大学政経学部入学

一九四五年一月、津田沼陸軍鉄道学校に入隊。特別甲種幹部候補生
一九四五年五月、戦病死。二十歳

昭和十八年〔日記より〕

私の外面的生活の変化、それは政治運動への参加であった。かくして文士たらんか、否か、その去就《きよしゆう》に迷っていた私は政治運動への参加ということによって、まったく、自己の生活を規定し、私のとるべき道を発見した。…………

二月から三月にかけては、新学生道樹立運動が起こった。これは日本の学生間にみなぎっていた現状打開の悩みが解決を求めて爆発をした一つのあらわれであった。各大学において、それぞれ爆発し、あるいはせんとしたのであるが、早稲田にあっては全学的に火が上がったのである。

政治同政会が中心に立ち上がり、学生義勇軍と結び、政治経済研究会、図南《となん》会、亜細《アジ》亜《ア》研究会、東亜《とうあ》協会、さらに体育団体各部と連係し、また、下部構造たる各学部、両学院〔第一、第二高等学院〕、各専門部と縦横の連絡も保たれて、ここに一大運動が展開したのである。千葉県下の海軍工事に半月にわたって合宿挺身《ていしん》したのであるが、この運動は確かに学生道樹立への一里塚となった。すなわち早稲田においては戦局に対するさらに深い直

視が学生の間に支配し、国家的使命に対しては捨身的情熱を捧ぐべしという声がみなぎった。それがかくてはいち早き徴集猶予返上の声となり、海軍予備学生の募集に当たっては、二千名の多きにのぼり全国の一割を占めるにいたった。…………

外面的生活の溌剌《はつらつ》たる展開とともに、私の内面にも大きなルネッサンスがこの年にいたって起こった。

それはいろいろのことで表現できるであろうが、その最も表象的なものは生死の問題であった。

私の心には強く生の有限性が支配していた。それゆえ人生観の基底は現実性の絶対肯定である。したがってまた、それは外面的生活にも影響し、支配して、私をして激し過ぎるほどの意欲をもって、政治問題に関心していったのである。

死の畏怖《いふ》より諦念《ていねん》と変化して来た私は「歴史的現実における使命」について強く、強く確認されるものがあった。

そして私は国家哲学の一、二にひかれて、自己の立場を確認した。またフィヒテの『ドイツ国民に告ぐ』あるいは『ドイツ戦歿学生の手紙』などに感激したのである。

阿部〔弘〕氏は盛んに徴兵猶予奉還《ほうかん》を呼号《こごう》した。高橋〔湖星〕氏は行学《ぎょうがく》一如の理論を説いた。

私の心には一つの決心が芽生えた。

現行の大学教育組織に空疎なものを認めたのである。ドイツの学制をみるまでもなく、ギムナジウム〔七年制の中高等学校〕を終えた学生はすべて軍隊生活に服し、帰還後、真に国家に有用な者のみ、大学に収容すべく、大学生はもちろん国家的性格を帯びるべきである。…………それゆえ一年後の第二高等学院修了とともに兵列に参加すべきことが決心されたのである。

九月の末近い日、学生の徴兵猶予停止が発表された。待ち望み、覚悟していたことではあったが、新たな、しかも激烈な感動の嵐が吹きまくった。日本の学生にとって、真の覚醒《かくせい》であり、国難を双肩に感じさせるものであった。

あわただしい日々の中、私の周囲から、つぎつぎに殉国の道へ急ぎ去って行った。

…………

私たちは何度、あの「都の西北《せいほく》」〔早稲田大学校歌〕を歌ったことであろう。歌うごとに、そのリズムに新たな感慨が織り込まれてゆくのであった。

十月の終わりには中野正剛《なかのせいごう》*が自殺を遂げた。日本刀で割腹し果てたのだ。日本服で従容としてその浪漫《ローマン》的生涯を閉じたのである。…………このことは私たちを刺激した。私たちがここの学校で受けた伝統的なものを心に銘じて、出陣してゆくものはその血をたぎらせて征《い》った。…………

嵐のごとき感激の日は過ぎ、熱風のごとき興奮の日は過ぎた。静かな朝が訪れた。民族の期待と感激をその肩にになって、学徒たちは出陣して征った。

多くの人の去った学園を吹く寒々しい風、それは私の心にしみ込んできた。……

…………

＊　中野正剛……右翼の政治家で、代議士として東条内閣に対する批判を行なっていた(一九四三年元旦の『朝日新聞』にのった「戦時宰相論」など)が、同年十月二十六日、憲兵隊による検挙、釈放後自殺した。早大卒。木戸氏は門下生の一人であった。

市島保男《いちじまやすお》

一九二二年(大正十一)一月四日生。神奈川県出身

早稲田大学第二高等学院を経て、一九四二年(昭和十七)、同大学商学部進学
一九四三年十二月十日、横須賀の武山海兵団に入団。翌年、予備学生として海軍土浦航空隊に移る
一九四五年四月二十九日、第五昭和特別攻撃隊員として沖縄南東海上にて戦死。海軍大尉。二十三歳

昭和十八年十一月二十一日夜

三年前とほとんど変わっていない。大きな叡智《えいち》にみちた顔が、かわいい西洋人形を思わせる。視線が会うといたずらそうな眼をする。思い出は次から次へと起きてき、たのしき回想が車輪のごとく脳裡をかけめぐる。僕が北海道へ行く前に二人きりで息づまる思いをしたこともある。いま眼前に彼女を見ていると、すべて夢のようだ。彼女は僕にとり永遠の謎であるのか。征《い》で行けばこの謎もとく機会はあるまいと、彼女の面上に探るような強い視線を投ずると、彼女は面映《おもは》ゆいような、いたずらそうな眼でこちらをじっと見る。ああ、こんなつまらないことさえ美しい消しがたい思い出となるに違いない。わびしきかな。…………

梢《こずえ》を通して星が澄んできらめいている。月はなく道は暗い。先生とM君は先に行き、

自然と四人の足は思い出に鈍る。一歩後ろでHちゃんと話していた彼女は急に歩を伸ばして僕に話しかけてくる。肩と肩とがぶつかるのが苦しく感ずる。過ぎ去りし日の思い出はあまりにも楽しく、美しすぎる。まっ暗な切り通しを過ぎると残置灯《ざんちとう》がさむざむとした光を道路におとし、長い四人の影が一瞬に後ろから前へまわる。四人の思い出話は次から次へと出てくる。

急にHちゃんが「ああ、あの多摩川へ行ったときはおもしろかったね」と彼女に話しかけた。彼女は僕の顔をのぞきこむようにしながら「ウン、そうね。あ、そうあの時二人であなたのことについて話したのよ」と茶目気を出していう。思わずギクリとしながら「どんなこと言ったんだい」というと「それは言えないわ」とこんどはHちゃんにいう。四人はしばらく沈黙した。突然、皆の変わり方について話がはずんだ。彼女は僕が変わったと言って驚いている。「どんなに?」「ずいぶん心臓が強くなったわね」と感嘆の声をあげる。話はつきない。まもなく電車が来た。乗客はみな眠そうだ。僕と彼女は先生の前の吊革につかまり、いろいろに話し合った。「ああ、今日はほんとうに楽しかった。しかし逢ったと思うとたん別れだからな。名残り惜しいね」「そうね、だけど逢わないことを考えれば、ただ逢えただけでもよかったわ。ほんとうに今日来てよかったわ」となにか遠いものに憧《あこが》れるように視線を上に投げた。「あなたの僕に対する批評きいたよ」「どんなこと」「僕が女形《おやま》のような感じがするということ。さっきの僕のこととはこのことだろう」じっと彼女の顔をみると、眼をそらすようにしながら、「そうじゃないの。降りてから言うわ」という。「僕は乗りかえだから降りてからじゃ話せないじゃないか」というと、彼女は先生の前からはなれて、僕の左側にまわってきながら、思い切ったように話し出した。「それはね、ちょうどそのころいろいろ苦しいことがあり、あなたへ私の気持が傾いていたこと」僕は愕然《がくぜん》とした。運命の皮肉、いま征《い》かんとするとき、永久の謎は解かれた。ああ、たがいに愛しあいながら、ともに相手の心を知りえなかったのである。「あなたは私のいろんな気持、知らなかったでしょう」「いや、あの北海道へ行くまえに君に逢った時、そのようなことを感じたがたしかめえなかった。僕の気持はね、何かしら君の態度に反発を感じながらも、君に惹《ひ》かれていた」

多摩川園前であった。降りると、淡い電光が白くホームを照らし、ひっそりとしている。ついに別れの時がきた。永遠の別れかもしれない。私の心は平静を失って行き、混乱が頭を占めはじめた。二人はじっとたがいの瞳《ひとみ》に見入り、私は永久に彼女の面影をわが脳裏におさめ、彼女の幻を見失うことがないように全霊をあつめて凝視した。ただ二人の世界のみ。他の存在はことごとく無となり、先生もM君もすでに側《そば》にない。尊い一刻が命をきざみ過ぎ去って行く。無言のまま彼女が手袋をとった手をさし出した。万感の思いをひきしめ、しっかりその手を握り、じっと瞳をみつめる。愛する人の感触がほのぼのと伝わってくる。手に力を入れ「では」と別れを告げると、彼女もまた力をこめ「もし出せたら葉書でもちょうだい。あんなこと忘れてしっかり」「うん僕も美しく征くよ」「電車がきたよ」先生の声がしてはっとする。ごうぜんと構内へ入ってくる電車の音が、すべての思い出を断ちきるように頭にじんと響いてくる。「さようなら」とたがいに口走り、後も見ずM君と電車に乗った。走り出す電車の窓から、彼女と先生の姿が階段に消えて行くのが見えた。ああ視界から彼女の姿は消え去った。現世において相見ることは、おそらくないであろう。私は静かに眼をとじ、彼女の姿を瞼《まぶた》のかげに浮かべた。彼女はかすかに笑う。さらば、愛する人よ。これが人生の姿なのだ。

会えば別れねばならぬ。夢!! 虹のごとく美しく過ぎる愛の記録だ。しかし、すべてを去り、己《おのれ》を捨て、祖国に捧げよ。煩悩《ぼんのう》を絶ち、心しずかに征くべきである。

安《あん》藤《どう》良《よし》隆《たか》

一九二五年(大正十四)十一月二十日生。三重県出身

一九四五年(昭和二十)三月、神宮皇學館大学予科卒業

一九四五年三月、満州第九二二部隊に入隊
一九四五年九月十四日、満州牡丹江拉古病院にて戦病死。陸軍上等兵。十九歳

昭和十九年十二月二十五日

現役兵証書〔入隊命令書〕来る。昭和二十年三月、満州第九二二部隊入隊とある。すでに覚悟はついた。ただ征《い》くのみ、頑張るのみ。

昨日家に帰った時、長い間風呂に入っていなかったので母に願って沸かしていただいた。しかし左手がまだ癒《い》えぬので、体を洗うことができぬために母上に流していただいた。ああ、二十《はたち》の壮者がいまだ母上にご厄介をおかけする。しかも体を洗っていただく。この感激忘れえようか。僕は思わず泣けてきた。来春三月満州に向かう身にとってこの一事は僕に思い出深いものとなる。おそらく一生忘れることはできまい。

昭和二十年二月六日　雪

寒さが厳しく雪は野に山に屋根に真白。ここだいぶ長い間、ほとんど勉強もせずボンヤリとむだな日を送っている。どうしたものか手につかない。

実際につくづく考えてみるとき真に寒心すべきである。おそらく生死は別として入隊

すれば私の時間はない。その意味においてこの青春期に最後の学生としての生活を送るのも三月六日までの約一カ月たらずの月日である。この最後の生活をしていかにして有意義たらしめるか、いわゆる死んで悔いのない生活を送るか。あらゆる意味でなすべきことは多くして時間はあまりに少ない。

K子から手紙が来た。一日も早く帰ることを指折り数えておとなしく待っているとのこと。もう僕が二度と工場*へ帰らぬことも知らずにいると思うとかわいそうだ。家庭にいると多く自分の問題に眼を奪われ、また親の愛の甚大さに溺れて彼女のことを思う日が少ない。しかし僕は、せっかく過ぎし日まで恋愛の喜びというよりもむしろ恋愛の真の姿を教えてくれた彼女を、もう工場へ帰らぬからと言ってこのまま別れてしまうことはできない。そして約束を果たさねばならぬ。すなわち清い交際だった二人の間を清い別れをもって終わらねばならぬ。それが最後に残された僕の彼女に対する道である。

＊　工場……旧制中学・高女以上の学徒は、ほとんど軍需工場や農村に勤労動員されていた。

二月二十一日

このごろは毎日仕事もせずまた勉強もせず一日中何かを食っているので頭がボンヤリし、体の調子も悪い。これによりいかに規則ある生活が人間に大切であるかを知る。軍隊に入ることは誰でも気になることらしい。そして家の人は会う人、来る人に僕が兵隊に行くことを話され、また他の人もそれを注意している。おそらく人々にとって入隊ほど注意せられ重んぜられ騒がれることはない。それは軍隊生活はいわゆる世人の常識を脱したものなるゆえであり、さらに戦時においては入隊はただちに戦死に通ずるからである。昔は二年勤めたらかならず帰れた。* それですら昔は、今も同様だが、軍隊に入ることを嫌った。現在においても徴兵忌避《きひ》の観念はだれにでもある。とくに僕の家においてはそれが著しい。それがゆえに僕が甲種合格した時には、喜ばれるよりもむしろ嘆息をもって迎えられたのだ。しかし現戦局は僕をして家にとどめない。空襲は連日ある。敵の機動部隊〔空母を主体とする高速艦隊〕は本土上陸を企図《きと》している。この時に僕は勇躍満州に征く。それに僕はだれにも語らぬが、そしてそんなことを家の人に語れば叱られるが、僕は二度と帰れまい。それは戦死を意味する。…………

ただ何も言わずに元気で征こう。遺言は書いてゆかぬ。戦死する前に書くつもりだ。

あと十日あまり、月日の経つのは早い。

＊　昔は二年勤めたらかならず帰れた……徴集・召集された兵士の軍役服務期間は通例二年だった。一九三八年、戦争の長期化により期間のこの制限は除かれた。だが戦時中にも召集解除、除隊の措置があった。しかしまた再召集される者も多かったし、形式的に解除さ

れた翌日に再召集される者もあった。

二月二十二日

岩塚《いわづか》〔名古屋〕へ荷物整理にゆく。朝から雪降りで躊躇《ちゅうちょ》したがついに意を決してゆく。河合に会っていろいろと話をきき、また始末を頼んだ。快よくやってくれてうれしかった。また小西と最後の握手を交わす。他の者とは誰も会わず淋しくなる。僕はあらゆる人間の友情を否定する。僕は、寮を去ってつくづく感じた。僕はいずれの社会とも相いれない。学友とも葛藤《かっとう》のうちに別れた。工場の社会人とは自分のかたくなのために去った。残された社会はただ軍隊のみである。僕はその世界へ赤裸々《せきらら》に飛び込む。すなわち今までの生活で知りえた自分の短所すなわち社会と相いれない性格を叩き直されたら自分はけっして死ぬまい。そしてそれが不可能だったら死ぬつもりだ。僕はいわゆる個人主義だ。それがためにいずれの社会に生活してもリーダー的地位に立ちながら、その個人主義のために敗れてきている。これが最大の欠点である。

二月二十七日

ひじょうに暖かい日、午前八時に家を出て名古屋へ行く。そして工場へ。いよいよ工場とも最後の別れである。K子と二人きりになった時二人とも無言、そして彼女の話を聞いて驚いた。K子は僕の帰るのを待っているという。そしてもしも僕が戦死したら一生一人で暮らすという。僕は恐ろしくなった。僕一人のために一人の女がその一生を犠牲にするというのだ。僕は彼女に別れを要求した。しかし彼女は頑《がん》として固辞した。僕は彼女の態度を見、彼女の心を思って胸がいっぱいになった。そして、下した断は「あなたの信ずる道をお進みなさい」ただこう言うよりしかたがなかった。

僕は深く深く考えねばならぬ。

〔K子への手紙〕

矢は弦《つる》を離れました。僕はただ、僕の前に白く横たわっている道を進むのみです。会うは別れの始めであり、別れはまた会うの始めですね。そう思っておたがいに悲しい気持をじーっとこらえねばなりません。今まで多くの日本人が歩んで来たのと同じように僕もまた笑って征きます。僕はもう一度静かにあなたとの関係を考えねばなりません。あなたは昨日あなたの心を僕に話してくれましたね。そしてまた僕も僕の考えを述べました。すでにあなたは僕の日記を読んで、その中に述べられた僕の考えもまたお知りのはずです。僕は現役兵証書を手にした時あなたとの永遠のお別れを決意したのです。しかし僕の気弱さはついに征く日までその心をあなたに話すことはできなかったのです。何の力もない僕が一人の人間の一生を左右すると考えるならば僕自身恐ろしくて仕方がないのです。あなたはあなたの一生を僕のような男に捧げようとしておられる。しかしK子さん、冷静に考えてくださいよ。僕はあなたがお考えになるような立派な男ではないのです。つまらないただ一個の生徒なのです。それに僕があなたに接する時はあなたの純なけがれのない人格性のために僕のよき面のみが現われるのです。そしてあなたに対している時、僕の生命は燃焼するのです。僕はあなたに向かって「あなたの信ずる道をお進みなさい」と申しました。あなたのお心はあまりに堅くあまりに小さはあなたのお心を傷つけることを恐れたのです。そして僕はあまりに弱くあまりに小さいのでとてもあなたの将来を指示することは到底できません。ただあなたはあなたの正しいと思う道を進んでください。昨日もお話ししたように僕は死を覚悟していたのです。ところがある日ふとしたことから僕は生きようと考えたのです。そして昨日あなたにお会いしてあなたのためにも生きて帰ろうと思ったのです。僕はおそらく死なないでしょう。だが僕はもう生死というようなそんな末の問題を考えないことにした。——

金《かね》綱《つな》克《かつ》巳《み》

一九二四年(大正十三)二月六日生。山口県出身
広島高等学校を経て、一九四二年(昭和十七)十月、東京帝国大学法学部政治学科入学
一九四四年九月三十日、短期現役として海軍主計見習尉官に任官、海軍経理学校に入校
一九四五年七月二十八日、呉海戦の際、戦艦榛名艦上にて戦死。海軍中尉。二十一歳

昭和十九年九月十四日

……切りたった山の間を出て大きく田野を曲がっている太田川〔広島市中を流れる川〕、ここあたりが眺めも良くおまけにお昼ごろだ。私は川辺の草に足を伸ばして弁当箱を開いた。懐かしい味、弁当からはなれて何年だろう。

「うわあーっ、ここで弁当ですかい、うちへ行ってお茶でもやってあがんなさい」腰もようやくおぼつかぬ年寄りが後ろから声をかけた。褌《ふんどし》一つの人の良さそうな人、ちょこちょこと川の水を掬《すく》い、顔を洗いに降りてきた。

「いやーありがとう、ちょっと暇だったので散歩にね……でも静かで良い景色ですね」

「ううん、わしゃまたはぜ釣りでもかと思ってね」

「今度兵隊になるんでね、月の初めに東京から帰ったばかりですよ」

「ああそうか。しっかりやっつけてくれんさいの。にくらしゅうてしようがないけんのう」

「えーほんとうにアメリカなんかたたきつぶしてやりたい気がしますね」

「そーじゃとも、物をたくさんもってやがるけんのう。どうも昔のように軍艦だけでがーんとやっちゃうわけに行かんけんのう。軍艦の行く前に飛行機に上からやられちゃのう。アメリカなんかに負けるもんか。あいつらたー性根《しょうね》がちがうけんのう。じゃが負けちゃいけんからの。負けることがあっちゃわしらも生きちゃおらんけんの。日本人は生きりゃせんけえ。わしら死んでもええが、今まで死んだ人が気の毒じゃけんのう。しっかりやって来てつかあさい」

九月といえ昼をわずかまわった太陽の光は強い。水はきらきら光る。草いきれはうんとする。広く続いた盆地には稲の穂がずんとして伸びんとしている。ああ草莽《そうもう》の美しい人がここにも一輪。

十月十二日(木)　班当直

個人主義とはそもそもなんであろう。個は個そのもので存在しえぬ。個は社会的契機としてのみ存在しうる。社会構成分子としての個こそ正にその存在の第一義である。個存在の究極の前提に社会がある。それは単に発生論としてのみではない。しかも個は深く独自性をもつ。社会の発展は個の創造性に俟《ま》つ。作られたるものがさらに作るものとなりうるのである。この Logik 以外に社会、個の独立絶対性をときうるものはない。

しかもこれは決して相対主義と偏し去らるべきものではない。ノモス的個〔社会慣習的個体〕、ノエシス的個〔志向意識的個体〕、個を生む社会、発展を個に俟つ社会、このディナミッシュな、行為的な歴史的現実、この行為の行われるの場、それは存在の底に深くひそむ空無というほかはない。この無こそすべての根底に横たわる絶対無である。私はここに神を見る。神は上に向うべきではない。私は幼い時から天の無限性がどうも納得がゆかない。十歳前後のこの疑問、これが今も解けない(科学的にではない)。現実に天は常住我が上に戴く。しかもこの無限が私には有限としか感ぜられない。夜の星、その光は神秘をたたえる。しかし、どうしてこれが無限界のものと考えられよう。唯一つ、無限は人間の裡に、万象の裡に、深く深く沈潜して行くときに求めうる。

神、ああ、それは地の底に求むべし。母に神性あり、歴史に神性あり。神は人間の存在の第一原因である。美しき花、鬱蒼《うっそう》の森、茫々の大洋、その存在の驚異、造化の妙、その裡に神を見よ。そはその中に神ありて作るに非ず。それ自身の底に神を見よ。神は作りつつもそれ自身は無である。作るのみの神、そこには何が神を作ったかの疑いは解き得ない。個人の中に神がある。個人はこの神に自覚し、自己の歴史的現実に生くる価値を真に自覚するもの、これこそ真実の個人主義あるいは人格主義である。社会は個人主義意識により存立発展を全うす。日本でやや完全にこの個人主義をもつものは東大生、大学から高校出身生であろう。この班に入って初めてこのことを知る。………

十一月八日　大詔奉戴日*

………Roosevelt〔大統領〕の四選確実らしい。誰がなろうと米国国策に大変化のあるべきはずはない。我々はもっと着実地道に米国民性を研究すべきであったし、またあるべきだ。わが国の journalist の功過は相当考えらるべきである。現実の後を後をと走って忙殺されるのもよろしいが、そこに少なくとも将来への眼を開き土台を建設すべきである。

＊　大詔奉戴日……太平洋戦争開始の十二月八日を記念して毎月八日に官庁、軍隊、学校などで宣戦の詔勅を読み上げた。

十二月三日(日)　快晴

外出のために絶好の小春日和。美しい微笑がみんなの顔に溢れる。若松でゼリー六つ、ところてん二つ食べると腹がいっぱいで、妙に寒くなってきた。学校での給与がせめて上の人が考えているように、規定通りならこうもみんなが、がつがつはしまいに。

上野、船江と三越横の空爆被害地を通り本郷に行く。学校研究室で菊井〔維大〕先生にお会いする。優しくて親切な情に大学への思慕はいやまさる。ハラハラと散りつくした銀杏《いちょう》、冬日に屹然たる学舎、講堂、幾千の学びのともがら、南海に北冥に心の故里と憧憬思慕に堪えずあるものか。…………

十二月十九日(火)　晴

昨深更より今暁にかけて警戒警報発令さる。熟睡のあまりそれを知らずに過ごすとはうかつの極みだった。嘱託教授の講義はほとんど休講続き、この間すべて作業ばかり、たくさんの防空壕*もいまや漸次整備されつつあり。

五分前の精神が拡張されることおびただしく、今は十分前になり、さらにその五分前が要求されている。ものすごき限りなり。戦いは今や勝敗の唯中《ただなか》に入る。勝敗を意識しない。全力を尽くして見よう。死んでみたら、終わってみたら、あるいは勝っているかも知れぬ、あるいは負けているかも知れぬ。信念としては必勝不敗だ。一億戦死してもなお民族の意志が不滅であるという神々しくもまた悲惨な勝利に終わらないと誰が断言できよう。夜、映写あり「雷撃隊出動」

＊　五分前の精神……海軍では、食事や集合など定時に整然と集団行動が開始できるよう「定刻五分前」に準備を完了すべしとする紀律慣習があった。

長尾《ながお》　弘《ひろし》

一九二六年(大正十五)十一月十六日生。香川県出身
一九四四年(昭和十九)四月、大阪理工科大学(現、近畿大学)予科入学
一九四五年六月、陸軍に入隊
一九四五年十月十日、愛媛県大洲にて、公用旅行中水害のため殉職。陸軍上等兵。十八歳

昭和二十年六月十六日〔日記より〕

本日入隊す。軍隊とはいかなる生活練成道場なるかと胸を躍らせて入隊。老年兵多く規律厳正を欠くこと多し。いささか失望す。練兵場泥水多く行動自由ならず。第五中隊に配属され夕食をいただく。上官すこぶる親切なり。永続性を有する微笑か。続いて第一小隊に分かる。野村君と同一小隊に入る。

六月二十六日

俺はだんだんと微笑を失いつつある。とてもたまらない。もうふたたび満足に微笑《ほほえ》める時代は来ないのか。俺はもう人世と呼ばれうる世界には帰りえないだろう。俺の過去の生活はあまりに真にして善の世界であった。過ぎたるを思わず未来に対して精神的野心を抱け。自由とは行動にあらず。心中にあり。道理はひとり人世にのみ尊重されよ。人間ならざる人間に道理はない。ただ、有るは自己満足と野蛮的腕力のみ。時代は移る。思想も変わる。しかし固陋《ころう》なる人間は時代におくれたるを誉《ほまれ》とす。身の栄達を捨てて友情に生きよ。これを真の友人という。

本日藤本兵長に叱られる。鉄拳一発頬を打つ。なんたる音ぞ。神よ説明せよ。俺は正なり。純なり。

六月二十九日
軍隊は馬鹿になって過ごさねばいたたまれないところだと信ずるようになった。理屈もなし道理もない。二言目には鉄拳に物を言わせる野蛮的な者が多い。軍隊は教育場にあらず監獄なり。意志弱き賢人を気ちがいならしめ、常人をして理想を失わしめ、世をなげかしむる気ちがい病院なりと思う。哀れなる無知蒙味《むちもうまい》よ。汝《なんじ》に告ぐる、星の数〔階級〕は汝の人格を左右するにあらず。能力を示すにあらず。ただいたずらに軍の飯を食いつぶしたる証拠なり。汝が社会における恩を想え。軍隊をして嫌悪《けんお》の情を起こさしむるなかれ。

今朝もまた叱られにけり、叱られて俺は正しと俺は思えり。…………

今日は寂しい。兵長に叱られ上等兵になぐられる。懐かしきは昔の蹴球《しゆうきゆう》生活なり、蹴球試合のさまが目に浮かぶ。森兄、北島兄、皆良く心中の友なり。利害をはなれ己《おのれ》一個の栄達を望まざる快男子なり。しかるに戦友はしからず。栄達のためには友情をも捨てて飛びたつ者ばかりなり。

嗚呼《ああ》、楽しかりし昔の我、しかるに現実を見よ。なんとみじめなテリヤ犬よ。心は生死を迷える小羊か。行動はテリヤ犬。これが現在の俺の姿だ。

奥《おく》村《むら》克《かつ》郎《ろう》

一九二二年(大正十)一月二十日生。岐阜県出身
一九四一年(昭和十六)、浜松高等工業学校卒業
大同製鋼に勤務中、一九四二年一月十日、陸軍第一三部隊(名古屋)に入隊。輜重兵学校幹部候補生隊を卒業、満州よりグアム島へ転戦
一九四四年九月三十日、マリアナ諸島のグアム島にて戦死。陸軍中尉。二十三歳

昭和十八年三月八日消印〔母への手紙、東京蒲田から〕

軍隊へ来て初めて便箋を使用します。本日は日曜日、朝は六時起床直後より十時まで大掃除。すっかり兵舎は磨きがかけられました。その後十五時まで防空壕の構築。と、くたくたに疲れ講堂の片隅に眠ってしまいました。

ようやく眼を覚まし頭もせいせいし活力をとりもどしたのでこの手紙を書き始めます。夕食もすみました。後は点呼と自習と十時の就寝のみが楽しみです。

このごろ家からの便りなくどうしたことかと心配しております。信子やせつ子は勉強で忙しいと思いますが、美和子〔いずれも妹〕でも寝込んだのではないか……などと。

十一月入校〔陸軍輜重兵学校〕以来その日その日に追われながらついに三月の声を聞くころとなりましたが、あと卒業まで五十三日です。同期生一同指折り数えてその日を待っています。

三月二十七日より四月十二日ごろまで豊橋へ演習にまいります。行きは鉄道により帰りは浜松、静岡、富士のほうを通り自動車です。この演習の前に終末試験が行なわれ演習がすめば卒業も同様です。このごろは十日間をもって自動車の分解結合工術をやっております。正月以来つまらぬ失敗が二、三度あり、くさっていましたが、今はもう以前のごとく元気です。

新聞を見ればどの面にもあの神武《じんむ》天皇の御製《ぎょせい》の御句*がかかげられ、どの記事も戦争だの大東亜だのと戦争ずくめでその窮屈さにうんざりさせられます。御製が標語化せられるこの不可解な時代は、戦争によって文化が「いしゅく」し芸術が軍門に下り、総力という言葉のもとに理解しがたき世相を呈してまいりました。

婦人方が銃剣術をしておられる写真、兵隊の母さんの話が馬鹿げてクローズアップされ、つつましかるべき日本のゆるぎなき姿が軽々《けいけい》にとりあつかわれ形式化され行くのをたまらなく淋しく悲しく思っています。我々のお母さんや妹は、我々の安らかな眠り所であって、そこでも味もそっけもない理より出た国家概念がはんらんしていては、いったいどこで我々の魂は休むというのでしょうか。

　休むことなくいたみつけられるところでは人間の魂はあらぬ方向へと道をふみはずすものです。けっして人間はよくなりませぬ。休むことは〔原文のママ〕人をいつわることへと、人をだますことへとさまよい行くのです。このことは自分のここでの苦しい体験からでた御《み》国へのうれいです。日本は今けっしてよき方向へ進んではいませぬ。純精神的には国家そのものから国民の一人一人が離れ行きつつあるのではないかとさえ考えさせられます。この戦争は理では勝てませぬ。ゆたかなる心、ゆたかなる生活それのみです。常《じょう》会《かい》や訓練*の折り、理に走ったことを人さまに言わぬようにしてください。つつましい忠誠心、かくされたる理とつつまれたる忠誠心、それのみが第二の国民の忠誠心をはぐくむ地盤であります。

　いたいけな子供の心に人知れずはぐくむ忠の情は、つつしみなき標語によってかえってけがれた、いかものと化して行くのではないでしょうか。我々幹部候補生は現在けっして国家の危急を救う熱意などという大げさなものによっては生活していませぬ。演習や学課には熱心です。それは戦いに征《い》って不覚をとってはならぬという切迫した気持(表われざる)に支配せられおるからです。…………

お母さん!!　しみじみとした気持、心のすべてをこめてこう呼びかけます。答えてください。

お母さん!!　心の全幅をかたむけて信じてくださる人はこの世にあなたのほかにありませぬ。僕はそれをつくづく感じます。この唯一の安心のもとに戦場に行き勇ましい働きもできます。天皇陛下のおんためにも命をなげ出すことができます。思うていることを日誌に書いては「しかられ」、葉書をたまたま書けばその間に勉強せよとしかられ、自分の考えを表現する機会のなかった自分は一気に書きつづけてまいりました。先日技術者の調べがあり造船関係のほうへ回されるようになるかもしれませぬが、この四月にはまた満州へあるいは南方へ向けて旅立ちます。信子の卒業姿にも接することなく美和子の一年生を見ることもなく。だがそれをけっしてうらみもしなければ残念にも思いませぬ。

強い「家の人たちに対する信頼」が自分をかりたてるからです。

点呼の時間が近づいてまいりました。この手紙は氏家《うじけ》〔友人〕の家から出したことにします。不正行為です。

お父さんに負けずに頑張ってくださるよう願い上げます。けっしてご無理はなさらぬように……。

…………

ではここらで失敬します。家じゅうしてこの手紙をよんでくれる光景を想像しつつ、ふでを置きます。名古屋の街をお母さんと美和子と三人して話しながら歩いた日はちょうど今ごろでした。

克　郎

お母さんへ

＊　神武天皇の御製の御句……神武天皇作と伝えられる歌の一節にある「撃ちてしやまむ」のこと。

＊　常会や訓練……現在の町内会の班のような隣組が、大政翼賛会の下部組織として日本全国に組織され、戦争目的のために住民の生活を統制した。隣組は定期的に集まり(常会)を行ない、防空訓練や物資の配給、さらには銃剣術や竹槍の訓練をした。

中《なか》島《じま》勝《かつ》美《み》

一九二三年(大正十二)五月九日生。島根県出身

早稲田大学法学部在学中、一九四三年(昭和十八)十二月、陸軍に入隊

一九四五年十一月八日、フィリピン、ネグロス島サンカロス病院にて戦病死。陸軍軍曹。二十二歳

〈手記「愚想」より〉

寒い十二月、古い汚ない浜田〔島根県〕の部隊に入隊し、学生服を脱いで勝手なれない軍服を着させられたとき、およそその気持は、実際その身にならなければわからないことだ。

雨の中を、霰《あられ》の中を、そしてまた雪の中を薄着一枚で走らされたことも、ここに来てみれば夢のようだ。何かしら懐かしい気持もする。もはや、歩兵と違って、航空兵になれば、あんな激しいことはないと思うと、苦しかっただけ忘れえぬものとなる。

あの時はずいぶん嫌で班長が憎らしくなったものであるが……。

母になんとかして自分の転居を知らせたく、いろいろと工夫して通知した。軍隊では通信のことは実際思うようにいかないのだ。

松江を通るのに立ち寄ることさえ、いな、正当に知らせることすら許されないのは情けなかった。

これも軍隊にいるから仕方のないことだ――。

転属の軍装で営門を出た時のうれしさ、それは全く、これから水戸にいたるまで久しぶりで自由な行動を取ることができるというれしさにほかならない。四カ月余の生活をなした浜田の兵営、それは格子なき牢獄、いな、厳重に監視された牢舎にほかならなかった。頑張らして、張り切って入隊した自分に失望と嫌悪を起こさしめた兵営であった。いたずらに使役で日を送った生きがいのないところであった。しかし、ここともはやお別れだ。永久の別れだ。

ふたたびこの街へ来ることはないだろう。さようなら、浜田の街よ。

風と雨のはげしい夜、練兵場の端の山に、すべりながら登って頂上より赤い夜の街の灯を眺めて思わず涙ぐんだのも、汽笛を聞いて乗りたいと思ったことも、みんな偽りない心境だった。

将校になるとか下士官、あるいは兵士として働くことは、自分にとって別に問題ではない。

初めからそんなことを気にして入って来たのでないからだ。しかしどちらにせよ、自分は軍人という職業は好きではない。いな、それどころか一番嫌だ。なるなら一兵士として苦しみ、かつご奉公したいのが自分の気持だ。

自分の軍隊における生活の一面、また考え、感想と言ったものは、いずれこのノートを読んでもらえばわかる。今は知らせることができない身分だ。そのためこれを遺《のこ》して行くのだ。

軍隊に入る前の必要なもの、それは何と言っても頑健な身体をもって入ることだ。自分はこの点において、いかに人知れず苦労したことか。それゆえいっそうこの点が強く浮かんでくる。頑張りも限度がある。何と言っても身体だ。とくに歩兵においてしかり。教養も何もすべて零なのが軍隊だ。それと今一つは軍隊に適した性格を持っていることであろう。形式的、表面的、要領の良いのが一番得だが、およそ自分にはできないことだ。まず軍隊は身体、つぎは要領か？

およそ形式的、員数《いんずう》的〔一八〇ページ参照〕、表面的なことは自分は大嫌いだ。ましてや、要領などとは及びもつかぬことだ。家にいるころ、母によく言われた無愛想はいかんともしがたい。自分の思うことはそのまま出してしまう。人の前でも、いない時でも同じ態度に出る。とにかく損をすることは事実だが、それは仕方のないことだ。

長い学生生活において、大学において、要領の良いことを学んだはずではないが……。

一人静かに読書する。長い間、親しみし文学もわずか数カ月で遠いことのように忘れてしまった。淋しい気持がする。何のためにもならなかったのか？

昼食前、ちょっとしたことで隣りの班長に口唇《くちびる》をなぐられる。まったくしゃくにさわった。

自分の班の班長に叱られるなら何ともない。わざわざ隣りから来て、つまらぬ何でもないことで口唇の切れるほどなぐられたのには、さすがの自分もしゃくにさわるとともに、くやし涙が思わず出た。軍隊なればこそ、こんなことでも耐え忍ばねばならないのだ。あるいはこんな点で人間が鍛えられるかもしれないけれども……。

自分たちはいずれ近いうち、部隊なり現地（戦場）において下士官として、兵を率《ひき》いて行かねばならない身の上だ。しかし、果たしてそれができるであろうか。人を使うことはなかなかむずかしいことだから……だが自分は決して、つまらないことでかれこれ言わない決心だ。針で角の塵《すみ》《ちり》を取り出すようなことはしたくない。結局それは自身の品位をいたずらに下げるのみだ。けっして感情的に叱らないよう常に心掛けねばならないと、つくづく思う。寡黙《かもく》と信頼で結構だ。

最も痛切に感じられなければならない軍隊におりながら、何だか自分たちには遠い手のとどかないことのように思えるのは日々の戦況である。敵軍をいくら撃滅《げきめつ》したとか、どこどこへ進出したとか、あるいはまた、我がほうの損害とか、そんな報告はまったく無関係なことのように思えてしかたがない。むしろ地方の人々が自分たちより、よほど強く感じることであろう。

我々が少しの暇に読みうる唯一の地方便りは日々の新聞だ。しかしその新聞のつまらぬこと、まったく官報かお説教を読んでいるようだ。果たしてこれでよいか、まず疑問。

軍隊でも地方でも能率増進に最も必要なものは娯楽と休養の適度を計ることだ。

人間の浅はかさ、人が一心に働くのは何かしら将来に対してある楽しみを得られるという希望が与えられているからなのだ。その点を無視すると、とんでもないことになる。

そしてそれを無視することの最も多いのが、何も知らないこちこちの軍人商売の者だ。

軍隊にいて、訓練がつらくてやれないということはまずない。訓練をすることはすべて戦線に立って、立派なご奉公するための準備であるゆえ、みんなお国のためになることだ。いくらつらくても、やるだけの心構えはできている。またつらい訓練ほど、それが終われば楽しい懐かしいものだ。しかし、軍隊において、上官の命ずることが果たしてこれでよいのか。上官個人のためにやっているのではないか。なぜ我々はそんなことまでしなければならないかと疑問を持つことがすこぶる多い。こんな疑問を持つことは、高等程度の学問を受けた者の通弊《つうへい》であると言われるけれども、事実そのようなことが多いからしかたがない。

軍隊に入って最も感ずるものは階級である。そして誰もが士官に士官にとなろうとする。なるほど、努力して士官になり、ご奉公することも確かに大切である。しかしあまりにもそれに汲々《きゅうきゅう》としているのではなかろうか。とくに我々臨徴〔臨時徴集の略〕の学生においてしかりだ。情けない点も少なくない。我々が学業中途にして入隊したのは、何もそんな目的で入ったものではあるまい。軍人商売と違う。この危急を処理せんがために入って来たのだ。初めから階級は問題ではない。世間体などもってのほか……。誰にでも適、不適があるもの。それ相応に力を尽くせばそれでよいではないか。兵であろうが下士官であろうが士官であろうが、これひとしく帝国軍人、その精神においていずれに差ありや。卑下すること、全然その要なし、蔑《あなど》るは自らを卑《いや》しくするものなり。よくよく心すべきことぞ。

本日当校における防空演習が実施される。なるほど軍隊の学校だけあって、その軍装は将校以下ものものしい。しかしその内容たるや、まさにこれより非実戦的なものはない。

すべての訓練は実戦的なれとあれほどやかましく言う軍隊において、果たして民間の防空演習といかなる差ありや。一歩も進んではいない。訓練のための訓練、演習のための演習に過ぎない。馬鹿らしくてやれたものではない。しかし正直なところ、自分たちにはこのほうが陽気であるゆえ、ずっと良いのではあるが……呵々《かか》。

渡邉《わたなべ》研一《けんいち》

一九一六年(大正五)二月二十五日生。栃木県出身
東京府立高等学校を経て、一九三八年(昭和十三)三月、東京帝国大学文学部国文科卒業、五月、千葉県立長狭中学校教諭
一九三九年一月、陸軍に入隊。一九四三年十二月、召集解除
一九四四年三月から秋田師範学校に勤務、一九四四年七月、再召集
一九四五年五月二十七日、沖縄本島喜屋武《きやん》にて戦死。陸軍中尉。二十九歳

昭和十九年十一月十二日〔夫人への手紙〕

こちらは元気、先月十日の空襲〔沖縄大空襲、那覇は灰燼に帰す〕もすでにお知らせした通り無事に切り抜けて参りました。日中劫火《ごうか》と轟音の中に過ごしたあの日のことを顧みますと、何となく夢のような気がいたします。内地を出発した当時からかねてその日あることは充分覚悟していた筈ですし、これからもますますそうした境地に生死を賭さねばならない機会が多くなることは予期しておりますが、何といっても初めての経験だけにいろいろのことを考えさせられました。…………

一つの歴史が作られるまでにはどれだけ多くの人の涙がその礎石の中にかくされてい

ることかと思わずにはいられません。〝顧みなくて――〟と旅立った筈の防人《さきもり》にも父母を花にしてともどもに連れ立って行きたい念があったことを思い、陣中季節ごとに変わる花を眺めてはなぜに〝花とう花の咲き出来ずけむ〟と思慕の情を馳せたことを思うと、必ずしもこうした感情が女々しいものばかりとも限らないと思います。…………
…………

十一月二十四日〔夫人への手紙〕

夜は相変わらずのろうそく暮らしですが、近頃は月が好いので近くの丘に登っては兵隊と雑談などをしております。飛行機工場の話、農業の話、妻子のこと、父母のことなどを聞いているとなかなか面白いものです。皆多くは年齢的に庶民の中堅層を占めていた人達だけにいろいろと傾聴させるものがあります。とにかくみんななかなか可愛い連中です。私自身も死生をともにする部下への愛情に生きることによって、ともすれば孤独になりがちの自分を力づけております。この頃だんだん内地からの便りが届くようになって、若いお父さんとなる兵隊も多くなってきました。こんな話があります。ある某という兵隊が奥さんに出す手紙に〝この便りがつく頃は勝坊はもう歩き始めているだろうな〟という言葉がありましたので、その後逢った時に私は「おいおまえ、子供さん生まれたのか」と聞きますと「いいえ、内地からまだ何とも言ってきません」「では勝坊というのは誰だい?」と聞きますと、いわく「ああ、あれですか、名前だけは出る前につけて来ました」というようなわけでした。一寸ほほえましくはありませんか。

…………

十二月十二日〔母、夫人への手紙〕

爆撃下〔十一月二十四日、B29東京空襲〕皆様ご無事のご様子を知り心より嬉しく繰り返し繰り返し拝見いたしました。疎開の件、ともかくすべてのことはお預けにしてとりあえず早急に実現しやすいプランを断行するのがもっとも適当であろうと思います。空襲における〝足手まとい〟というものがいかに大きな惨禍をもたらすものであるかはすでに十分ご存知と思います。

過日の当地空襲に際し、猛火の中を突破する時、橋が焼けて河を泳いで渡った時、あるいは塀をよじ登り飛びおりる時、もし我々が子供や老人を連れていたならば決して今度の場合のように容易ではなかったと思います。

東京に公的に用のない人間はすべて疎開するのが本当だと思います。帝都を護るという観念は立派なようですが、実際問題として現在の貧弱極まる隣組防空組織で国家に寄与するよりも、むしろ国家がそれらの人々の生命財産を守るために不必要な努力を払っているのを自ら防ぐ方がよほどご奉公になると思います。

着のみ着のまま、それに着替えの下着類二、三着、若干の日用品と現金、二、三日分の携帯食料、手軽な炊事道具、食器、そういうものがあれば生活してゆけましょう。それだけを身につけて昼夜分かたず職場に挺身してこそ初めて戦争生活と言えましょう。防空壕には時たま入るものではなく、時たま出るものとなりましょう。

戦争はスポーツではありません。東京は第一線です。

昭和二十年一月二十五日〔夫人への手紙〕

思えば去年の今ごろは私は久しぶりで内地の香をいつくしんでおりましたし、隆二《りゅうじ》は東京、洋三《ようぞう》と芳郎《よしろう》〔いずれも弟〕は新兵で、宇都宮でかわいらしい星一つでした。戦局は重苦しいといってもまだ飛行機は東京の上空には姿を見せてはおらなかったし……考えれば夢のような気がいたします。出征後半歳が過ぎて、今こうして沖縄にいる自分を憶《おも》い、ここに至らしめた時の流れを考える時しみじみと人間の運命といったものを考えさせられます。飽《あ》くまで生きている限り強く明かるくありたいものと思っております。そうしていよいよ最後の時には、国家と民族とあなたをふくめてのすべての人々を祝福しつつ、愛と誇りとの中に安らかに静かに生を終わりたいものです。自分の運命を暗いもの、不幸なものとは決して思いたくはありません。また事実今までの私は恵まれすぎていました。ご自愛祈ります。

二月十日〔夫人への手紙〕

まだお便りする機会は何度かありましょう。しかし時機はいよいよ迫りつつあります。それがいつであるかはもとより予測することはできませんが、おそらくはあなたたちの予想外の速さでやって参りましょう。その時の来ないうちに言うべきことは言っておきたいと思います。しかしいざペンを執《と》ってみると今さらながら申すことのないのに気がつきます。今の私は強くあらねばなりません。寂しい、悲しいというような感情を振り捨てて与えられた使命に進まなければならぬ立場にあるのです。ただ一切を忘れて戦って戦って戦い抜きたいと思います。不惜身命《ふしゃくしんみょう》〔身命を惜しまず〕、生きることはもちろん、死ぬことすらも忘れて戦いたいと念じております。南海の一孤島に朽ち果てる身とは考えずに、祖国の周囲に屍《しかばね》のとりでを築くつもりでおります。いつかはあなたたちの上に光栄の平和の日がおとずれてくることと思います。その日になって私の身をもってつくしたいささかの労苦を思いやってくだされば私たちはそれで本望です。愛する日本、その国に住む愛する人々、そのためにわれらは死んで行くのだと考えることは真実愉《たの》しいものです。運命があなたにとっての良き夫たることを許さなかった私としては、そう考えることによってあなたへの幾分の義務を果たしえたような安らかささえ覚えます。

もとより生を軽視するのではありません。私自身もまだ若いのです。生き長らえて、もっともっと働いてみたいものと思わぬではありません。しかし運命がそれを許さなければ、いや、むしろ、運命がそれを命ずるならば、いたずらに長からぬこの世に執着しようとは考えません。信念をもって欣然《きんぜん》として死地に赴《おもむ》くことを辞《じ》さない決心でおります。一度戦端《せんたん》が開かれれば、いっさいの手段をつくして最善の道を歩むつもりです。万一のことがあったさい、たとえいっさいの状況が不明でも、あなたの夫はこのような気持で死んでいったことだけは、そうして最後まであなたの幸福を祈っていたことだけは終生覚えていていただきたいと思います。——その後、体の調子は相変わらずすこぶる好調です。いつもながらご自愛を祈ります。ご機嫌よう。

二月十四日〔母への手紙〕

その後久しくお便りに接しませんが、お元気にお過ごしのご様子に安心いたしております。何といってもお慣れにならない土地〔疎開先。栃木県の郷里〕の毎日、何かとご苦労が絶えないのではないかと案じております。できる範囲で明かるく、のんびりとお暮らしなさいますよう心よりお祈りいたします。

私のほうは相変わらず元気、霜雪《そうせつ》を見ぬ暖かい沖縄の冬も半ばを過ごしました。桜はすでに盛りを過ぎ、このごろでも夏支度《じたく》です。戦局もいよいよ急を告げ、比島戦局*の進展に呼応して、私たちの周囲にも戦機ともいうべきただならぬ気配がひしひしと感ぜられるようになってまいりました。所詮《しょせん》は時の問題と思いますが、私たちはただ冷静に来たるべき日にひたすら備えております。いざとなったらば生死を越えて戦って戦って戦い抜くのみです。幸いに内地出発以来すでに七カ月、隊の団結は固く、私のようなつまらぬ者を隊長と仰いで真に肉親に劣らぬ情誼《じょうぎ》をもって結ばれております。

万一の場合など、あるいはいろいろの状況もお耳には達しないかとも存じますが、私は私の身に相応した最善をつくして祖国のため欣然として死地におもむいたことは堅く信じていただきたいと思います。

思えば生を享《う》けて以来三十年、ご両親様はじめ皆の深きお恵みの下に、この上ない幸福の日を送らせていただきました。短かったとはいえ再度の教壇生活も、五年余りの軍隊生活もむしろ身にあまるほどの恩寵《おんちょう》を受けて来たような気がいたします。顧《かえり》みて一点の悔いのない生活、本当に幸福であったと思います。

ただお母様にはいまさら申すまでもないご鴻恩《こうおん》に浴しながら、これという世の孝行もできず、むしろ今になって思えば、〝ああの時はあんなことを言うのではなかった、こんなことをするのではなかった……〟というような気持だけが苦い思い出となって残っているのが、まことに申しわけなくも心残りに存じられます。

かの時はかくすべかりし悔い残し
　母と別るる今日の門出《かどで》

いまさらにお詫び申してても詮ないことではございますが、心よりお許しをいただきたいと思います。洋三もすでに第一線に立ち、その他の男の子も皆それぞれ軍籍に在って将来お母様のお世話を誰がすることやら心残りにも存じますが、何ごとも神様の思し召《おぼめし》のままいずれはまた光明の日も来ることと考えております。

いつまでもいつまでも、お元気にお健《すこ》やかにお暮らしあそばしますよう、お祈りいたします。

お祖母様にも出征以来とかくごぶさたがち、とくに家中《いえなか》〔栃木県〕に疎開されたと聞いてからは、ご住所もわからぬまま一度のお便りもいたしておりませぬ。よろしくお詫び申し上げてください。

和子、昭子〔ともに妹〕たちも感じやすい年ごろで、急激な時代の風にさらされて、いろいろ考えさせられると思います。何といっても将来の新しい時代に生きなければならないのですから、健康な体と精神、明かるい理智を養うことを希望いたします。よろしくお伝えください。

父上にも別にお便りしたいと存じましたが、所詮同じようなことの繰り返しになるので失礼させていただきました。

それではもう一度ご自愛をお祈りいたします。なお今後も許される限りお便りいたします。

＊ 比島戦局……一九四四年十月米軍はレイテ島に上陸、四五年一月にはマニラに進入した。

二月二十四日〔母への手紙〕

紀元節＊から二週間文字通り緊張の裡《うち》に毎日を送りました。いずれは時の問題でしょうし、それも遠いことではないと思います。いっさいのご心配ご無用に願います。

とにかく、こうなってきた以上、自分だけあるいは自分の肉親だけ無事であれというような小乗《しょうじょう》的な気持を捨てて戦うよりほかには仕方がありますまい。私たちが第一線で血と肉とで戦い守った日本にいつか幸福の日があるならば、我々は以て瞑《めい》すべきだと思っております。

私たちの身辺も漸く多忙になって参りました。何やかやと公私の用事も多く神経を使う仕事もふえてきましたが、まだまだ余裕はあります。戦陣特有のドラム缶の野天風呂に浸《つか》りながら浪花節をうなったり、兵隊めいめいのかくし芸に夜を更《ふ》かしたりすることもあります。当地は今一年中で最も住みよい時候、暑くもなく寒くもなく、蚊やのみもわりあい少なく、ただ毎日の雨だけがいやですが、そのほかはすべて満点です。毎日の生活も状況逼迫《ひっぱく》のわりには楽で煙草も細々ながら内地の配給の半分ぐらいは手に入りますし、アルコールも何とか間に合っています。

父上もますますお元気のよし、いよいよ今年で定年になられるわけですね。内地は今年はことのほか寒いとか、くれぐれもお風邪を召さぬようご自愛をお祈りいたします。

家中のお祖母様にもよろしくお伝えください。

＊　紀元節……二月十一日、神武天皇即位の日とされ、建国の日として祝われていた。

二月二十四日〔夫人への手紙〕

二週間ぶりでペンを執《と》りました。もう手紙を出す機会もないのではないかと半ば諦《あきら》めていたのでしたが――それでもこの便り果たしてお手許に届くか否か半信半疑です。私のほうはますます元気、紀元節以来文字通り緊張の裡に一日一日を送って参りました。何となく嵐の前の静けさというような気配を感じさせられます。悔いのない一戦をしたいものと思っております。それでもまだ忙中閑《かん》ありです。精神的にも思いのほかゆとりを持っております。

今日は二月二十四日、明日は私の誕生日です。近ごろではこうしたちょっとしたことにも意味深い感慨が生まれてきます。去年の今ごろのことを考えるとなおさらです。厳《きび》しいますらお〔勇者〕の道の前にあなたの一生の良き伴侶《はんりょ》たりえず、幸福な門出を躓《つまず》かしめたことに一抹《いちまつ》の心残りを感じつつも、あなたを得たことによって愛情の祝福を感じつつ一命を捧げてご奉公しうる身を幸福と思っております。

内地は今年はことのほか寒いとか、いつもながらくれぐれもお体にご注意のほど願います。

　夜の更《ふ》けに情報と呼ぶ小さき声
　　受話器に聞こえはっと目覚めぬ

鷲《わし》尾《お》克巳《かつみ》

一九二三年(大正十二)四月十九日生。兵庫県出身
一九四二年(昭和十七)四月、第一高等学校文科入学
一九四三年十二月一日、陸軍中部第五二部隊に入隊。一九四四年二月、特別操縦見習士官となる
一九四五年五月十一日、特別攻撃隊第五五振武隊員として沖縄にて戦死。陸軍大尉。二十二歳

〔昭和十八年十一月二十八日、ノートに挟まれていた紙片、一高にて〕

学帽もあと三日
心の底に湧く別れの悲しみはどうしようもない。
強がってはみてもやはり俺は一人の凡人
今までの俺の世界はもう俺の世界ではなくなる。

〔特操*時代の「日記」より〕

昭和十九年六月十日
本日週番学生、上番〔任務につくこと〕す。

学生の小使にはならぬ。何物かを残す決心である。

学生仲間で余は怠け者の定評あり。腹の底からの怠け者にあらず。特操《とくそう》一般に対して心中楽しまざるところより、幼時の癖、一高時代の習性に逃避せるのみ。

特操に誇りなし。伝統なし。良き運用なし。良き指導者なし。いたずらに石中の玉をも曇らするのみ。曾我《そが》いわく。「こんな空気の中で張り切ってもだめだ。」いたずらに物笑いとなり狂人扱いせらるるのみなり。

狂人や可なり。物笑いや可なり。多衆の物笑いとなり、狂人となる、また男子の本懐ならずや。再考せん。

本日ビンタを取る。誠心に恥ずるなきや。

＊ 特操……陸軍で幹部候補生に採用された者のうち、さらに航空隊へ行く道があり、一九四三年には特操(特別操縦見習士官)が設けられた。海軍の飛行予備学生に相当する。

七月五日

ニワカ仕立テノ百姓サンガ

作物ノビルニャナンデモ肥料《コヤシ》ダト

トキドキ肥料ヲカケテハミルガ

手入レモ気マグレ肥料モデタラメ
草木ハヒョロヒョロ雑草ガムクムク
腹立ッタ百姓ハドナリ散ラスヤラ
マスマス肥料ヲ目茶苦茶ニヤルガ
作物ヒョロヒョロ相モカワラズ
出来ガ悪クテマスマス主人ヲ
怒ラスバッカリコレハ草木ノ
種ガ悪イト主人ガ怒ルガ
モットモ草木モ性《タチ》ハヨクナイガ
　主人モアンマリヨイトハ言ワレヌ
　　主人モアンマリヨイトハ言ワレヌ

八月八日
特操に対する嫌悪の情ふたたびしきりなり。
特操を止《や》め一兵とならんかとさえ考う。
特操に意気なく意地なく、しかも判断力なし。

八月十二日

特操のカリカチュア一つ

学生服学生帽に見習士官の襟章のみをつけた特操が教官にどなられ、助教になぐられ、泣き面《つら》をかいていわく「僕は見習士官だのに」…………

十月一日

蚤《のみ》にせめられ睡眠不足。ために日々の訓練さえ重荷と感ぜらる。ためにこの間《かん》語るべき何物もなし。…………

真実に死をみつめよ。死をみつむる目のより深かれ。刹那《せつな》主義は死をみつむることにおいて、ある垣を乗り越えている。しかし死をみつむる目の中でもっとも浅きものである。

十月十二日

何のために生きるか。君〔天皇〕のためとは口先。〔この一行は消してある〕

口頭禅《こうとうぜん》〔口さきだけのこと〕をやめよ。

十月十四日

高きを見つめよ。心はつねに高く持て。日々の戦いにそまざる高き物を心の中に持て。戦いは身近にあり。日々の戦いもて心の中の高き物を貫け。

十月十八日

口に忠を唱《とな》えるは易い。しかし真の誠忠の人となり切るには一生の修養がいる。青年は純粋なりという。純忠に生くるのは青年ならではできぬかもしれぬ。しかし思慮浅き青年の忠義面《づら》は一面危険である。

十一月二十二日　快晴

汝《なんじ》は現在の生活を腰掛けと考えている。

十一月三十日　曇後晴

西部一一〇部隊に転属。明日入隊式の予定。

すべてを伸ばすべきか。切り捨てるべきか。切り落とすならば何を切り落とすべきか。

切り落とすにあらず自《みずか》ら脱落するにや。

…………

十二月六日　水曜　雨

自分が学窓を出てからはや一年経った。航空に転じ初めて大地を離れてから八カ月を経た。

一年前、あの歓呼《かんこ》の波に送られて出《い》で立った我々は、すぐさまにも、華々しいまた何か偉大な任務に立つことを朧気《おぼろげ》に夢みて胸をときめかしておった。「ペンを捨てて剣を執《と》る」「学徒出陣」そうした言葉にうかれ立った世のさまを我々一高生は見下したつもりでいた。しかし、結局我々もまた興奮し、足を浮き立たせていたのだ。

しかし現実と理想をともすれば離したがった我々、厳しい現実に触れた経験のない我々。理想とか理念とかいうものはその厳しい現実の中から已《や》むに已《や》まれずして生まれ、現実の中にしっかり関連を有するものであるということを身をもってつかむ機会の少なかった我々は、その後直面した世界に大きな衝撃を受けねばならなかった。

自分はそこで脱皮しなければならなかった。ある意味で生まれかわらねばならなかった。生まれかわらねば真にそこで生きることはできないと思われる。

生まれたままの自分が、その後二十年間に身につけたいろいろのもの、それはあまりにも多くあまりにも身につきすぎているが、それらのほとんどは脱ぎ捨てねばならない。今の自分にはどれを脱ぎ捨てずにおくべきかなどということはわからない。

十二月十日　日曜日　晴

…………

我々は陸士〔陸軍士官学校、職業軍人の養成機関〕の生徒が四年間になした仕事を、陸士の生徒より可塑性《かそ》の減殺《げんさい》された年齢において始め、これをわずか一年間に、しかも陸士のそれとは比較にならぬ悪い条件下に行なわねばならない。

十二月十三日　水曜日　曇

午前、場周地上予習。午後、軍偵地上滑走。

日ごと曇りのこの寒空に
　地上予習で十五日
鳥になりたや次の世は

自分が見た軍隊はシナ事変、大東亜戦争で数十倍に膨張し、必然的に兵員の素質低下を来たした時代の軍隊であるが、軍隊一般に要求される水準が、形式的な方面においてどうしてもそこまで切り下げられぬため、いろいろな無理があり、兵員の神経の相当の部分がそこで浪費されているような感じがする。しかしこれを批判することはあるいは必要でもあろうが、今の我々は口に出す必要はない。大野九郎兵衛〔「仮名手本忠臣蔵」の斧九太夫のモデル〕の悪意が師直《もろなお》を生んだ故事《こじ》もある。

昭和二十年一月十二日

　総員の報告かなしその度に君今亡しと思い出ずるも

　白絹もてつつめる我が子の骨抱きてかえる夜旅やさぞ長からん

〔以下は出撃前夜、知覧基地にて陸軍報道班員、高木俊朗氏のノートに記したもの〕

我がゴーヂアン・ノット此処に断つ*。

個と全との矛盾は我が心情中に解決し得たとは言い得ず。靖国神社の奥殿にてさぞや恥ずかしからむ。

我は永生を信ず。今後沖縄の戦局は我等が永生。我が友等の我が思い出は我等が永生。大きくは今後日本の歴史の流れの中に我等は生きむ。我が二十三年の一挙手一投足はすべて何処かに生きてあらむ。
＊ゴーデアン・ノット此処に断つ……古代フリージアの王ゴルディオスが戦車の長柄に解けない結び目をつけ、「これを解いた者は全アジアを征服する」との神託が出ていたが、長い間だれもこれを解く者がいなかった。それをアレクサンドロス大王が一刀両断して解いたという故事による。

水《みず》井《い》淑《よし》夫《お》

一九二二年（大正十一）三月十六日生。兵庫県出身
東京高等学校を経て、一九四二年（昭和十七）四月、九州帝国大学法文学部入学
一九四三年十二月十日、横須賀の武山海兵団に入団、横須賀機雷学校に入校
一九四五年八月十日、回天特別攻撃隊多聞《たもん》隊＊員として、フィリピン海にて輸送船に体当たり戦死。海軍大尉。二十三歳

＊ 回天……人間魚雷。魚雷を改造し、頭部に爆薬を充塡して搭乗員一人が操縦、敵に接近するや潜水艦から発進して敵艦船に体当たりする特攻兵器である。

〔武山海兵団入団当時の日記より〕

昭和十九年一月十五日　曇

一軍の力量は単に精神力のみに頼らず、これに加うるに近代的武器を以ってせざれば、真の精神力もその力量を充分に発揮しえざる内に消滅の悲境に至るやも知れず。

〔横須賀機雷学校在学当時の日記より〕

二月十三日

午後運動場整備作業を行う。本日天気良ければ面会者続々と来る。されど不許可なるため父兄等去りやらずして付近に留まる。我ら分隊士＊の監督下に在り、まさに囚人にも等しき有様なり。仕事身に入らぬはただ要具の足らざるためのみにあらず。精神的屈辱消耗のためなり。心安からざること甚だし。しかるに当直教官心無き叱咤の言、心よからざること極に達す。遠路はるばる来し人々会いえずして我が子のいる群れのみを眺め、その姿を追いつつも空しく帰らざるをえぬ。

父兄の心情まことに哀れなるも、我ら囚人的とまで感ぜざるをえぬは誠に遺憾の極みなり。

＊　分隊士……海軍予備学生となった学生たちは、学生隊に編成され、教育をうけた。学生隊は、大隊―分隊―区隊―教班の編成であり、分隊長の下で分隊士が事務を扱っていた。

三月二十六日

食事のさい、窓外を弟と母上の通り行くを認めて急ぎ呼びとむ。ちょうど食事時とて分隊士はおらず。機を見て荷物を受け取る。ひとまず二人は三期の石毛少佐のほうに面会に行かれる。そのあいだ、受け取りし竹の皮をひらく。ぎっしりと寝物語に皆にてよだれを流せしおはぎ詰まりありたり。小豆《あずき》、胡麻《ごま》、黄粉《きなこ》の三種なり。一部を取り、残り大部分を班員に分ける。班員の各自に渡りたるは少なけれども、久しぶりのものとて非常に喜ぶ。美味なり。母上と弟、石毛少佐日曜にて不在のため、余のほうに来る。松平区隊長に許可を乞うに、隊付の寝室にて会うを許さる。好意忝《かたじけ》なし。久方《ひさかた》ぶりに母上とお会いする。眼の傍に少しくしわの見受けられ、めっきり老けられたるに驚く。思えば主人はじめ、男の子三人みな戦争に従事し家守るの身、その苦労察するにあまりあり。ご苦労さまです。清三郎は立派な候補生姿なり。身体もがっしりして、見るからにはつらつたる若さを覚えさす。その場にて石毛さんのところに持って行く予定なりしおはぎ重箱二つ、余一人にて平らぐ。さすがに二つ目の箱にいたりては満腹十分にてついに四つ五つ残したり。まことに美味《うま》し。肉親のありがたさとともに身にしみて美味し。余と清三郎と語りいる間、母上うれしげに二人を見ながら聞き入る。しかれども、なんとなく眼のあたりに寂しさの漂うを認む。寂し。

世が世なら、成長したる子たちに囲まれて、楽しき団欒《だんらん》にふけりうる御身《おんみ》なるに、男子三人みな国に捧げたり。いつの日にか、父上、母上、兄上はじめ、一家みなにて円居《まどい》しうるや。

最後にお別れのさい、元気らしく別る。母さま、お達者で。

和《わ》田《だ》 稔《みのる》

一九二二年(大正十二)一月十三日生。愛媛県出身

第一高等学校を経て、一九四二年(昭和十七)十月、東京帝国大学法学部政治学科入学

一九四三年十二月十日、呉の大竹海兵団に入団。海軍予備学生となる

一九四五年七月二十五日、山口県の回天特別攻撃隊光基地にて訓練中殉職。海軍少尉。二十三歳

〔「回天《かいてん》搭乗員の手記」※より〕

大竹〔広島県。海兵団の所在地〕編

※　手記は「戦いの草稿」と題した四冊の手帳に書き込まれ、弁当箱の底に油紙で包み、その上に御飯を盛って面会の際にひそかにご両親に手渡されたものである。

昭和十八年十二月二十五日

軍隊にはものを見るという立場はほとんどないように見える。ただものをすることだけにつきる。ものを見る立場は軍隊では許されていないのではなく、与えられていないのである。

人間はものを考えるにも退屈した時は、昨夜の夢のことぐらいしか思い出さないものだ。みんな貘《ばく》みたいに、昨夜の夢のご馳走のかけらをうつけめいた(海軍ぼけの)顔で反《はん》芻《すう》している。

十二月二十八日

教班長が口をすべらした。私の教班十七名で三名くらい、兵として残るらしい。自分じゃあないかしらと恐ろしくてならぬ。——(これは聞きちがいだった。三名が先に出るのだ。)

帝大新聞を見る。学生をとりもどしたような気持でむさぼり読む。そこには我々の姿を美しいと書いてある。そうかなあと思う。

我々はつい先ごろまでは、ほんとに我々の大きな目標をつかんでいたと思っていた。少くとも見つめていたと思っていた。けれどもやがてあまりにその目あてのものに近寄りすぎてみると、今度は、我々のまわりのほんのささいなことにも邪魔をされて、我々の大きかるべき目標は、ともすれば我々からかくされてしまい、ただ日常のきびきびしたことや、くさくさすることだけが、ただそれだけのものとして感ぜられるようになってしまったのだった。多少物足りない話かもしれないけれど、我々の今日は、ただ今日だけでたくさんなものになっていた。

十二月二十九日

ここに集った数千の、いやこの白木テーブルだけでも、ここをかこむ十数名の人間が、みんな、かつてはそれぞれの家庭のいのちであり、またそれぞれもまた、おたがいにのぞくこともできぬ深々とした各々の家庭をいのちとしながら、今全くの、砂のあつまりのように、たんたんとして集い、たんたんとして毎日同じ生活を単調にくらしていられる(たしかにいささか囚人的に)、ということは、まったくおそろしいほどに驚くべきことにちがいない。

私は国のいのち、というものをここで、深く考えさせられる。我々の国家への情熱の強さというものは、今さらに、慄然《りつぜん》とさせられるほどだ。

ただ、それを、くだらぬことでじゃましないでほしい。

私の視野は狭くなった。だが私は高校生〔旧制〕ではないのだ。軍人なのだ。かくも容易に、確固たる世界観を確立しうる軍人なのだ。

のどかさもここでは常に針の先にぶらさがっている。

〔昭和十九年〕一月十九日

私たちが食い意地《いじ》ばかりはる理由について。

私たちはあまりにたくさんに自分の意志に反して行動している。そしてそれもほとんど、小さなこせこせしたことだらけについてであって、そこでは私たちが正しいと思っていることでも、私たちはくしゃくしゃになった気分を無理に軍紀〔軍隊の紀律〕と呼ばれるもので押さえつけて、あきらめねばならないでいるのである。それならば、私たちが、私たちの唯一の自由のはけ口を、唯一の自分のみの世界であるのどと胃に求めたとて、それは決して不思議な話ではないであろう。私たちはそこでだけやっと安堵《あんど》の溜息《ためいき》がつけるのである。このようなことを私に書かせたのは誰だ。

今も五教班長が、各教班の当番を集めて尻角力《しりずもう》をやらせて喜んでいる。これで今晩の掃除番をきめるというのだ。しかも今は自習時間である。私の教班長は知らぬ顔をしている。

たいこもちの群れ。教員室にはなんと食物のからと吸いがらの多いことか。

一月二十日

まだ予備学生の発表がない。やっぱり二十三、四日ごろなのかしら。伍長〔区隊の学生側代表〕は、もう自分の所へはみんなわかっていると昨日言った。ともかくまだ発表がない。

不安だ。どこへも手紙が出せない。

なぜそんなに予備学生に早くなりたいのかといえば、簡単である。食べたいものが食べたいのと、外出がしたいのと、たまには敬礼してもらいたい、からとにつきてしまう。

より苦しくなるであろうその教課などは全然頭に入ってこないほど、私たちは甘いものと、自由な時間と、自由な顔とに飢えこんでいるのだ。

私は確かに近ごろ純粋さをなくしてしまった。軍隊のいわゆる要領よさをうっかりと体得してしまったらしい。

釣床《つりどこ》の中で毛布をかぶり、音のせぬように飴《あめ》をしゃぶったりするその気持は、現在の身分では世界一である。

一月二十二日

伍長が昨日貴族院における東条首相の演説の新聞記事を読む。すべては未来における我々の攻勢にかかっているのだ。

一月二十四日

私の手の裏に小さくポツポツとできてかゆいしもやけは、私の便所掃除の記念であり教班長係下士卓掃除の一生忘れられないかたみである。

昨夜吉武教班長に頭を刈ってもらって礼をいう時や、教員室で酒好きの五教班長の寝姿の横に立っていた時など、私はあと数日で彼らより、はるかに背の高いものになれるという現実をまったくうたぐってしまっていた。

私はほんとに二等水兵に、それもなまじっか要領よくずるい二等水兵になってしまった、と思っているだけに、これからの私のきりかえに、すっかり自信を失ってしまっているのだ。

午前、運動会と称するもの、一種の武装競争である。

最後に宮田中佐訓辞。初めから終わりまで、兵になる千二百名ばかりの者へのなぐさめ。吉次が「まるで自殺するなと言っているみたいだ」と言った。

午後三時、本部前で団長訓辞あり。その最中に教班長より小さな紙片がまわって来た。走り書きで受験番号順にシ、ヨ、ヒ(主計、予備学生、飛行)と書いてある。あわてて何度も見まわしたのだが、ついにヒ、は私のところにはなかった。

訓辞終わって正式の発表あり。

涙が出て、口がふるえてしようがなかった。人になぐさめられるとなお悲しかった。けれど主計のほうにはじめから志望してもだめだったろう。主計に合格した四十六名はみな眼が悪いか、病身だったのが一つのなぐさめなのだった。

夜一時起床。私の教班から行く八名を二階の窓から送る。不思議に何かくやしさを覚え、たまらぬ気持だった。

時計を返してもらった。寝床の中で毛布をかぶって久しぶりにコチコチという音を聞いていると、なぜか家がこいしくなってかなしかった。

武山〔神奈川県。海兵団の所在地〕編

一月三十日

私は鎖をつけられた象みたいなものだ。私の目は小さいけれど、その望みは象の腹のように大きくて、未来は無限の可能性と信じきっている。しかし、私の知らぬまに私の動く道は限られてしまい、無限という可能性へ私が行きつくには、ある細い難路をすり抜けた後でなければならないようになっているのだ。その難路はもちろん私の意志によって通り抜けうるものであろう。けれど、今までのわがままなジャングルの通りとは違って、私の意志よりはるかに大きい何かの「考え」や「思いつき」——それは国家の意思と一概に呼ばれえないもの——が、その私の歩みを支配してゆくことになっているのである。

私は近ごろ、非常に反発的な気分になっている。だがそれは私が二等水兵であるからなのであって、もし私が、私の人間そのものを採《と》り上げてくれる予備学生になったならば、もう思わないことなのかもしれない。

私はいったい今どこにいるのだろう。かつては大竹という所にいた。それから汽車に乗った。汽車の旅は楽しくおもしろかったけれど、その汽車がどちらを向いて走ろうと、私たちにはいっこうにかまわないことだった。そして今、武山という所について、その第八兵舎、八十一分隊のネッチング〔床釣〕にねころがってはいるのだが、いつからいつと区切りもない今の生活には、大竹という地名も、武山という地名も、ただ葉書に書く時だけぐらいに必要な言葉なのであって、それらがお互いに何百里離れていようと、隣り合わせにあろうと、そんなことは私自身にはちっとも身にしみて感じないことなのである。

二月六日
ついにマーシャルに敵が上陸した。元寇以来の大国難なりと新聞にもある。
私たちが、ここに四カ月も身の躾《しつけ》のための生活をするということが、少し安易すぎるような気さえする。

三月十一日
昨日は近来の悪日だった。……

夜は白石少尉に何も知らない消火器のことで叱られるし、伍長たるものなかなかつらいかなと一寸くらくなった。

それから自習時間中、五十嵐中尉によびつけられ、美保子の手紙のことで注意をうける。「こんな手紙を見てどう思う」ときかれて、「やっぱり妹ですからかわいいと思います」と答えながら涙が出そうだった。くやしかった。手紙をもらって机に帰り読んでみたが、ほんとに何ということもない手紙で、これに明日抗議の手紙を書かねばならぬかと思うと、自分から自分がうらめしかった。

休み時間に家に、区隊長と約束した通りの手きびしい手紙を書く。

昭和十九年三月十二日〔父への葉書より〕

……なお昨日、教官よりご注意を受けたのですが、豊子や美保子〔ともに妹〕にはあまり手紙を出させないでください。家のことを思い出させるような手紙は絶対に書かぬよう申し伝えてください。娑婆《しゃば》気《け》が残ります。どうか事務的なことと、ご激励の手紙だけにしていただきたいと思います。

このごろ、すこしたがゆるんでいたのだと反省しています。今からまた気を取りなおして頑張ります。父上の子として申し訳ありません。　草々。*

＊「草々」のあとに句点（。）を付した時は、不本意ながら書いた内容であるという取決めがあらかじめ家族とのあいだにできていた。

三月十四日

夜、区隊長〔区隊の教育係将校〕によばれ、今度はこちらからの葉書の書き方が悪いとて注意される。それに私はこのごろ神経衰弱だと図星をさされる。神経を太くもつことを強調され、言葉は荒くとも私には全くありがたく感ぜられた。

四月十九日

このごろ、すっかり私は言葉をなくしてしまった。ただあたり前の生き方じたいの、あたり前の呼吸しかできなくなってしまった。毎晩、家の夢ばかり見る。待ち遠しく、そしていつも淋しくなる面会である。日のたつのはわりに早い。

五月十五日

海軍において修正とは、ほっぺたを平手、またはげんこでなぐられることを言う。私の分隊では平手専門であるので、まだ私はげんこの味は知らない。ただ分隊監事がときどきげんこを使うようだが、私はまだそれも二度ほどしか見たことがないのである。げんこでなぐる時の秘訣は、必ず親指を中に入れることだそうだ。親指をこぶしの外に出すと、怪我をさせることがあるのだという。

先日、辻堂演習〔陸軍でいえば、一期の検閲に当たる海軍の大規模な修業演習〕から帰った晩、五分隊の区隊長が弁当箱を借りに来ていた。ちょうどその前で私の区隊の一学生がうっかり「僕ね」などと私にしゃべったので、その区隊長にげんこでなぐられたが、あの背高のっぽの男がふらふらっとしてぺこんとすわり込んでしまったには驚いた。ずいぶんこたえるものらしい。でも平手もひどい時にはひどいようで、このあいだ、ふだんからにらまれていた学生がなぐられた時には、ほっぺたが四、五日腫《は》れ上がってあざになっていた。

五月十九日

課業を終えると雨の中を、昨夜死んだ九分隊の小野学生の見送り。彼はやはり駆足《かけあし》競技*の犠牲の一人である。

＊　駆足競技……完全軍装で長距離の駆足訓練をした。その激しさは有名だった。

五月二十三日

昼休みの二十五ミリ〔高射機関銃〕操法で第一区隊長が怒った。私たちの熱意が足りないというのである。罰として、一区隊は腕立て伏せを数十回。その後のお説教で、おれは貴《き》様《さま》たちを引っぱって行く自信を失ったと言われるので、やっぱりと相当感じいったとたんに、そのかわり貴様たち全部を兵におとしておれは腹を切る、などときたので、すっかりまた興《きよう》ざめしてしまった。

統率法で恐怖指揮という類型を教えられたが、区隊長のはその代表的なものであろう。精神的な接触うんぬんとも言われたけれど、そんなものははじめからありはしなかったのである。

六月一日

海兵団付の海軍将校ほど非時局的なものはまあないだろうとは、煙草盆*での言葉である。

人間のできていない海軍将校ほど無価値なものはない。技術的な能力は上等下士官の足下《あしもと》にも及ばない。士官食をたべて、ただいばりちらすだけの将校がこんなにもふえたならば、いつか大竹*の下士官が言ったような革命的なさわぎがいつ起こり得ないと言えよう。ドイツ革命はキール軍港から起こったという言葉が、今に日本全下士官の合い言葉とならないと誰が言い切れよう。

＊　煙草盆……軍隊では一定の場所でのみ喫煙が許されていた。休憩時間の意味もある。

＊　ドイツ革命……一九一八年十一月三日、キール軍港の水兵の暴動を機に、ドイツ各地に革命運動が起こり、同九日、皇帝は退位、共和制が宣言された。同十一日、第一次世界大戦は終わった。

航海学校編

七月二十二日

あっというまに一週間たってしまった。サイパン玉砕、東条内閣総辞職、国家ますます多難である。

娑婆の人たちにとっては、胸をつきさすような思いの連続かもしれないけれども、私たち軍人には、今までよりちょっと厳粛な重みがのりかかったくらいにしか、それもそう言われて初めてそうだと気づくくらいにしか、感ぜられないのはどういうわけであろう。そのような私たちの気持は、第三者からは礼賛《らいさん》的なものとして見られるかもしれない。しかし私たちは、それが私たちの現在主義的な安易さにすぎないのではないかとも、反省してみるのである。

人間魚雷の考え方について。

現在ではこのような兵器によるよりほかに打開の道はありえないのではないか。航空機の消耗率は敵に与える損害に比しあまりに大であるし、艦船の接敵は、敵の電探〔レーダー〕下、ほとんど隠密《おんみつ》行動不可能であり、魚雷艇また劣速惰弱に過ぎるのであろう。

私はこうして、もし人間魚雷というものが日本にも現われ、また現に採用されつつあるとすれば、それに搭乗するのは私たちをおいてほかにないであろうということを、不思議にてきぱきと、そして落ちつき払って考えてみるのである。

昭和十九年八月十三日〔家族への手紙より〕

今度の日曜は、先日友人がちょっと悪いことをしたおかげで上陸〔外出〕できなくなってしまいました。この手紙は武田を通じて出してもらいます。

今度の外出は九月十日になると思います。今度から外出できる時の手紙には、宛名に母上様を併記することにします。外出ができない時には父上の名前だけにいたします。日付は三行目ごろの消字でお知らせいたしましょう。なお今度鎌倉においでになるときは絶対にご馳走はやめてください。あんまり腹のほうはほしくありません。　草々

八月二十四日

二十二日、第四分隊が艦務〔艦隊勤務〕実習に行って信号規程のノートをなくして来た。おかげで私がせっかく眠らずに写したノートもみんな検閲を受けて削除されてしまった。

このごろはよく眠る。お天気もつづいて、雨は夕立ともいえぬくらいの申しわけのようなのが、十分も降ればよいほうである。慣れて大胆になったせいか、授業中すっかりほかの夢を見ながら眠ったりするようにもなった。私はいつも武田と並んでいるのだが、さすがの武田さえ時には私のよく眠るのに驚いている。

米英軍はセーヌ河畔にあり、ソビエトは南部にまた大攻勢に出づ。時の勢いを支え得ぬはドイツの不幸である。

私の学校もいつからか、すっかり天井板をはがしてしまい、コンクリートの白さは闇の色に塗りかえられてしまった。

昨日の第二補科〔正科の補充課目〕は陸戦、歩哨《ほしよう》の動作。砲術学校の練習生を敵にまわす。終わって銃を信号の練習生分隊に返しに行ったら、夕食の配食を終わってもまだ食べさせられずに、さかんに発光〔電光信号〕の稽古をやっていた。

うまくできた者からお許しが出ると見えて、四、五人、飯を食べはじめている者もいたが、そのほかはみんな真赤な顔で、ぶらさがった電球をみつめこんでいた。とても可憐な、という感じがした。だが一方に、それに対して、それを肯定したいようなかすかな残虐《ざんぎゃく》的な心がいつかもり上がってきたというのは、私一人の変態だったのであろうか。

私たちの号令には何一つ逆《さか》らいえずに、必死につき従ってくる少年たち。私は谷崎潤一郎を思い出したりするのだ。それがつい九カ月ほど前の私たち自身の苦しみだったことも忘れ果てて。

九月十二日

私たちはさかんに食物の絵をかいてみたり、私の班でただ一人の子持ちである村井をとりまいて、結婚のご感想を伺《うかが》ったりしている。私たちは娑婆の学校にいるみたいな気持にさえなるのである。ただ少し違うことは、私たちは今すぐにでも大喜びで死線に歩み入ることができるだろう、という不思議なくらいのおちつきである。

もちろん私たちは、私たちが自分から腹を切ったり、三週間も水もなしに漂流したりすることなどを考えては、ぞっとすることは確かなのではあるが、けれども私たちは、へんに、そんなことは絶対にありえないことだという確信に、いつのまにか満たされてしまっているのだ。そしてそんな時の私たちの眼の前に出て来るのは、敵の艦の沈んでゆく姿だけでいっぱいなのである。

こんなことを私はことさらしくもなく書いてしまう。そして少しも見栄をはった後のようなくだらぬ後悔の味を残さないでいる。

私は絶対に死にたくない、今の私には死ぬのはもちろん一番いやなことだ。けれども、私は絶対に家に帰るつもりはないであろう。私はよく家の夢も見る。けれども、私はけっして平服の姿でいることはない。

九月二十七日

私には今まで反省が少なかった。自分の心をあまりに大切にしすぎていた。くだらない心の滓《かす》までもすっかり含めて、私は肯定しつづけて暮らしていた。私の不平不満は私を今まで軍人にしきれなくなっていて、しかもそれを私は予備学生の特色だなどとうぬぼれてきていたのだった。

いよいよ今日、五期がはいってくる。明日からは私たちの起床動作は一分三十秒までときめられる。

私は失敗してしまった。今日うっかりふだん用の事業服を洗濯屋に出してしまったが、辻堂演習に間に合わぬかもしれない。

十月八日

八時半より大詔奉戴式《たいしようほうたいしき》。

私のもっともいけない所は気の弱い所だ。それはもっとも軍人らしくない性格だといえる。私はTのように人をどなったり、時には同じ学生をなぐったりすることはまだ到底できそうにもない。

十月九日

教官が例の豪傑みたいな口調で、黒板をにらみながらさかんに世を慨《なげ》く。

日本民族とは、大和民族と鎌倉民族、芦屋《あしや》民族との総和をいうのだそうな。

雲一つない秋晴れ、爆音がことさらにかまびすしい。

第一補科の手旗の時、主計の見習尉官〔主計、技術、軍医の場合の見習士官のよび名〕が、全然身分の違ったような顔をして、ぶらぶらしていた。しゃくにさわったけれど、私たち自身にも、私たちがあと二カ月たらずで少尉に任官するような気分は毛頭しないのである。怒ってもしかたのない次第だ。

十教室の裏の兵舎に、新兵がだいぶ入った。私たちを見ると夢中になって敬礼している。私なんかより年上なのだろうけれど、みんなとてもかわいいような気がする。

私の性格として、今までどうも、私より位置の高いものにはたてつきたがり、私より低いものには、良かれ悪《あ》しかれ味方してやるような所があった。だから私は私の下のものが、とんでもないことをしたとしても、むりやりにその味方になってやったり、あるいは上の人が案外に私に好感を示してくれたりした時には、びっくりして戸惑いしてしまうようなこともあった。

私はたとえば四分隊の生徒〔高等・専門学校出身者〕たちをとてもかわいがる気持が多いようである。私が当直学生の時、今までの当直学生がみな「各副直学生かかれ」とだけ言って、副直生徒の名をオミットしていたのに、初めて「副直学生生徒かかれ」と言ってやり、それ以来その後の当直学生が、みな私の真似をして「生徒かかれ」と言っているのを見ると、無性にうれしくてたまらないのである。それに当直の時は、ことさらに生徒の自習室に多く出入りしたりして、先日の辻堂演習の時にも、休み時間に生徒が「この間当直だった和田っていうのねぇ」などと話しているのを小耳にはさんだりすると、なんだかうれしくて、きっと悪い噂じゃあない、などとうぬぼれてみるのである。

この間も生徒たちを二分隊の一学生がどなっていたのを、とりなしてやった私である。けれども生徒たち一人一人を見れば、決してかわいいとも何ともない、小憎らしい顔をしているということは事実である。だから、私は結局、生徒たちの気持だとか行動だとかに同情しているのではなくして、生徒というレッテル、その身分だけに味方顔をしてくっついているのかもしれない。

十月十一日

教員について。

海軍の士官は細かい技術的なことごとは何も知らない。私たちも座学〔普通教科。実戦訓練に対する言葉〕で錨《いかり》作業や、その他いろいろの作業を教えられるけれども、こまごましたことはすべてオミットされて、ただ原理的なことや、急所急所だけが教えられている。だから実地の訓練を行なうことになると、どうしても下士官がついて、私たちに教えなければならない。その下士官たちを教員と呼ぶのである。

武山ではすばらしい教員ぞろいで、こちらがびっくりさせられるほどいろいろなことを知っていて、しかもちっともいばったところがなかった。

ところが航海学校に来てみると、隊長が入校当時話された通りに、その質はお話にならない。ものは知らず、野卑《やひ》で、酒好きで、それでも教官がそばにいる時はおとなしいが、たとえば銃器を借りに練習兵分隊に行った時などのように、教官がいない時のいばりぶりはお話にならず、よっぽどなぐってやろうかと思うほどである。

十月十四日

昨日の午後から空はまったくの秋晴れとなった。一昨日から敵機は台湾を空襲しており、沖縄もやられたというのに、何とものどかきわまるこのごろである。

私たちは相変わらず酒保《しゅほ》のないことをぶつぶつ言い、居眠りをし、歌をうたっている。ブーゲンビル島沖の航空戦では戦闘機は六十パーセント、攻撃機・爆撃機は九十五から九十八パーセント、偵察機は全機やられてしまっている。飛行機乗りというものの覚悟が、私たちが考えているより、はるか以上のものでなければならないことを、いまさらに考えさせられた。そして豊崎のことなどを思った。

昨夜、甲板時計をあわせに当直教官室に入ったら、海軍公報が来ていた。それによると私たちの任用予定者名簿は、成績順に十月十五日に作られ、十一月十日までに掲出されるらしい。だから十一月すぎたらもういくらさぼってもいい、などと、みんなほくそえんでいる。

今朝は起床後すぐ毛布を干《ほ》す。体操後の駆足は区隊長がついて来られて、ボーナスだとさらに練兵場を一周させられた。

航海学校のまる三カ月の生活、あと二カ月の「いこい」の日を終えたならば、私は第一線に飛び込んで行く。相変わらずの小心さと神経質を、軍人精神のオブラートに包みこんで。

過去四カ月の私の生活のしるしを、やっとここに終える。

私はこの日記を書きながら、いつか一貫目近くも太ってしまっていた。

＊「いこい」の日……学校をおえ、現地の実戦配置につくまでの見習い期間。

十月十八日

余死し、旦《あきら》〔弟〕死したる後は、もし豊子に二子あらば家をつづけさせられたきこと。美保子、若菜〔妹〕にても可。

しかしまた何とおちついてしまったことか。分隊長は「思い残すことはないか」と言われた。「一時の感情や興奮ではないか」と言われ、そして「静かに死ねるか」と問われた。そして「よし許可する」と言われた。

たしかに今さっきまで、どぎついていた心の群が、いつか不思議に不動のものとして、臍《へそ》の下におち込んでしまっているのを感じている。

お母さん、お許しください。私は、家の人々のなげきを考える。けれども、これほど私に重大に思えるくせに、何でもないことはないのだ。

お母さんの子が一度《ひとたび》戦争に出て、そしてそこに敵撃滅の大きな鍵を私の小さな命であがなえることを知った時、やっぱり、その時は、私だって、お母さんの子としてよりも、祖国の子としての自分を顧みるようになるのです。

でも、私は、きっと私がお父さんの子であり、お母さんの子供だったことを叫んで死んでゆけることと思います。

私は武田を思う。あいつは私の表情を夕食のときから見破っていた。何のてらいもない武田の顔が私にまぶしい。

＊　和田氏はこの日、特攻隊を志願した。

十月十九日
だから、私はまじめなことを日記みたいなものに書くのはいやだというのだ。私はとうとう選にもれてしまった。理由は、家に男子が少いし、長男だからというのらしい。私の班の呉石も前田も、みんなたくさんの男の子供の次男坊、三男坊である。だから武田も入ってしまっていた。まだ第一次の選であるにしても、彼が行ってしまうだろうことは、たまらず淋しい。

十月二十日

朝　二度願い出て、ついに許された。＊　夜　区隊長、分隊長訓辞あり。

分隊長が声を出して泣かれる。

＊　特別攻撃隊参加における志願と強制……日本軍はフィリピン戦以後特別攻撃を基本作戦としながらも、特攻隊を正規部隊としては組織せず「志願による非正規部隊」の形式をとり、その上で突入の命令を下した。建前上は「志願」だが、その「志願」の実情は集団による強制ないし個人指名による強制であった。

昭和十九年十月二十日〔両親への手紙〕

前略　父上様　母上様　稔は今度命ぜられて某地に参ります。豊子にも最後に会えなかったことは残念ですが、よろしくお伝えください。

旦にもよく勉強するように、今に予科に入れたら会う機会もできるでしょう。梶山様にもくれぐれもよろしくお伝えください。

武田も一緒です。決してご心配などなさらぬようにお願いします。そんなこわいことではありません。

この手紙のゆくころにはもう到着しています。なおこのことは高度の機密ですから、絶対にこれについてはご照会なきよう。稔はまだ航海学校にいることにしておいてください。

靴下は旦のにしておいてください。入用のころにはお手紙しますが、当分の間、ご通信できませんからそのおつもりで。

敬具

光〔山口県。回天基地〕編

十二月十一日
河合中尉出撃さる。もう二、三日も前のことであるが、みんな知らぬ間に、すっと発《た》って行かれてしまった。ここの出撃は、絶対に復隊が望まれない出撃である。私たちが出るのは、もう来年も暑くなったころだと思われるが、そのころになると、今、私たちを指導しておられる上官は、全部いなくなってしまっているのだ。

十二月三十日
このごろ、努めて私の性格を、非妥協的な強いものにしようとしている。まず基礎となるべき信念こそ打ちたてられねばならぬものであろうけれど、私はそれと平行に、このガンルーム（士官集会室、食堂）のケプガン〔ガンルームキャプテン〕として、少しがむしゃらなくらいの強い力をふるおうと思うのである。

昨日はOを、今朝はNをなぐった。昔の私しか知らない父母は、その時の私の眼にきっと一驚されることであろう。しかしこの基地隊の中で、一つの団結をつくろうとするものには、これが不可欠の要素なのである。

すでに中島中尉、川崎中尉、河合中尉、四期の連中は出撃して行った。私たちがここを出るのは、二月の末か三月ごろらしい。多くともあと半年の命である。（しかしこんなことを書くのはちょっと、ちゃんちゃらおかしい気がする。）

豊子のやつ、とんでもない手紙をよこした。それを読んだ川崎中尉が出撃前の気持のせいか、べつに何もされなかったからよいようなものの、あやうく懲罰を食うところだった。ちょうど私たちが呉〔広島県軍港〕に行った留守中に着いたために、七期の連中も注意をうけたようである。

私たちの部隊の位置が秘密であることは、私の宛名を見ただけでもわかるはずであるのに。非常識なやつである。しかし、怒る気にもちょっとなれないし、また怒ってやる方法もない。

昭和二十年一月〔家族への手紙〕

お便りたくさん拝見しました。

その後元気でおります。外出は一度もありませんが、とてもたのしく、おいしいものも食べられますので、外で遊びたくもありません。当分こちらにいる予定です。夏になったら一日くらいなら家に帰れるかもしれません。

なお、位が上ったので、手紙を調べられたりすることは全然ありませんから、言いたいことはどんどん書いてください。遠慮ご無用です。

給料のほかに特別手当や増俸などで、毎月五百円くらいいただきます。先月は千円近く貰ったので、五百円ほどおすそわけいたしました。

日本中で一番しあわせな生活をしているつもりですから、私のことは全然ご心配なきよう。刀と家の者の写真お願いします。

草々

三月二十日

潜水艦発射にて一分隊矢崎練習生殉職す。原因は気筒溜水排除弁の閉鎖不確実なりしため、一酸化炭素充満せるもの。一晩中お通夜でねむらなかった。

今朝四時、対空戦闘用意発令。機動部隊有明湾南方二〇〇浬《かいり》に現われ、佐伯〔大分県〕空

襲を受く。東京、大阪、神戸、名古屋は無差別爆撃にてすでに半ば灰燼《かいじん》に帰している。

大薗大佐来隊、十分ほど話す。

私は潜水艦発進にかわったという説あり。

私たちは女の話もするようになった。理想の女性観などいうものを述べたてたり、にやにやして聞いてみたり。おたがいに手も届かぬことと諦めてはいるものの、である。

私には、夢の中で出て来たりする女はみんな、ちやという名前がついているのである。なぜか知らぬし、どんな字を書くのかもしれないけれど、私はときどき、私の一つの形見として、私の家に生まれる子供の一人に、ちや子とか千夜子とかいう名をつけてもらったら、なんてことも考えるのである。

江口がピアノを弾《ひ》いてくれるので、私のヴァイオリンもなかなか楽しくなった。

三月二十三日

屍《しかばね》を越えてゆかねばならぬのは、私たちの心楽しき務めである。過去の一人一人の殉職は、すべて私たち搭乗員にとってのきびしき教訓となった。

いかにして巧みに死ぬるか、これのみが今の私たちのほんとの気懸かりである。

かつては、このようなことを想う時には、必ず私は私の家のことを思い出した。父はともかくとして、私は母の気持を、耐えられぬような心で、ふりかえるのが常であった。けれど今は、もう何の強がりもなしに、私はそんな私の心を、ちりのようにふき消すことができるようになったのである。私は果たして不孝の子になったのであろうか。けっしてそうではないと思うのだが。

私は銃後の人々よりも長生きできるかもしれない。

三月二十七日

二十五日午後七時、回天の戦果発表さる。神潮特攻隊〔回天特攻隊の名称〕というのだそうである。神潮だなんて、私たちも知らない間にだれが勝手な名前をつけたのだろう。

これで父も母も、私のことを知るのではないだろうか。

五月十五日

昨日休暇を許さる。

午後七時四十分、光発。今朝廃墟となった阪神沿線を通って、九時二十分京都着。ただちに東京行きに乗り換えたが約四十分遅延。ダイヤ整合のため名古屋止まりとなってしまい、今名古屋の少し手前の一の宮のホームで次の列車を待っているところである。

家には電報も何も打っていない。今夜着いたら、どんなにみんなびっくりすることであろう。

トランクの中は菓子だの、シャツだの、ウィスキーやタバコでいっぱい。しゃくにさわる雨である。もう焼津《やいづ》に近く、時間も午後七時になった。沼津《ぬまづ》〔自宅がある〕につくのは八時半過ぎ、真暗な中をびしょぬれで歩かねばなるまい。

私には自信がもてない。父母の顔を見たら、何もかもぶちあけてしまいそうな気がしてならない。父母は何と思い、何と言うであろう。

出撃編※

※　戦後、遺体とともに回天内で発見され遺品として家族に引き渡されたもの。

五月二十九日

出撃後いまだ一日に過ぎざれど、我が胸にあるはただ、七生滅敵《しちしょうめってき》〔七度生まれかわってでも敵をほろぼす〕の、洋々たる敵愾心《てきがいしん》のみ。

しかり、洋々たる心なり。何の感動も感情もなくして、ただ臍下《せいか》よりさわやかに上《じょう》騰《とう》しきたるがごとき静かなる落ちつきなり。

機動部隊近き海面を潜航しつつあり。滅敵の時の一時も早き恃《たの》み待つの心なり。(しかし、実際に回天戦用意がかかったときの私の心が、このように、ありのままのものであるかどうか。私はまだ将来への小心な不安を感ずる。きっと私は人間として、ふるえこわばってしまうだろうに。)*

＊(　)内は六月六日みずから抹消している。

本潜水艦にては、回天戦用意、戦闘回天戦等、魚雷戦と同様の号令をかけあるも、こは士気振揚の上にも、きわめて効果あるもののごとし。

なお出撃前は、さほど感ぜざりしも、今となりてみれば、敵集団の真只中《まっただなか》に突入すべき回天に、自己の祖国を明示すべき何らかの印を欲するの情あり。

菊水のしるしの横になりと、日の丸を鮮かに画かるれば、搭乗員としては、真に陛下の御艦《みふね》にうち乗るの心地して、如何に嬉しからん。

〇〇　〇子
〇〇　〇〇子
〇〇　〇子

○○　○○子

これらはすべて、一時たりとも、余《よ》にとりては余の理想の女性なりき。勝気、理知、透明、清純。余は今にしても、その各々へ対して耐えがたき愛情を有す。そは余の理想への愛情とも言わるべきなりしかもしれず。

しかして、これらに対する愛の全責任は、すべて余一人の身にあり。すべてこは、余一人の愛情にして、彼女方の何ら関与せるものに、否、すべきものにあらざるを明言し、誤解せられざるを望む。

今、出撃の途上、敵艦轟沈への途筋《みちすじ》に、これを思い、さらに、その愛情の、そのままに、祖国への愛慕と変ずるをいうは、そも冒瀆《ぼうとく》ならむか。

死の容易《たやす》くして、生き抜くの難《かた》きを思う。

回天に搭乗して、本艦を離脱せば、はやそこには、大海中なる自己一個の世界のみ。そは、自爆装置の把手《とつて》に、手をかくるも、かけぬも、ただ自己一個の気安き判断なり、と考うるに、何のさまたげなき世界なり。

絶対に、自己一つの感情にて行動をなすべからず。

その双肩には、真に、祖国一億の運命のすべてがかかり居るを、常に忘るべからず。最悪の事態を予想するも、かりそめにも軽率の行動をつつしむべきなり。

六月一日

吾人《ごじん》の死は、吾人みずからよりせば、鴻毛《こうもう》〔軽いことのたとえ〕に等しきものたること、論をまたず。しかれども、その死の一般より見らるるや、そはすべからく千斤《きん》の重みあらしむべし。

現今の戦局を打開し得るものは、日本広しといえども、またその壮丁いかに多しといえども、ただ陸空、神風、神潮の三特攻部隊あるのみなり。

これを思えば、何すれぞ吾人、軽々《けいけい》の死を選ぶを得ん。何すれぞ自己の行動に軽薄なる口実を設けて、安易なる死を誇示するを得んや。後続諸士の奮起を、望むや切なり。

宮野尾文平《みやのおぶんぺい》

一九二三年(大正十二)二月十三日生。長野県出身

一九四二年(昭和十七)四月、第三高等学校文科入学

一九四三年十二月一日、陸軍に入隊。一九四四年、水戸通信学校に入校、飛行第九八戦隊に属す

一九四五年三月二十七日、福岡県太刀洗飛行場にて戦死。陸軍少尉。二十二歳

自分でも思いがけなく、こんなものを、ぼそぼそまた書きためた。飾る気もてらう気も少しもない。ただそんなものであったというひそやかな事実、よしそれが嫌味《いやみ》になろうとちっとも構わぬ。象徴とかなんとか言ったことも遠いことだ。俺の中にあるものがだんだん薄れて消えて行くのが心細くもなったので、と言えば言えようが、それも言うに当たらぬ。

〔詩編「星一つ」より〕

題は、二、三つけたが実はこれも不必要、またつけようがない。この十に足らぬ詩編の題一つがまたそれぞれの題になればという気持で、星一つなんて書いてみた。何だかもうこれで詩を書くこともなさそうな気がする。あればあったで幸いとしよう。

思えばずいぶんと冷えてしまった、すべてが――
つまらぬことだ、まったく。消えてしまおう、しずかになくなろう。
夜明けの名もない星のように――

今夜冬の夜　星の空

明かるい空のその下に
平らな森が一直線
西を囲んで一直線
寒いと思ったそれほどに
風の通りは冷えてない
教官殿は張りのある
声ふるわせて　お星の話
晴れた星空ペルセウス
むかしむかしの強者《つわもの》が
あんなにやさしくねんねして
傍にはあれよ美姫《びき》カシオペヤ
そのかみの
やけつく嫉妬はそのままに
美しまばやく星と化《な》る
シイニュや□□〔不明〕やハイヤデス
ちょっぴり驕慢《きょうまん》なプレヤデス

二十年目に光が変わる
アルゴーとかいう二重星
はてはひどらやいるかなど
ずいぶん勝手な動物どもまで
それからまだまだいろいろあるが
今夜一夜は短かすぎる
お空の畢《おわ》りはなかなか来ない
来ようと来まいと　どうでもよいが
若い教官声ふるわせる
今夜星の夜
俺の腹にゃ
陽気な猫が眼を覚ます
ころころ頸《くび》の鈴ふって
誰かれとなく戯《じゃ》れまわる
ころころ
ころころ

冬の空
ちらちら星が濡れている
寒いと思った　それほどに
風の通りは冷えてない
星の光が何年経って
どれだけ変わろと知るものか
俺が死のうと　死ぬまいと
冬は星空　知るものか
向こうの黒い屋根の上
オリオンそろそろ姿出す
ころころ
こんこん　冬の空
俺の心よ
可愛いい猫よ
大気の感触《さわり》もなにとなく
はしゃいでるよな　その肌ざわり

俺は俺だが
さて俺は
どうやら　俺だが
さて　今夜
俺の見る夢　どんな夢
俺が死のうと　死ぬまいと
いいや牽牛《けんぎゅう》織女とか
少しはやっぱり人心地ある
でなけりゃ
でなけりゃ
お母さん
お母さんと久しぶり
一緒に寝かせてもらいましょう

（昭和十九・十二・二）

死ぬってことが重荷になるなんて
今夜に限って
こりゃいったいどうしたことだ
　重荷というんじゃなくて
　何というか
　とっても嫌らしいんだ
それとも
そんなことばっかり考えていたことが
全く愚かしいやら　しおらしいやら
　そうじゃなく
　そうじゃなくって嫌らしいんだ
　ぐうっと背筋のほうから這いのぼってくる悪寒《おかん》を
　これは少しもてあまし気味だ
俺は今ではかえって一途《いちず》なほど信じている
俺の知っている限りの人は　また限りなく好もしい心を
与えてくれる

昔の誰かれの顔々が　ほんとに美しく俺を迎えてくれる
この間は胸苦しいまでやさしく母を見送った
遠い知った人々からは
いずれもほのぼのと懐かしい便りも貰った
　今朝　洗面所のあたり
梅もどきが　ま新しい色艶で立っていた
俺はその時　媚《こ》びているな　とそんなふうに思った
戦友が　その梅もどきの歌を詠《よ》んだ
それを見せてもらって　それから
俺は友人に久しぶりで便りを出した
俺は今　何があっても　何をしても　それで十分のような気がした
そして　それを俺は満足げに承諾した
梅もどき　うめもどきと　快い語呂を
　もてあそびながら
死ぬってことが
いや　今夜に限って

こりゃ　いったいどうしたことだ

(昭和十九・十二・五)

中《なか》西《にし》一《かず》夫《お》

一九二〇年(大正九)五月十七日生。京都府出身
一九四一年(昭和十六)十二月、立命館大学経済学部卒業
一九四三年、陸軍に入隊。歩兵第一二八連隊に属す
一九四四年十一月九日、ビルマ、サガイン州第一二四兵站病院にて戦病死。陸軍兵長。二十四歳

〔弟への手紙〕

久しくごぶさたいたしました。

仏印〔フランス領インドシナ〕の当地へ来てからすっかり黒くなった。バナナ、パパイヤ、マンゴーなど熱帯の果物は一通り食べた。どれにも南国特有の風味があって、まず味覚よりはるけくも南へ来た自分に気がついた。

何か「寂」といったものに包まれた日本の景色を見なれた兄の眼には、熱帯の景色はあまりにもまぶしい気がする。何もかも水々しい原色で隅々まで着色されている。まるで色写真のようだ。日本の景色のように、明暗がなんとなく分かたれるという調子でなく、はっきりと光と影は分かたれる。「風趣《ふうしゅ》」とか「風情《ふぜい》」とかいう言葉のおよそ縁遠い景色だ。しかもまた、別な意味で、南国の景色は特有の生々とした鮮かな美しさを持っている。ことにさっとスコールの通り過ぎた後の景色。文字どおりコバルト色に澄み切った青空。エメラルドの海。熱帯樹と赤い屋根。幼い時夢見た女神の楽園もかくやと思うほど美しい。すばらしく大きな太陽が、空を真赤に染めて、滑るように見る間に波間に没する落日の風景も、ちょっと日本では見られない。また夜の南十字星は一にも二にもロマンチックを愛したお前にぜひ見せたい。神秘な光をそえて頭上に輝いている。

遠く母国を離れたら、さぞかし淋しいだろうと思ったが、いざここへ辿《たど》りついてみると、そうでもない。見る物、聞く物すべて珍しく、その日その日を楽しませてくれる。

いろいろと持って来た本も、荷物になるので、つぎつぎと捨てて、今はただ漱石の『草枕』だけ持っている。このごろ少し暇があるので何度も読み返している。兄の手元には本らしいものはこれ一冊だ。『草枕』のかもし出す香りは、およそ南国の香りとかけ離れたものだが、なぜか何度読んでも飽きない。別に『草枕』を開いて故郷の感傷に溺れているわけではない。いや感傷どころか、まったく不思議なぐらい淡々たる気持で、よくも飽きないものだと思うほど何度も繰り返して読んでいる。この気持ちょっとわかりかねるだろうが、これがいつわらない実感だ。

幼い黒い子供を見ると宏ちゃんたち〔姉の子〕を思い出す。宏ちゃんたちは、毎日見る子供たちより、確かに澄み切った利発な顔をしている。暫《しば》し駐屯の後またどこかへ移動らしい。

今度こそは「確かに死ぬだろう」という気がする。死んだら母を頼む。とやかくはいわない。ずいぶん苦労して育ててくださった母を頼む。兄が死んだとわかった時は、できるだけあっさりと「兄は戦死した」と母に言ってくれ。自分の死を聞いて母に泣かれると思うとたまらないから。戦争の悲惨とか、悲劇については、もう今では考えないことにしている。別に諦めたのでもない。人間の運命に対する淋しい諦念というには、兄の気持はあまりにも明朗だ。悟ったのでも何でもない。妙な表現だが、ただひたすらに流されてみようという気がする。たくましくみずから流れてやろうという気がする。海軍の訓練はなかなか激しいという話だが、元気にやってくれ。「皆が元気であるということ」ほど今の兄にとってほのぼのと心楽しい気がするものはない。

健康を祈る。さようなら

清様　　　一夫より

久《く》保《ぼ》恵《よし》男《お》〔五〇ページ参照〕

昭和二十年二月五日〔海軍大井航空隊にて〕

寒さは狂気のように迫り襲ってくる。飛行作業がおわって八日からは休暇だという例の大仰《おおぎょう》な噂が洪水のように溢れていたが、ふとしたきっかけでそれがまるで根も葉もない勝手な臆測《おくそく》にすぎないとわかると、前にもましてぺっそりとしたただ黒い憂鬱と沈滞がものうい倦怠を混ぜて押し寄せてきた。ともかくも娑婆《しゃば》の甘い空気に飢えた心はあらゆる分別を失って、何ら統一のない女子供の群集のごとく果敢《はか》ない流言に浮足立ちへんてこなくらいはしゃぎまわったり、しょげ返ったりしている。…………

二月十日

傲岸《ごうがん》に生きようとするとき温い心や人のよさを持つ人は苦手だ。それが頑丈な鎧《よろい》か巧妙な護身術のようにその鉾先《ほこさき》をにぶらせるからだ。軍隊というところはそうした点でも、うんざりするほど棲《す》みにくい。周囲の愚劣は不幸にも大半こうした温い粘着性をもって絡《から》まってくる。ごくたまではあるが、魂が霊感に遭遇してピチピチはねたり恍惚《うっと》りと涙ぐんだりするとき孤立を許されないほど不本意なことはない。

飛行作業もすんで大分ひまになったからすこし勉強しようかと思っている。大事な面が一年間ブランクになっていたせいか、乾いた砂が水を吸うように娑婆時代にはかえって遮《さえぎ》られてのみこめなかったことまで小気味よく吸収されることがある。それは素白の日本紙に淡彩を落とすようだ。

俺の生きられる時間は短い。しかし短ければ短いだけ猛然と貪欲に俺は生活するのだ。そして最後に一ついい詩をかいて死にたい。それこそ液体空気のような詩をかいて死にたい。

二月十一日

遥拝式〔皇居の方向にむかって最敬礼する式〕、会食についで隊内休業のはずだったのが、昼になって急に外出に決まりあわてて脚絆《きゃはん》をまいて整列、十二時半隊門を出る。明日の上陸に面会する手続きをとっておいた。おふくろは今日の夕方この町について一泊する。東京発の汽車は二時と四時についた。二時の汽車はむなしく待った。待合室の脇の売店の前で柵越しに黄色い大きな袋を背負った小さな母親と、ゲートルをまいたおそろしく顔色のわるい兄貴の姿をみた。俺は軍帽に外套をつけていた。俺はその瞬間の自分の身振りと表情を気味わるいほどはっきりと意識した。父は病気だった。おろおろする母親をせきたてて、魚半旅館に部屋をとった。

俺の魂はいまなにか安堵《あんど》に似たものを感じている。昨日までのあらあらしい故意的の孤独《ソリチュード》とエゴイズムとはうってかわった、温く和《なご》やかな生活感情を持つ。俺は静かに肯定しよう。しかし「警戒」は忘れないつもりだ。母と兄と三十分ほどのあわただしい会話を交わしてから、二、三度きちんと挙手の敬礼をしてわかれた。

坂の上では、クラブの連中が五人案じて待っていた。笑顔で走りつく俺をかこんでみんなもよろこんだ。

二月二十四日

…………

三高でおなじクラスにいた村林から葉書。豊川工廠〔豊川海軍工廠。八月七日、爆撃により勤労動員学生ら多数死亡〕に動員できているという。俺がこんなところにいるのをきいて非常に感激したとかいてある。もとから情熱のある男だったが。

「君たちとともに生活して得たものはこうしたあらゆる点で対照的な生活に入っても、というよりかえってここにおいてこそはじめて、その真価と美しさがはっきりと理解される」と返事にかく。

近づいてはまた遠ざかっていった多くの人々よ、どこを歩いているのだろう。思い思いの、きまじめな、悩ましげな、あるいは幸福そうなまなざしで。

二月二十六日

きのう一日降った雪も一晩のあいだにほとんど溶けて、今日は柔らかい陽が惜しげもなく差し込んで、こそこそとしがみついていた淡黒い冬の気を一掃してくれた。ひさしからのめり出した残雪からキラキラと滴《したた》る水玉にも、土手の腹にふっくりとふくれ上がった黝《くろ》い土にも、少女のようにはぜた微笑が軽やかに躍っていた。午前は雪をかき分けて旧学生舎の破壊作業。

午後は、九〇《キユーマル》機練〔皇紀二五九〇年(西暦一九三〇年)式の機上作業練習機〕の分散元へ。隊から一キロほどでて森の中で休む。なだらかにうねる茶畑のむこうに浅緑の春の海が鈍く光っていた、——いったいどこで戦争が行なわれているのだろう——友と顔を見合わせて呟《つぶや》いた。…………

二月二十八日

夕方五時半に学生隊の総員集合があり、隊長と三堀大尉から本隊の新編成が発表される。十三連空〔連合航空艦隊〕は解散となり、大井〔練習部隊〕も作戦部隊となる。実用機の徹底的払底から遂に練習機の白菊を使用して攻撃隊が編成され、何中隊かの搭乗員は明日から本隊において猛烈な練成訓練を受ける。数グループの特攻隊として最後の邀撃《ようげき》態勢を備えるわけだ。学生はといえば、十四期〔第十四期海軍予備学生〕の五百六十名は一飛行隊の指揮下に入って、練成隊の補助として残された。予備隊として現状のまま置かれるので、将来の見込みは何ら立たぬ。卒業も配属も皆目分からぬ。いわば我々の搭乗員としての存在価値はほとんど無視された形だ。それでなくてさえ毎日戦備作業〔地上での準備作業〕つづきで沈滞腐心している学生隊の気分は、落胆や焦燥を超えて激怒にまで達している。…………

俺はいまつめたくしらじらしく取り残された俺自身を知る。

俺は波の上に浮いている。例の月並みな波頭が一ゆれゆれて俺をゆりあげてまた退《ひ》いていった。そのあとの一つかみの白い泡沫《ほうまつ》を俺は静かに見送る。その泡沫もやがてあっけなく消えて、あとにはただほろ苦い一抹の塩気を残してゆくであろうことを想像しながら。俺はこの波にもまれながらもまったく俺ひとりで生きてきた。

俺自身のために生きてきた。多くの疑いや不安を抱きながらも、やはりすべての目的は俺自身の生の完成以外のなにものでもなかった。それ以外にはなんら積極的な意味を持ちえなかった俺のこれまでの生活感情が、偶然にもまた皮肉にも、こうした動揺のさなかにおいて俺をひとり冷静に保つ。俺はこの事実をいま一度反芻《はんすう》し吟味してみる必要があるかもしれない。

明日からの生活、それはこれまでよりいっそう無事なとりとめのないものとなるであろうが、俺にとってはいよいよ多くの反省と準備の機会が与えられるわけだ。

春の訪れとともに——そうだ、躊躇《ちゅうちょ》すべき時ではない。いまこそ傲岸に、傲岸に生きる時だ。

三月四日

朝敵襲がありそののちは雨で戦備作業もなく休業。海兵出〔海軍兵学校、職業軍人養成機関出身〕の分隊士が来て学生舎内の生活様式が改善された。実質士官としての相当の自由が許されるようになった。

夜はさっそくベッドにもたれて煙草をふかしながら花札やトランプをして騒ぐ。こうした変更によって、我々がどの程度までこの環境をこなしうるかは問題だが、実生活における解放は十分に精神の活発な活動と発展を促しうる。少なくとも各人の生活意識の健全なる以上。しかしおそるべきは弾力性を失った硬化状態、すなわち自動現象《オートマチズム》である。

三月五日

二、三日前にとくに強く感じたような衝動はようやくおさまって、かなり平静なまた素直に肯定的な気分を保っている。

周囲がいちおう合理化され棲み心地よいものとなったせいもあろう。ひとまず落ちつきをえた精神は、つぎのより高い地平に躍り上がらんとして身構えている。

夕食後から引きつづいて班の者とカードをひいて、頭は熱に浮かされたようにぼうとしているが、理性に似たものはつめたく胸の中に凝結している。一方、記憶を掘り起こし回想の温床に沈もうとする「甘え」が、この凝固物にむかってむなしく挑《いど》みかかるのを感ずる。この挑戦によって外物は「己《おのれ》」を底として静かに対流する。

愛も憎しみもいかなる激発性も起こさせることなく心の内側にそっとふれては上昇してゆく。しかしそうしてゆくうちにすべては強い放射線の浸透を受けて漸次ほろほろと崩れやすい緑色の物質に化してゆく。その壊《く》え欠けた鉱石の一つ一つが「己」にむかって哀しくもうつろな叫び声をあげる。それらは口々に生、生と呼んでいるのだ。

四月五日

三飛行隊付兼十四分隊士という肩書を貰う。もっぱら飛行作業だ。めんどうな副直将校にもたたずにすむ。いまのところ同乗してバラスト〔重し。練習機は複座機なので単身の時は砂袋をつんでバランスをとる〕代わりにときどき航通〔航空通信〕訓練をする程度。しかしこう決まってくればいちおう落ちつく。一日中飛行服をまとうてベッドでもごろごろできるのに、なにか心安い誇りのようなものを感ずる。

母から封緘葉書にこまごまとかかれたたよりが届く。俺の家もついに疎開することになった。となりの女学校が日立の工場になるので俺の家もこわされるという。ただ二階造りのだだぴろい、さして愛情ももてなかった家だったが、小学校のころから棲みなれたところだし、跡形もなく打ちこわされると思えばさすがに愛惜の情もわく。大屋根の上の瓦の一枚にも、雨風に色褪《あ》せた羽目板の木理《もくめ》にも、門から玄関までの平たい石だたみにも。

家とともに俺の生活のふるさとも永久に失われるのだ。灰色のごみごみした家並、朝夕に鈍く光る浅い海、北のはずれに小さな丘を背負った、あの小さな千葉の町にも長い訣別《けつべつ》を告げねばならぬのだ。千葉、市川、東京、俺の青春が自由な淡紅色の薄紗《ヴェール》をひろげ、そこでいきいきと熱い血潮を流した生活の場にも、ふたたび訪れるをえないかもしれぬ。

俺の心の臓に鋭利に貫くかずかずの人の名よ、声をあげて彼らの名を呼ぼう。応《いら》えはなくとも声をかぎりにその名を呼ぼう。

しのびやかに迫りくる柔らかな翳《かげ》の色よ。

四月六日

総員起床後ただちに指揮所に詰めて、午前二時間計器飛行、夜は一二中隊の夜間飛行見学。

南九州では、我が国最後の実用機が総出動して、雄渾《ゆうこん》な菊水一号作戦（戦艦大和が片道の燃料で沖縄に出撃した）が行なわれているはず。これが成らなければいよいよ我々の白菊特攻隊（偵察用練習機による特攻隊）がでかけるのだ。

すべては窮極の窮極まで来ているのだ、俺たちの運命の日も近づいている。

一年あまりの沈黙を破って筆を執《と》る。たとえ終《つい》におめにかかることがなくても、私の貴女に対する気持は永遠にかわらぬことを信じてと。すべてが炸裂《さくれつ》するのだ。そしてその時すべてが完成するのだ。

襟巻《えりまき》を毛糸で編んでもらう。飛行帽の下に口と鼻を掩《おお》うてしっかりと巻きつけて敵の中へ突っ込んでゆくのだ。

四月十二日

九日に十四期総員の配置が決まって、ほとんど全部が全国にちりぢりになっていった。きのう午前十時に金谷〔静岡県〕を発ってゆうべ京都に一泊、今夜ここ本土を離れる連絡船の汽笛をききながら侘《わ》びしい宿に泊まる。徳島空〔航空隊〕に転勤になった十名は今夜総員ここに集まるはずになっているのだが、まだふたりしかきていない。休暇もなく遠く島流しにされるので、それぞれ適当にアース〔軍隊外での自由行動〕しているのだろう。

何年ぶりかで見た京都はやはり変わっていた。ことに街は四条河原町で市電を降りて、これは間違えたのではないかと自分の眼を疑うぐらいだった。

しかし千葉に自分の家を失った俺は、第二のふるさとであるこの地をふたたび訪れえた偶然に十分感謝しなければならない。

春の朝の柔らかい、甘い空気のにおいをかぎ、遠い懐旧の哀切を胸に抱きながら、祇園から円山公園、知恩院、平安神宮とかつて毎日のように歩きなれたレギュラアコースを東一条の学校〔現、京都大学〕まで歩いた。

疏水《そすい》のふちにたって新緑の柳の影を映したその碧《あお》い水も見詰めた。吉田山〔京大、三高に隣接する小高い丘〕に登って濃い靄《もや》の下に音もなく沈む京の町もながめた――「紅萌《くれないも》ゆる丘の花、早《さ》緑《みどり》匂う岸の色」〔三高寮歌の一節〕重々しく疼《うず》くがごとき太鼓のひびきとともに、ものぐるおしい寮歌の合唱さえもわき上がってくるようだった。しかし次の瞬間、短剣を吊り大きな徽章《きしょう》をかざしている自分の姿に凝然《ぎょうぜん》と気づくのだった。

正門近くですれちがう多くの大学生の中にも顔みしりは一人もいなかった。みなつめたい無表情の眼でこの見なれない闖入《ちんにゅう》者をじろじろみた。すでに世界は遠くはるかに隔《へだた》っていたのだ。よく行った喫茶店で名前もかわらずやっているのもあったが、時間が早いので店をあけているところはなかった。休むところもなく歩きつかれ電車で河原町をまわってかえった。かえりに四条の大丸《だいまる》によって写真を撮り、三条では刀屋によって刀の袋を買った。六十円だった。

あすのあさむこうに渡って午後入隊の予定。

俺たちはどっちみち空ゆく旅烏《たびがらす》。これから先もいずことも定めず転々とするものと思う。

…………

四月十九日〔海軍徳島航空隊にて〕

雨は止んだ。あすは好い天気になるだろう。飛行作業にも大分なれて面白くなった。特攻隊には違いないが、白菊で突っ込む時が来るようでは日本はいよいよどんづまりだし、いずれまたほんとの優秀な飛行機で活躍できる時も来るだろう。一線の基地に向かったものも仲間の中にいるが、我々はまだまだ余裕を許されている。

いままで長い間描いていた夢もしだいにうすれていく。それにかわってあるいはよりしっかりした何かが、身内に堆積《たいせき》してゆくのかもしれぬが、何がしっかりしているのかわからないし、そうした固定的なものをば否定したい気持が相変わらず活発に俺の内にははたらいている。最後の最後までディアレクティーク〔弁証法〕に疑ってゆこうというのが俺の欲する道なのだから、毎日毎日を生《き》一本に男の中の男としての搭乗員の生活に没頭して、遊ぶときには寂しさも懐疑も忘れて情の動くままに遊びぬく、そこには感傷もない、羞恥《しゅうち》もない。実に原人的な粗野な動きがあるばかりだ。そうした世界に俺もいまとび込もうとしている。そして過去の俺をほとんど忘れ去ってそのまま俺の生を終わるかもしれない。

あるいはこれに浸《ひた》りうる時、かつて俺たちの口にした toute la vie〔生命力をあげてひたすら生きること〕の世界に一致するかもしれない。しかし彼には此《これ》にない大きな素白《ル・ブラン》がある。素白の悩みを知らぬ世界はやっぱり俺には淋しい。一時の官能を癒《い》やすにはたりても、魂の奥底の寂寥《せきりよう》を満足さすことはできない。

彼に対して耐えがたい郷愁を覚えながらも、俺は抗しがたい力に惹かれて此《こ》の世界に入ろうとしている。いま俺は大きな岐路に立つ自己を知る。

Solitude, récif, étoile,
A n'importe ce qui valut
Le blanc souci de notre toile.*

＊ 寂寥、暗礁、星の影、
わが船の帆の素白《ましろ》なる
悩みを与えし悉皆《あらゆる》ものに
――ステファーヌ・マラルメの詩「礼」の最終節（鈴木信太郎訳）

四月二十五日

午後降爆〔急降下爆撃〕と編隊訓練、夜は月明航通で毎日十二時すぎまでかかる。相当の労働だがやりおおせたあとの快感はなんとも言えぬ。作業もどうやら板に付いて来たようだ。来月からは宿舎を撫養《むや》〔徳島県〕に移転して昼間寝て専ら夜間飛ぶ*ようになる。

時々むかしのことが思い出されて悲しくもなるがそれもいい。飛行服に大きな日の丸をつけて夜露に濡れながら作業に没頭するときは、なにもない。澄み切った気持を持続することが出来る。それもいい。

半天に拡がる暈《かさ》をかぶった春の月、指導灯の青い冷たい光、地平低く明滅するオルギス〔発光信号機〕の鈍い光芒《こうぼう》、指先にふれてひやりとぬれる眼鏡と頬にあたる飛行帽の毛皮の温かい柔らかな感触。気の昂《たか》ぶる時は列線〔飛行機を地上に並べ揃える線〕の間を狂気のように彷徨《ほうこう》しつつ、爆音とはりあってシャンソン・ド・パリを叫ぶ。

迷妄と狂気、戦争は恋そのものである。

＊　昼間寝て専ら夜間飛ぶ……白菊特攻隊は実戦に向かない練習機による特攻隊なので、夜間の超低空飛行でなければ敵艦に接近できない。昼と夜が逆になり夜間低空飛行訓練で事故が多発した。

池田《いけだ》浩平《こうへい》

一九二三年（大正十二）七月八日生。高知県出身
一九四二年（昭和十七）四月、高知高等学校文科入学
一九四三年十二月、中部第八七部隊（善通寺）に入隊。中部第一三一部隊（鈴鹿）に転

属

一九四四年九月九日、小倉陸軍病院にて戦病死。二十一歳

〔学徒出陣前の手記「運命と摂理」より〕

…………

さて、私の現実否定の第一幕は、世界史によって措定されたという形の下に、ひややかな運命的必然を舞台とし、悲劇として始められた。すなわち二十年間の私の人生が目指してきた大学生活より文学部の講義がなくなるであろうということは、私から地上の希望を剝奪することであった。…………そしてこの問題の出発点となったのは、私において、運命と摂理との問題であった。これは九月二十三日、今度の変革を知ったとき直覚した基体的問題である。

まず私は私が直覚的に思惟した稚拙な「運命と摂理」論から始めよう。…………ルッターは、死の相貌ということを言う。相貌というかぎり、それは死そのものではない。武士道が言う死とは、率直に、肉体の死、精神の否定であるところの、死そのものであるのに反し、死の相貌とは死そのものよりも、はるかに近くおそろしいものである。…………死そのものへの恐怖よりも、その死の底にかくされている象徴的な死がこ

わいのである。キリストにおいて描かれた死、かの死のかげの恐怖に、魂は疼《うず》くのである。実に、象徴はもっとも深き表現である。

実存哲学も、仏教も、そしてあるいは、武士の傑《すぐ》れた人たちも、この象徴的な死にあったのかもしれない。だが、今、我々は、その前に恐れおののく実存哲学や、それをそっと諦念する仏教や、それをも死そのものの中に解消せしめんとする武士道と、福音《ふくいん》がいかに相違するものであるかを見ればたりるのである。主は言った。「われを信ずるものは、もはや、けっして死なざるべし」と。ああ、ここにおいて死は極《きわ》まった。死はまったく異なったあるものへと昇華した。武士道は死んで死なぬ。福音は信じて死なぬ。

……………

武士もまた、封建階級の時代性の下にあって、さまざまの人間性の矛盾に悩まなくてはならなかった。その矛盾が高潮したとき、彼らは己《おの》が腹を切った。実に彼らはこうして矛盾に挑《いど》んだのである。我らの父祖が、腹真一文字にかっさばくことができたという事実は、今日、私にいろんなことを教えてくれる。しかもこれはたんに昔日の物語りではない。アッツ島の勇士〔この年五月、守備隊全滅〕のなかには、近代戦争の持つ機械文明的現実主義の矛盾、いや、ひいては戦争そのものの矛盾に向かって、みごと自刃《じじん》して果てられた方もあると言われるではないか。

ああ、矛盾は大きく悩みは深い。しかし、祖国、日本への愛の中に死ぬることのできる人は幸福である。もちろんそれは立派な死である。しかし、世界史の行末を考えるとのんきな顔はしていられない。身に憂いをまとうて、真に日本を天壌無窮《てんじようむきゆう》〔天地とともにきわまりない〕たらしめんとの悲願に、刻々胸をいためている者こそ真の愛国者ではなかろうか。この憂いのないところに、今日の日本青年にとって、武士的な形而上学的な死はありえないと信ずる。憂いを、世界史における祖国の使命の上に馳《は》せ、新しい秩序は何によって生まれるかを深刻に考えている。しかも現在は、一面建設一面破壊の生《なま》ぬるい状況を一歩つきすすめて、いちおう全面的破壊戦ともいうべき危急の戦いをたたかっている。だのに、けっして私は、戦争の破壊面だけを見ることはできない。その建設の日の悩みを常に思うているのである。これが、日本人として、学徒として、私がありうるもっとも素直なあり方なのではないだろうか。

今、このぎりぎり決着のときにおいては、運命……運命は日本の固有の言葉ではサダメといわれる……によって決定論的に措定《そてい》せられている我々には、もはや、西田博士〔幾多郎　哲学者　絶対無の哲学を述べた〕が言うように、「何をなすべきか」が問題ではなく、「自己が何であるか」が問題であるような、真に宗教的な問題のみが肉迫してくる。一面、現在はそれほどに宗教的な時代だとも言いうるのではないだろうか。私はこの時、「自己が何であるか」を問うごとに、かのルッターの命題、「死にいたるまで福音的、死にいたるまで祖国的」が反射的に脳裏に刻印される。私はいったい、何であるのか、また何であればよいのか。答えは、基督者《キリスト》であり、同時に日本人である、という一事を措《お》いてほかにない。他のすべては、エホバ・エレ「神備えたもう」である。「エホバ与え、エホバ取り去りたもう。エホバの御名《み》はほむべきかな」である。

なお私には、如上《じょじょう》の論述と関連して、それらをさらに深めるためにも、偶然性と予定の問題、懺悔《ざんげ》告白の問題、素質と天才の問題、悪魔と賭《かけ》の問題、歴史と摂理の問題、信仰と希望との問題などについてできるかぎり書きたいと思う。だが今はまだ力がたりない。短い時間を懸命に勉強しつつ、なんとか書き上げるであろう。

〔昭和十八年十月〕四日午前二時四十五分

私は『ドイツ戦歿学生の手紙』(岩波新書)を読みかえし、無量の感慨の捕囚となった。これは、人間の魂と生との真相をそのまま投げかけている。戦争そのものが持っている矛盾、およびその醸《かも》し出す多くの矛盾に生命かけて悩苦している。ここに私は、私が論理を通してこれまで追求して来たことが裏書きされていくのを感じた。

まず、戦争の矛盾性。もちろん、彼らも一兵としては黙して安らかに死んでいるのであるが、人間としては、結論的にこういう大きな疑いを吐いている。「しかし、こんなに比類なく勇ましく戦った国民が滅びなければならないということは信じられません」と。まことにしかり。しかもこのことの解決こそが私が縷説《るせつ》した運命観以上のものではないのである。したがって彼らは、常に矛盾に対するに調和平衡を得ようとして努力しつづけるのであるが、あるいは、いまだ思想とならぬほどの率直な信仰により、あるいは、母を思うことによって、わずかに平穏を保ちえている者が多いのである。………

さてしからば、彼らの精神に平衡と調和とを求めさせないではいないほどの驚駭《きょうがい》と矛盾とは何であろうか。おそらく第一には、感覚的な戦友の死や、その悲惨な死にざま、深くえぐられた墓などの光景であろう。しかし、そういうおそれはたいてい一時的である。もっと本源的な嘆きの声を、私は聞くことができるように思う。たとえば、ハンス・マルテンスの書簡のうち死の前夜に書かれたものに、「お前はまだ若い命をひかえている、お前は始めようとしたばかりだ。それだのにもう止めなければならないのか」という己《おの》が声を聞きつけ「大いなる人生を無造作に放棄してしまうのには、自分はまだ人生を知らなすぎる」と慨嘆《がいたん》した後、次のように結んでいる。「ああ、生命を断念することはきわめて容易だと考え、初めはきわめて軽率にそのことを話したが、――今は

『おお、女王さま人生はやっぱり美しゅうございます！』」と。これ、人間の真情である。その上、「相変わらず人間は、この不幸な状態からの逃げ道があるだろうという希望を養っている。」

あるいはまた、こういうことにも矛盾を感ずるであろう。学徒として、自分は、「戦時よりも平時に祖国と国民のためにより多く役立ちうると確信」することによって、……また「僕は心のすさむのをひじょうに恐れます」という時の悲しい気持。また、クルト・ロールバッハが懐古的に書いた文句もそのまま鎮撫《ちんぶ》しえない人情の機微である。すなわち、「たえずあらゆる注意を要求し、いっさいの力を極度に緊張させる戦場生活の間に、僕は平和時代の希望にみちた、のんびりした、発展期に獲得した宝の多くを失ってしまった。（中略）この恐ろしい戦争はもう僕を老けさせた」と。——等々のことが、これら若き学徒の前途を悩ましめたことは、今我らもまた頷《うなず》きうるところである。とにかく、これだけの苦悩を経てくるのだから、戦場よりもし帰還することがあれば、その時はまったくの別人になるにちがいないという感懐はひとしく漏《も》らすところであるが、彼らがこの苦痛よりのがれ出《い》で救われんとしての所作《しょさ》はそうとう人によって異なっており、その態度は私にとってことのほか興味深いので、今それをあげてみたい。もちろん、人間なるゆえ、ここに分類するような一部分のみでそれを行なおうとするのではないが、ここにはかなり濃厚に現われたものを採《と》ったまでである。

第一に、諦観する者。

第二には、自制する者。

第三に、自然に慰められる者。ゲーテの詩がよく結びつけられている。もっとも多く現われるのは星空である。

第四に、次代に文化建設を思う者。

第五に、戦争の意義を自覚する者。

第六に、ひたすら沈黙せんとする者。

第七に、文学に心をよせる者。

第八に、故郷に思いを馳《は》せ、母とはるかに心深くまじわる者。

第九に、先にあげた平衡・調和を得んとして努力する者。

第十に、愛に生きようとする者。

第十一に、死をまっこうより肯定する者。

第十二に、運命観とともにある者。

第十三として、私は最後に摂理観の中に生きる者をあげよう。

さて、こうして神の近くに自己を発見し、「自分の心が裸になって神の前に出るのを感じる」時、しかも戦場にあっては特に、決して安らかさに至らないことはパウル・ベーリッケの記している通りである。彼同様、何人も「深き苦しみの中よりわれ御身に向って叫ぶ」のやむなきに至る。すなわち神が近くにいるんだという意識的(あるいは潜在意識的)な依頼心は、まだもう一歩突き破られなくてはならないのである。戦場は、全力を傾倒して戦うところである。一つの想いもあってはならない。すなわち絶対無の境地にあるのでなくてはならない。いわば無礙《むげ》一筋の道である。かかる純粋に東洋的な無の世界をドイツの一青年学徒〔ゴットホルト・フォン・ローデン〕がすでに体験的に発見しているのを、私は甚だ興味深く読んだことである。…………

〔十月十日〕

『ドイツ戦歿学生の手紙』に感銘の深かったあまり、日本の学徒がいかに戦っているかをぜひひとも知ろうと思い、河野通次《こうのつうじ》の、『学生兵の手記』というのが三省堂から出ていたので、これなど代表的のものであろうと思って買ってきた。二、三ページ読むと、もはや耐えられなかった。虚飾と傲慢《ごうまん》が、ひどい悪臭を放っており、戦場において当然打ちくだかれてくるべきものを、かえって歪曲したまま昂じさせて、しかも、得々《とくとく》としてこれを発表する厚顔。彼が無意識裡に誇っているインテリ兵とはいったい何だ。そんな意識が潜在しているということが醜悪千万なことなのである。

私はドイツの青年と日本の青年とを比べないではいられなかった。民族の魂を滲透している、何というか、朗々たる教養の輝きは、ドイツ学生兵において、ああも崇高に上品なものであったのに！

悲しいかな、東大法学部という日本の最高学府に学ぶこの男は、浅はかな運命観のみを、その人生観＝世界観的よりどころとしているのみで、その運命観をもいっそう深くすべき宿命の真相をも知ろうとしていない。ドイツの学生兵らは、ともかくも摂理の世界にまで肉迫しているというのに。

私は、二、三十ページ読むや、耐えられず投げ棄ててしまった。こんな恥さらしは、絶対に書くべからず。

〔十月十四日〕

読みたいものは結局読まず、書きたいものは結局書かず、いよいよ今朝は営門をくぐるべく出《い》で立つことになった。しかし、考えてみると、これだけでも、書いたり読んだりすることができたことはまったく幸いなことであり、また考えようによっては、こうして未完成のままであるが、やがての日に書きたされるのを待っていることにもなるから、かえって意味あるものといえよう。

省《かえり》みて、日々信仰のたたかいが展開されたことである。勝敗を忘れて、それをばただ戦場において決せられるものと考えて、ひたぶるにたたかってきた。そして今日はつつがなく、まったくだれとも潔《いさぎよ》き交わりの中に終始して生きてきた喜びの中に、征途にのぼることとなった。しかも、私の学問上、あるいは信仰上のたたかいは、私の愛する兄弟姉妹たちのそれとも同様であり、とりわけともに働いてきた父が継承してくれるところである。私は一切をそのままにとどめ、あえて整理することなく、このままの池田浩平で一兵となろうと思う。兄弟たちにせよ、父にせよ、私のそのままを理解してくれている。すべてが、神のお守りの中に、静かに流れてきた。

淡々とした気持である。風波は、いくら殺そうとしても、これから大いに起こるであろう、ちがった世界へ！　これからだ、これからだ。うんと鍛えてもらわなくてはならぬ。私はいぜんヴィルヘルム・マイスター〔ゲーテ作の同名の小説の主人公〕であることを止めないであろう。問うことはしばし措《お》こう。だが、身を小さく切り刻んでも、私は実践の剣をふるう。私は一人ではない。神と、そして、そのゆえにこそ愛する人々との楽しき共働《ミットアルバイテン》！聖書を持って行くのではない。ただ一途《いちず》に、私は一人前のりっぱな帝国軍人となることのみを目指して。軍人として身命をなげうとうとも、学徒として生死を賭そうとも、私はいつまでもこの美しい祖国とともにあるであろう。

総務部〔高知高校〕の壮行式の平和がなつかしい。あのとき、鶏をつつきながら私は語った。初め逃げ足、次に傲慢——というのは、華々しいことをやりたいという願い、そしてついには、ただ、みんなに喜んでいただけたらよいという素直な気持。結局、総務部は、私に高等学校生活を記憶せしめるすべてとなった。

二十二日の壮行式については、言わずもがな。みんな泣いた。

ご恩をうけた教会の壮行式では、私たちはこれから、新しき時代の新しき十字軍になろうと誓った。青年会の健康な発展を、あたかも高村さんが「おじさんの詩」をうたったような心持で祈るばかりである。

あれやこれや、尽きぬ思いは、結局父母や妹の愛情へとかえっていく。しかもその父が、私に書いて「神は愛なり」という。ああ、私が書きつづってきた長い長い手記も、アガペとエロス〔神の愛と人間の愛〕の問題に逢着《ほうちゃく》することによって、結局、この「神は愛なり」にいたるべきであったのだ。アガペは、摂理の御《み》手を用意して、私の運命を待っていることであろう。

みんな、さようなら。インマヌエル・アーメン。

十八・十一・三十・九時半※

※　出発時間のまぎわまで書きしるし、同日十時自宅から入隊した。

〔「断片」より〕〔鈴鹿、中部第一三一部隊にて〕

昭和十九年六月二十二日(木)

高熱を発せる戦友の枕頭《ちんとう》に来て、医務室の薄暗い電灯で、しかも蚊帳の細い目を透《す》かしつつ書いた第一章は、わずかしかすすまなかったが、静かにもまた淋しくして印象に残る夜更けであった。野戦における傷病にあらずとはいえ、軍隊に病むのわびしさ、そのつれづれを慰めながら戦友の看護は、またひとしおの感慨であり、祈らざるをえなかった。そして今日はまた、朝まだき四時半より、数時間後には入院する彼に最後の冷頭のサービスを献《ささ》げるべく医務室に来てペンをふたたびとることができた。かかる機会でなくては、冷静なペンの疾走は望めない軍隊生活である。彼はうわ言《ごと》を言いつづけている。高熱と欠食のため見るも哀れに衰弱してやや脳をいためているのではないか。ともかく、その狂ったのではないようにと彼のために祈る。精神弱き者には、軍隊生活はかくも負担になりうるのか。こんなところからも、心弱き俺は、信仰の意味を軍隊生活の核心にさえ裏打ちしようと志しているわけだ。

とはいえ、今でこそかくも健康を恵まれている俺もついに入院〔一九四四年二月入院、手術〕するまでにいたったころの、みじめな体をもてあましたことを忘れたわけではない。忘れなければこそ、俺は健康奪回をこのFragment〔片断〕の第一ページに書きとめるわけだ。惨として心ふさがれるあのころを回想すれば、病める戦友が夢うつつに母を呼び、兄弟と語りつつある錯覚の真剣無縫《むほう》なる所以《ゆえん》を痛感してやまぬ。人間は、かくまでも、その「家」に守られた「人」である。

ああ、この我が家を慕う心よ！

知っているか、兵隊のノスタルジアのはげしさを！

だが忘れてはならぬ。嗚咽《おえつ》にも似たるこの魂の絶叫を秘めつつ、日々展開されている兵隊の生活があることを。

曙光が暗幕からしのびこんでくるころ、その薄明に、俺の左の二本の指をかざしている。初年兵時代の形見としていつまでも消えず残るであろうと思っていた爪なき指に、見よ、盛り上がれる肉はしだいに爪の形をつくりつつあるではないか。

健康にして爽快なるこの朝も、病める戦友には、重い真暗な、変化のない空気であるばかりであろう。世界は常にかくのごときである。

八月十五日（火）

……………何しろ不意早急の出発命令〔南方派遣のため門司に移動〕とて、すべての身辺の事柄がそれに応じうるだけの準備をととのえてなかった。近親知己がこの日のためにその全祈念をこめて一筆せる三枚の国旗すら持っていない。かねて征く日は肌身離さず愛読しようと志していた数冊の書物は家の書架に載せられたままだ。そこを出動の命下れる瞬間が、すべてを否定してくれた。だが、この否定も頼むところあってこそ実現できたのだ。そは一巻のBible。これをば図嚢の奥深く秘めることによって*敢然俺は任務遂行第一の道に立った。かくて俺は世界の心臓と共に生きる。…………

＊　袖珍《しゅうちん》版『新約聖書』は遺品のお守り袋の中に隠されていた。

八月十六日（水）

パラチフス発生。週番下士官としてその処置に奔走する。清潔な生活は、その育った家の躾《しつけ》に依拠する。潔癖も美しく現われるときは、その母のゆかしさを知らしめる。

祈りが自然となり、多くなり、はげしくなって行く。しかも、これまでの己《おのれ》に執《しゅう》せる祈りはほとんど影をひそめて、もっぱら戦友の心根や健康の上を、父母、恩師、知己たちの上を、あるいは知らざる悲しめる人たちの上を、箇切ながらひとすじに祈るようになった。…………

八月十七日(木)

擬似《ぎじ》腸チフス発生。明日はまた入院二名。当分出発はできないであろう。しからば、許されし松ヶ江〔門司市内〕の生活をいかにして充実して行くかが最後の問題となる。

八月十九日(土)

今日もまた真性パラチフスと決定せる戦友を二名病院に送る。打ち続く検便。たまっている憂鬱がそのときスコールのようなどしゃ降りとなってひとしきり大地を洗浄した。まだまだ患者は続出しそうである。戦友のために身を粉にして奉仕すべき防疫戦の陣頭に立たねばならぬ。

そういういそがしさの中に、一昨日、昨日と読んだ塚本〔虎二〕氏の『聖書知識』やヒルティ〔スイスの哲学者一八三三―一九〇九〕の『眠られぬ夜のために』の泉より出て尽きざる滋味をなつかしむことができる。今や、愛惜《あいせき》措くあたわざる座右の書々を、戦陣に携《たずさ》えて枕とすることの許されるようになった身の幸やいかに！

身は沈んでも、これらの本だけは沈めたくないとさえ思う。

八月二十一日(月)

連日のかぼちゃ汁と睡眠不足のため下痢、この夜零時ごろ発熱を覚えつつ就床。

八月二十二日(火)

二時起床、やっと起き上がるもすごきめまい、相当なる発熱を知る。立ちえずそのまま臥す。そのうちどっと冷汗一時に溢出《いっしゅつ》、熱さめたりと錯覚す。松ヶ江より門司まで自動車便乗を許さる。乗船の指揮、準備をフラフラのままでやる。命令受領して甲板にて眠る。はなはだしき疲労だ。思えば七月下旬蒲郡※〔愛知県。演習の地〕

※　ここで「断片」は途切れている。

北村《きたむら》洋平《ようへい》

一九二五年(大正十四)七月三十日生。和歌山県出身
一九四三年(昭和十八)四月、慶應義塾大学経済学部予科入学
一九四四年十月、陸軍に入隊

一九四五年十一月二十七日、奉天陸軍病院で腸チフスのため戦病死。陸軍見習士官。
二十歳

昭和二十年六月二十六日
十九時五十分さらば海拉爾《ハイラル》よ。多き思い出の数々。
八月二日
診断、入院を命ぜらる。右湿性胸膜炎。
八月三日
本日満州第一三〇一三部隊に入院す。
八月四日
診断、水出た。
八月九日

三時三十分、関東軍発表ソ連不法侵入す。

八月十二日

十二時三十分病院を発《た》つ。転送なり。

八月十六日

吉林《きつりん》一日停車、本日某氏より昨日の事〔敗戦の報〕を聞きたり。夢のごとく信じられぬ。

八月十八日

十八時瀋陽《しんよう》。

八月十九日

奉天《ほうてん》着、夕方駅を出て忠霊塔参拝。夜、弥生《やよい》国民学校〔小学校〕に宿営す。

八月二十日

十時武装解除のよし。一年分俸給一五六円。

八月二十一日

帯剣を返納、状況逼迫《ひっぱく》、毛布に装具をまとめる。

八月二十二日

平穏なり。夜ピストルの音近し。喚声聞こゆ。暴動いたるところに起こる。防衛区分す。

八月二十三日

棍棒《こんぼう》支給。

八月二十八日

連続家に帰った夢ばかり。

八月二十九日

炊事使役にて病院外に外出す。露助〔ロシア人に対する蔑称〕の貧弱な服装、シナ人の態度、日本人の様《さま》など目につく。

九月六日
夜銃声さかん。避難民逃げ来たる。

九月二十八日
しらみの煮沸《しゃふつ》、飯を焚く、牛缶で食う。夕食は馬肉、煎餅《チエンビン》〔小麦粉製の焼菓子〕二枚食う。砂糖つけて。

九月二十九日
山崎氏と脱柵《だっさく》未遂、残念、しぼられる。カロリン諸島軍人復員して別府上陸のニュース。

十月二日
診断あり。呼吸音微弱。

十月六日

いつごろ帰れるか？　中旬か？　月末か？　年末か？　来年か？

十月十日

マンホール使役に出る。子供に頼んでチェンビン買ってもらう。

十月十八日

午前中マンホール。大福売りのメッチェン〔少女〕にチェンビン頼む。昼から土管取りに外出。

十月十九日

石炭取り使役。

十一月四日

食欲不振。

十一月五日

診断を受く。小便黄色、三十九度。

十一月七日

腹痛し。荒井中尉の診断を受く。ピラミドン〔解熱剤〕をくれる。

十一月八日

昨晩は眠られぬ。九度五分、氷嚢《ひょうのう》二時四十五分、看護婦さん木村桂子さん。ビタカンフル〔強心剤〕注射、良くなるぞ。高地改造、井上義雄、下坊さんともに命の恩人と心得。

十一月九日

白血球、尿検査。

十一月十日

荒井中尉診断、ついに伝染病棟に移ることとなる。三時ごろ。

十一月十一日
二十cc注射、毎日ぶどう糖の注射をうってくれる。

十一月十四日
夜二回血ばかし出た。出血。

十一月十五日
絶食。絶飲。

十一月十六日
CAMAFETON 1.2 cc＊〔強心剤〕

＊　ここに薬のレッテルが貼ってあった。

十一月十七日
ぶどう糖、食塩、強心、おもゆ、リンゲル、リンゲル

十一月十八日

リンゲル、8°6′

十一月十九日

8°3′　動きしゆえなり。

十一月二十日

腸出血、絶食。

十一月二十一日

リンゲル、毎日ぶどう糖、絶食。

十一月二十二日

絶食、8°2′

十一月二十三日

おもゆ、8°5、※

※　ここで北村氏の日記は途切れている。

十一月二十七日*

正午ツイニ鬼門ニハイイル。ゴ両親ニ通信デキヌコトヲ遺憾ニ思ウ。

帰還ヲ目前ニ控エテ

高　地

*　この項は戦友高地氏の書きこんだもの。

エピローグ

松原《まつばら》成信《しげのぶ》

一九二三年（大正十二）一月十一日生。滋賀県出身
同志社大学予科を経て、一九四四年（昭和十九）四月、同大学経済学部進学
一九四四年六月二十五日、陸軍に入隊
一九四五年八月一日、北京にて戦病死。陸軍兵長。二十三歳

昭和二十年一月二十九日〔友人への手紙より〕

頭の透明な時間は、ほとんどありませんが、それでもまばゆいくらいな一条の白いたていとがあるようです。

生あらばいつの日か、長い長い夜であった、星の見にくい夜ばかりであった、と言い交わしうる日もあろうか…………

岩波文庫旧版あとがき

平《ひら》井《い》啓《ひろ》之《ゆき》

本書ははじめ『戦没学生の遺書にみる 15年戦争』という表題によって、「わだつみ会」編で、一九六三年、学徒出陣の二十周年にあたる年に発刊された。その編集についての具体的な事情や、その後、今日こうして「第二集『きけ わだつみのこえ』」(以下、必要に応じて「第二集『こえ』」と略称する)として岩波文庫の一冊となるまでの経緯《いきさつ》については後に述べる。

すでに六年前、岩波文庫に収められた『きけ わだつみのこえ』(以下、必要に応じて「第一集『こえ』」と略称する)のはじめにある渡辺一夫《わたなべかずお》の「感想」は、「本書は、先に公刊された『はるかなる山河に』の続篇である。」という言葉ではじまっている。同様に、本書すなわち「第二集『きけ わだつみのこえ』」が「第一集『こえ』」の続篇であることは申すまでもない。それで、『はるかなる山河に』(必要に応じて『山河に』と略称する)と、「第一集『こえ』」と、本書とは、一つづきの日本戦没学生の遺稿集として密接なつながりをもっている。

『はるかなる山河に』が東大出身の戦没学生の手記として刊行されたのは、戦後二年を経た一九四七年のことであり、その反響の大きさに応えて、『山河に』の編集委員会を母胎として全国的な規模での遺稿募集の努力がなされ、その結果『きけ わだつみのこえ』が一九四九年十月二十日に発刊された事情については、『山河に』以来本書に到るまでの三冊の「日本戦没学生の手記」の編集に、つねに編集委員として関与してきた現わだつみ会理事長中村克郎《なかむらかつろう》氏の「第一集『こえ』」のあとがきにくわしい。

「第一集『こえ』」はその出版から現在に到る四十年ちかい戦後の歳月を通じて、日本戦没学生の遺念を継いで平和を希《ねが》い非戦を誓う民族の祈念のための、いわばバイブル的な役割を果してきたことは、衆目のみとめるところであるが、それの先駆けとなった『山河に』、それから「第一集『こえ』」の後、十数年の後に生れた「第二集『こえ』」を併せた三冊の書物の間には、同じ血脈を伝えながらそれぞれに固有の特色がみとめられる。それはまず、三冊の書物をへだてる二年、またさらに十数年という歳月の間に、日本が生きたはげしい戦後の時代の移りゆきがそれぞれの書物の在り方に反映されていることによるだろう。

わずか二年の年月を隔てて、その編集委員会の主要なメンバーをも同じくしながら、

『山河に』と「第一集『こえ』」との間には、すでに編集の方針そのものについての微妙な差違があらわれていることを正確に言い当てているのは、中村克郎氏の文章によれば「再建第二次」ということになるわだつみ会（一九五九—六九年）の、事実上の事務局担当者であり「第二集『こえ』」の編集委員でもあった古山洋三《ふるやまようぞう》氏のつぎの言葉であろう。

「……今日読みかえしてみると、わずか二年のちがいではあるが、この二つの本の内容に微妙な編集上の力点の相違があることがハッキリしてくる。

もちろん戦時下の苛酷な軍隊生活の中にあってもなお押し潰《つぶ》すことのできなかった学生の人間性を強調し、彼等の犠牲によってあがなわれた平和の価値をうたいあげる両書の基本的立場は同じである。しかし、前者は人間性により力点をおき、後者は平和により力点をおいていることは通読した印象として否定できない。(1)」

この微妙な編集上の力点の相違は、わずか二年とはいえ、一九四七年と四九年との日本が置かれていた情勢の変化から由来するだろう。学徒出陣組の一人であった私は傷病兵として敗戦直後に復員できたが、半ば病体のまま銀杏《いちょう》並木の下へ復学できたのは四七年四月のことであり、瓦礫と化した本郷通りを大学へ向うとき、自分の身体的疲労や空腹感とは別に、日本の前途の民主化と平和への希望に思わず心がはずんだことを思い出す。それに比べて、『きけ わだつみのこえ』が出版された四九年秋には、私は母校の研究室の助手であったが、その間予想の外であった米ソの冷戦状態が急速にすすみ、やがて朝鮮戦争に行きつく危機感は、復員学生の多い大学周辺の空気を暗澹としたものに変えていたことをまざまざと思い出す。中村克郎氏が「第一集『こえ』」のあとがきで「情理をつくした不朽の名文」としてその終尾の部分を引用している小田切秀雄《おだぎりひでお》氏の解説が、「深い憂いが日本人の胸奥をとらえはじめている。」という沈痛な言葉で書き起されているのも、当時の心ある日本人の心情のそのままの表現であった。「……やっと平和になって、傷つき疲れた生活と魂とに人間らしい明日への希望と可能とが開かれはじめてからまだわずか四年にしかなっていないというのに、またも戦争のキナ臭い匂いが漂いはじめているのだ」という小田切氏の嘆きは、当時「第一集『こえ』」の編集にたずさわった人たちの共通の思いでもあったはずである。渡辺一夫の「感想」にはこの間の事情も、つぎのように簡潔に語られている。――「僕は、かなり過激な日本精神主義的な、ある時には戦争謳歌《おうか》にも近いような若干の短文までをも、全部採録するのが「公正」であると主張したのであったが、出版部の方々は、必ずしも僕の意見には賛同の意を表されなかった。現下の社会情勢その他に、少しでも悪い影響を与えるようなことがあってはならぬというのが、その理由であった。」

私はいま「第二集『きけ わだつみのこえ』」の解説の責を負いながら、『山河に』と

「第一集『こえ』」との相違にかかずらいすぎているようであるが、三冊の同じ母胎の血をひく日本戦没学生の手記の掉尾《とうび》を占める「第二集『こえ』」の独自の意味と存在理由を明らかにするために、これはどうしても必要な手続きなのだ。

『山河に』および「第一集『こえ』」の編集委員として終始中村克郎氏と協力し合った人に野元菊雄《のもときくお》氏がいるが、この人は一九五〇年六月に出た『わだつみのこえに応える――日本の良心』という、杉捷夫《すぎとしお》、藤原咲平《ふじわらさくへい》、出隆《いでたかし》、上原専禄《うえはらせんろく》以下三十名ちかい当時の有名文化人の感想文を集めた書物の中で、いわば「第一集『こえ』」編集委員代表という形で、「あるのらなかった手記について」(2)という一文を寄せている。それには「戦中派に訴える」という副題がついているが、それは「第一集『こえ』」の編集の際の手記の採否についての裏話のような文章であり「〈撃ちてしやまん〉といった調子の手記」を採らなかったことの著例として、「東京のある大学のK君」のことが挙げられている。そして、半ページばかりの引用があるが、そのK君の文章には、「一先づ一切の批判、思弁的操作を斥《しりぞ》けむ」との決意に達し、「海軍工事に半月にわたって合宿挺身した」が、やがてその大学の学生の間から「徴集猶予を奉還すべし」の声が起り、「海軍予備学生の募集に当っては、二千名の多きにのぼり、全国の一割を占めるに至った」「斯《こ》うして九月下旬には大号令が下った……」と述べられている。要するにK君は「徴集猶予の奉還」を下からの運動として自分の学園に盛り上げることに成果を収めたことを誇示する文章を遺しているのだが、野元氏は「一切の批判を斥けて、みずからそのような世界に入ろう、他人をも引き入れようという」このK君については、「神州不滅、七生報国の文字にもうなれてしまったわたしたち編集者もこれにはあきれてしまった」と語っていて、もちろんK君の手記は「第一集『こえ』」にはのせられなかった。

　野元氏はいまひとつ、「のせられなかった手記」として「学校の名は逸したがI君」の場合を挙げている。「送って来た遺稿集の中の写真を見ると、学校の屋上で一団の先頭に立ってかしわ手を打っている彼は、佐久良《さくら》東雄《あずまお》(3)先生などに心酔する〈みそぎ〉青年らしい」が、野元氏は、このK君がおそらくは「みそぎ派」の研修会か何かで吹き込まれた神がかり的で、玄妙かつフシギな教説を自分流の詩の形にまとめ、最後に「先生よ、僕には分りません」と、まことに尤《もっと》もな嘆息をもらしている遺稿を引用し、戦中派の学生の極度の思想的混乱の典型として示している。もちろんI君の手記も「のらなかった」。

　ところでこのように野元氏が、「第一集『こえ』」の有力な編集委員として採択を見合せた手記の典型として挙げているK君およびI君の、まさにその手記が「第二集『こえ』」には収載されているのである。K君とは木戸《きど》六郎《ろくろう》君。同君は早稲田大学政経学部在学中に昭和二十年(一九四五年)一月入隊、同年五月、享年二十歳で戦病死されている。そして「第二集『こえ』」には、野元氏の引用の内容を含む「日記」が四ページにわたって収載されている。〔新版二八六―二八九ページ参照〕

I君とはやはり「第二集『こえ』」にその遺稿が出ている色川英之助《いろかわえいのすけ》君であり、明治大学政経学部卒業後、昭和十七年(一九四二年)二月入隊、昭和十九年(一九四四年)五月、享年二十六歳で戦死されている。そして、野元氏が引用している「詩」がそっくりそのまま収録されている。〔新版二五七―二五八ページ参照〕

以上の事実は、「第一集『こえ』」から十数年の歳月を隔てて編集された本書「第二集『こえ』」が、前者の同胎の兄弟として生れながら、その編集方針にははっきりと変化があったことを、冗言を要せず雄弁に伝えている。

中村克郎氏の文章に記されているように、「第一集『こえ』」の刊行を契機として、〈日本戦没学生記念会(わだつみ会)〉が発足したのは一九五〇年四月のことであったが、「会」は戦後の政治の季節の推移の中でさまざまな隆替を重ねて、五八年八月に一度解散し、再発足したのは翌五九年六月であった。「第二集『こえ』」の編集は、今日省みて、この〈再建第二次わだつみ会〉の最も重要な事業であったと言うべきだろう。この〈再建第二次わだつみ会〉は、わだつみの遺念を心にきざむ戦中派の人びと、もっとはっきり言えば、自分たち自身が遺書を残して死すべかりし身でありながら生命長らえたことをむしろ歴史の偶然と痛感せずにはいられなかった学徒出陣組を中心とし、しかもその多くがすでに中堅助教授クラスの大学教員であったために、「第一集『こえ』」を読むことによって育った若い学生たちを集《つど》え得て、活発な仕事を展開できたのであった。理事長に阿部《あべ》知二《ともじ》をいただき、事務局長は山下肇《やましたはじめ》。橋川文三《はしかわぶんそう》、安田武《やすだたけし》、山田《やまだ》宗睦《むねむつ》、鈴木均《すずきひとし》、その他、いずれも学徒兵の経験をもつ戦中派イデオローグの集合体の観があり、私もある時期から常任理事の一人であった。一九六一年四月の総会で『きけ わだつみのこえ』の続篇の刊行が「会」の事業として決定されたのは、今から考えると、やはりその前年の安保反対闘争の結果へのそれぞれのメンバーの思いも動機として働いていたのであろう。それに、当時の事務局長山下肇が折にふれて強調したように、「会」は「戦争体験の思想化」を目指す平和運動体であることを第一義としながら、第一次わだつみ会の挫折への反省もあって、政治運動への禁欲が「会」の共通の了解ともなっていたのである。このような「会」にとって、第二の『こえ』を編むことはまことに必然でありふさわしいことであった。但しこのことを具体的に可能にしたのは、「第一集『こえ』」の編集の際に「のらなかった」おびただしい手記が、中村克郎その他のもとに残されていたことである。もちろん新しい手記、遺稿の収集の努力は出来るかぎりなされたが、その基体となったのは『山河に』以来の未発表手記であった。そのことは上述の野元氏の文章にある「のらなかった手記」が二つながら「第二集『こえ』」に収められている事実からも明らかであろう。その意味からもこの三冊の「遺稿集」は、同胎の兄弟なのである。

　けれども同胎の兄弟の末弟ともいうべきこの「第二集『きけ わだつみのこえ』」には、もう「人間性」か「平和」かというようなニュアンスの差違をこえて、昭和の日本が経験した戦争の悲劇を総合的に、またある程度客観的に、とらえようとする努力がみられる。また、もうすでに、戦争体験をもたなかった若い世代の読者にとって、戦中派には自明のことであった軍隊用語やその他が分りにくくなってきたことを考慮に入れて、注記その他の配慮がこらされている。こうした作業について、第二次わだつみ会の代表的イデオローグとして当時活発な活動をつづけていた、今は亡き橋川文三、安田武の努力を特筆しておきたい。昭和の戦争体験を丸ごととらえ、それを平和のために後生に何としてでも伝えよう、というのが、編集方針であったからこそ、これもまた当時「会」の活発なメンバーであった鶴見俊輔《つるみしゅんすけ》の創意にかかる「十五年戦争」という含蓄のふかい言葉が、最初の表題としてこの書物に与えられたのであった。

　このように「手記」の客観的な把握を可能にしたのは、もちろん、学徒出陣以来二十年という歳月の流れであった。そして今、この書物の発刊以来、また四半世紀の年月が流れた。「書イタモノハ残ル《スクリプタ・マネント》」というのは西欧の古諺であるが、私はいま、「第二集『こえ』」の「手記」を前にして、この古諺のもつきびしい意味を思わないではいられない。

例えば、野元氏が「のらなかった手記」の筆頭に挙げた木戸六郎君の手記が本書の中に座を占めていることは、何と意味深いことであるか！　まず、歴史資料として、創設者大隈重信《おおくましげのぶ》以来、在野の気骨をもって鳴る早稲田大学にさえ、「徴兵猶予奉還」という想像の外なる動きがあり、それが全学的規模で盛り上ったという事実を証し立てていることは、それ自体として、日本の戦争への反省のための、忘れられてはならぬ手がかりであろう。後生にとって、それがいかに了解困難な成行きであろうとも。そして、私は、野元氏が、「鞭《むち》打たざるを得ない死者」として挙げているその当の木戸君が、戦争末期の二十年一月、在学のまま入隊、同じ年の五月には早くも戦病死をとげているその束の間の生涯を思い、ただ声もない。何故か。私はそれが戦争の実相だと知っているからだ。

ここで、私は、この「第二集『こえ』」のあとがきを書くように、現わだつみ会の常任理事会から奨められたとき、きわめて気が重く、それに他に適当な人があるのではないか、というためらいもあったにかかわらず、結局あえて引受けたことの理由を明かすことを許してほしい。

まず開巻の冒頭〔新版五〇—五三ページ参照〕に「兄上様、姉上様」宛の航空隊からの手紙がみられる久保恵男《くぼよしお》は、その長身白皙《はくせき》という外はなかった二十歳の姿がただちに瞼にうかぶ、京都の旧制三高で一年上級の人だった。映画「きけ、わだつみの声」[4]の最後に伊豆肇の演ずる学徒兵が白旗をかざしながら弾幕の中に消えてゆくとき歌う「紅萌《くれないも》ゆる丘の花……」は三高の寮歌であり、〈自由〉は創立以来の校是《こうぜ》であった。その同じ寮歌の中に「ここにも燃ゆる六百の……」とあるように、小人数な学校では、上下のへだたりもなく、さんづけもせずに呼び合うのが校風であった。久保はまた本書三二〇ページから三三〇ページ（旧版）にわたって昭和二十年二月五日から四月十九日に至る日記（新版では二月五日から四月二十五日まで）をのせている。久保は同年五月七日に特攻隊員として殉職している。私にとって、この書物が、その冒頭から、開くに辛いのっぴきならぬ書物であることを分ってもらえるだろうか。

三一〇ページ（新版では三七五―三八三ページ）に「遺稿詩集〝星一つ〟から」として、七ページにわたって二篇の詩をのせている宮野尾文平《みやのおぶんぺい》は、同じ旧制三高の二年後輩で、その彼を知る友人たちの間では未だに語り草になるほど詩才に恵まれた彼、宮野尾と、その「星一つ」のことは、私は他の場所で書いたので[5]、ここでは、私がキャップをつとめていた三高文芸部の、次のキャップとして、私の最も親しかった友人であった、とのみ記しておこう。

今ひとり、岩田譲《いわたゆずる》さんのことを語るには、私は心に血を流さねばならない。岩田さんはやはり三高の文芸部の仲間で、私より二年先輩、私が入学当時の文芸部のキャップだった。私にとって親切な兄貴分だったあの人のことは、いかに三高流とはいえ、私としては、自然な気持で、岩田さんと呼ぶ外はない。岩田さんは東大仏文在学のまま入隊、昭和十九年(一九四四年)八月にビルマで戦病死している。岩田さんの遺稿は、ほぼ同文のものが、『山河に』および本書「第二集『こえ』」に収載されている(新版二五三―二五四ページ参照)。この遺文については、私には痛切な思い出がある。私が研究助手になっていて「第一集『こえ』」が出たころのことだと記憶するが、渡辺一夫先生と戦没学生の遺書のことが話題になったとき、渡辺先生はふと「私が遺書の中で一番いやなのは、岩田君のものですね、何もあんなにまでならなくても」と言われた。岩田さんの遺書は本書にみられる通りのものである。東条英機《とうじょうひでき》以下の諸軍人の腐敗に怒りをぶっつけ、「我が草莽《そうもう》の微臣今の世代をいかんともなしえず。いま我は涙をふるって尽忠を誓い、次の時代の捨石に立つ。」というような慷慨がエラスムス嫡流のユマニスト渡辺一夫先生の気に副わなかったことはよく分る。ただ私は、三高時代に、戦時下の青年の自意識と孤独を描いた小説の中に、『パリの憂鬱』からの原文の長い引用を残し、私にとってボードレールへの導き手の一人であった岩田さんのことを知るだけに、先生の言葉は辛かった。今日読み返してみると、私としては岩田さんの絶望の深さだけが身にしみて、やはり言葉がない。因《ちな》みに、岩田さんの遺文は、『山河に』と「第二集『こえ』」とに共にほぼ同文のものが収載された点で例外的である。[6] この点においても、岩田さんの文章は、私が述べてきた「第二集『こえ』」の編集の特色を、K君やI君の遺文と並んで明示する好例であろう。それらはあまりにも人間的なのだ。

最後にこの書物誕生以来、今日に到るまでの経緯《いきさつ》を記しておく。

すでに述べたように本書は六一年に第二次わだつみ会によって企画され、まず中村克郎、鈴木均、橋川文三、安田武、山下肇が編集委員となった。約一年の準備期間をおいて、六二年三月から本格的な作業に入り、あたらしく和泉《いずみ》あき、板橋好三《いたはしこうぞう》、高橋武智《たかはしたけとも》、中村政則《なかむらまさのり》、古山洋三《ふるやまようぞう》、米川伸一《よねかわしんいち》の六名が加って、「会」の最重要議題として、数次にわたる討論を重ねた。後から加わった六名はいずれも戦後世代に属する人たちで、まずこの六名が収集された遺稿のすべてに目を通して予備選考を行ない、その後全委員による数次の討議にかけて慎重を期した。いわば戦中派と戦後派との緊密な共同作業による総括的な戦没学生遺稿集である点も、本書の成立の重要な意義と考えられるだろう。

『戦没学生の遺書にみる 15年戦争』と題されたこの書物は、まず光文社カッパ・ブックスの一冊として刊行され、その後一九六六年に再びカッパ・ブックスから「第2集『き

け わだつみのこえ』」と改題して発行され、更に一九八五年八月、その年創設の光文社文庫に「第一集『こえ』」とともに『きけ わだつみのこえ』上下二巻として刊行された。今また縁あって、岩波文庫に「第二集『きけ わだつみのこえ』」として収められたことは、学徒兵の生き残りの一人として、心から喜ばしく有難いことと思う。同時に今日に到るまでの光文社の数々の御好意に対しても「会」として心からお礼申し上げる。

　たしかに古諺の言うように「書イタモノハ残ル」が、それを語りつぎ読みつぎして、絶えず活性化する努力なしには書物は物と化するだろう。「会」そのものもすでに四十年にちかい歳月を経て、それを支えるメンバーには絶えず交替があったが、わだつみのこえを語りつぎ語り伝える使命感には衰えはない。今後も衰えるはずもない。現に一昨年から始まった若い人たちによる「『わだつみ』を友人に贈る会」などは、その証しであろう。世界がそれを必要とするのだから。

　一九八八年九月末日、「昭和」の終焉を目前に控えて

（1）『日本戦没学生の手記』山下肇・古山洋三共編（大和書房、一九六八年）、二九六ページ。

(2)『わだつみのこえに応える――日本の良心』東大協同組合出版部編(一九五〇年)、一四七―一五六ページ。

(3) 佐久良東雄(一八一一―六〇)。江戸後期の勤皇家の歌人。桜田門外の変に関わって捕えられ獄死。平田篤胤門下の国学者でもあった。

(4) 映画「きけ、わだつみの声」は東横映画の製作で一九五〇年六月十五日に公開された。構成・八木保太郎。脚本・舟橋和郎。「わだつみ会」の誕生は同年四月のことであり、「会」と共に誕生したこの映画は、時代の空気を反映した反戦平和への希いを画面にあふれさせ、今日なお「見るべき」映画として世評は高い。この映画の上映もまた「会」にとっての大切な使命の一つとなっている。

(5)『ある戦後――わだつみ大学教師の四十年』(筑摩書房、一九八三年)所収「宮野尾文平遺稿『星一つ』について」。同書一七六―二一一ページ。

(6) この「あとがき」を書くために、私は『山河に』と「第一集『こえ』」および「第二集『こえ』」に収録されている遺稿の筆者たちの重複の仕方を調べてみた。『山河に』と「第一集『こえ』」に共にその名前を見せている戦没学生は二一名ある。その手稿は別のものであることもあれば、ほぼ同じものであることもある。「第一集『こえ』」と「第二集『こえ』」に共にみられる名前は九名である。そして『山河に』以来、三冊の遺稿集にいずれも収載されている戦没学生は一名。和田稔である。また、本文中に述べたように『山河に』に載せられ、「第一集『こえ』」で姿を消し、「第二集『こえ』」に収録された場合は二名。岩田譲と他に一名、西村秀八がある。カッパ・ブックスの『十五年戦争』のあとがきには「ただここでお断わりしておかなければならないのは、すでに公刊された出版物からの転載はいっさい行なわず、ここに掲げられたすべてが一般読者にとっては新しく目にふれるものばかりだということである……」といういささか気負った言葉があるが、少くとも岩田、西村両人の遺書については、言いすぎだろう。岩田譲の場合、『山河に』と「第二集『こえ』」のテキストの主要部分は同文であるし、西村秀八の場合には、採用されている書簡の中で、内地帰還の参謀に託されたために未検閲であり、それゆえに遺文中の圧巻であるニューギニアからの手紙は『山河に』と共通のものであるから。いずれにしても三冊の同胎の遺文集を読み較べてみて、その取捨選択の跡をふりかえるだけで、さまざまな情報が読みとれるだろう。

『第二集　きけ わだつみのこえ』新版刊行にあたって

『第二集　きけ わだつみのこえ』は、一九六三年『戦没学生の遺書にみる 15年戦争』の表題で光文社から刊行され、六六年に現在の表題に改題され、八八年、この表題により岩波文庫に収められた。本会は、さきに九五年『きけ わだつみのこえ』の新版を刊行したが、これはそれまでの各版が八二年の岩波文庫版を含め、一九四九年の東大協同組合出版部版を底本とするものであって、この底本(旧版)を、典拠である原遺稿、その他にさかのぼって改めて増補・改訂・再構成する必要が生じたためである。この間の事情と増補・改訂その他についていては『新版 きけ わだつみのこえ』に付した「新版刊行にあたって」を参照していただきたい。その際、この『新版』との重複分の削除を含め、『第二集　きけ わだつみのこえ』の改訂を全面的に実施することとしていた。学徒出陣六十周年にあたり、ここに、六三年原版の版元である光文社の同意をえて『新版 第二集』を刊行するにあたって、『第二集』の原版の特徴と今回の増補・改訂の趣旨を述べておきたい。

本会が、戦後十八年を経た六三年に「日本戦没学生の手記」の続編を編集した趣旨は、この新版に収めた阿部知二氏の「はしがき」(六三年)、平井啓之氏の「あとがき」(八八年)や、六三年版の本会の「あとがき」が明記している通りである。旧版は、もともと六一年の遺稿募集の段階では、戦没学生に限定せず「戦没青年の記録」を募ったものであった。しかし青年の遺稿応募数は限られていて「日本戦没青年の手記」を編集するには至らなかった。そこで新規の応募稿と、四九年の『きけ わだつみのこえ』応募稿のうち掲載できなかった遺稿とを合わせて再構成し、六三年『戦没学生の遺書にみる 15年戦争』を刊行した。そしてこの経過から、六六年にこれを「日本戦没学生の手記」の『第二集』としたものである。勤労青年の遺稿集では、岩手県の『戦没農民兵士の手紙』(六一年)、松阪市の『ふるさとの風や』(六六年)などがこの『第二集』と同じ時代に刊行されて、それぞれに独自の意義をもっている。

ここに、『第二集』が、『きけ わだつみのこえ』という戦没学生の記録に由来する平和運動――わだつみの悲劇を繰り返すなという――の主体である「日本戦没学生記念会」が、会自身の運動体験から、原典であるこの戦没学生の手記と対話を行った成果であるという特徴が浮び上がる。本書は『きけ わだつみのこえ』の続編であると同時に対話編なのである。すなわち、編集の意図のその(一)は、学徒出陣を起点として「学芸の道を放棄して国家から死を求められた」悲劇を、一九三一年の満州事変という日本による中国侵略を起点として見直したらどうなるか、という観点である。これは四九年の時点では必ずしも明示されてはいなかった。その(二)は、学徒兵の悲劇を、より立ち入って、戦争を推進する日本国家と国際政治が国民を戦争にからめとってゆき、ついには太平洋におけるアメリカとの戦争の局面の進展から、学徒兵が死に向って追い込まれて行くまでの複雑な経過を、復元することにあった。『第二集』の構成が、一、大陸の戦野から、二、戦火は太平洋上へ、三、敗戦への道、とより明確に区切った三つの部分から成り、それぞれに年表と解説が付されているのもこの観点からである。

言うまでもなく、『第二集』の増補・改訂も依拠すべき典拠である原遺稿、ないしはそれと推定できる確実な文献資料に立つものである。しかしながら『第二集』編集当時には依拠できた戦没学生の原遺稿(および筆写・謄写稿)は、四十年の間に失われる危険にさらされざるをえなかった。本会は、先の戦争の貴重な記録である戦没学生の遺稿・遺品を保存し、展示し、研究に供すべき記念施設の建設をめざしているが、その準備に二〇〇一年と二〇〇二年に「戦没青年の遺書展」を大阪・京都・東京で開催した。この二つの遺書展を通して、『きけ わだつみのこえ』の戦没学生の遺稿について言えば、合計百十二名中、四十名について原遺稿ないしその推定が確実な文献資料(筆写・謄写稿を除いて)が提出され、確認できた。半世紀を超えて多くの遺族が遺稿を大切に保管されていたのである。今回の『第二集』新版が可能となったのは、まったくこの遺書展により再確認できた原遺稿その他の資料が得られたためである。しかしこれは逆に言えば、七十二名分の原遺稿が、あるいは事故で失われ、あるいは遺族との連絡が途絶し、あるいは世代交替の折りに行方がわからなくなるなどという事情を反映し、原遺稿の保全と確認が急務であることを示唆している。

増補・改訂の典拠は(イ)原遺稿、ないしその写真版、(ロ)応募稿返却に際しての遺稿・応募稿の転写稿、ないしその写真版、(ハ)それらの謄写稿、(ニ)私家版を含む編集・校訂が信頼できる個人遺稿集、(ホ)その他資料のなかで原遺稿に忠実であることが確認されるもの、(ヘ)『はるかなる山河に』『きけ わだつみのこえ』『第二集』その他に掲載された公刊物のなかで原遺稿に忠実であると推定されるもの、である。さいわい今回の『第二集』四十七名については一名(太田慶一氏分)をのぞいて(イ)(ロ)(ハ)(ニ)

（ホ）（へ）いずれかの典拠に依拠することができた。

改訂には万全を期したが、増補については『第二集』本来の特徴を強調するため、第一に、アジア侵略の反省をうながす多くの記録を追加した。日本軍の侵略行為や中国やフィリピンの現地民衆の抵抗を記した遺稿の追加に注目していただければ幸いである。第二に、先の戦争の全体像の復元では、不足していた沖縄戦や空襲などの文章をいささか補なった。さらに、第三に、最期まで家族・恋人への愛、信仰や思想の追求、学芸への憧憬に生きようとした学徒兵の真摯な苦しみを掘り下げるように努めた。付け加えるならば、二回の遺書展において未見だった遺稿が発見、提供されたし、ほかにも本会に寄託された戦没学生の多くの未発表の遺稿があり、すぐれた内容の遺稿も少なくなかったが、新しい筆者の遺稿の公表は別の機会に求めることとした。

また、各人別の遺稿の配置を全体の構成にそくした流れにするため手直しした。たとえばプロローグは全篇の展望を与える「序」とみて編成した。さらに、一、大陸の戦野から、二、戦火は太平洋上へ、三、敗戦への道の三部構成の間で、戦線の区別のほかに、学徒兵の年齢、大学卒業後か在学中か、応召か現役徴集かなどの基準を加味して場所を移した文章がある。注については、四十年経って当時には自明であった事柄を戦争を知らない現代の新しい読者のために整理し、追加した。時期別の年表と解説は本文の理解に役立つように手を加えた。さらに編集者による省略部分を明記して正確を期し(ただし和田稔氏の部分ではご遺族の要望もあり省いた)、いくつかの遺稿には由来を注記した(凡例参照)。

最後に、先述の主題(二)にかかわる戦没学生の人間像、その個性の復元について言えば、公刊の個人遺稿集に、太田慶一『太田伍長の陣中手記』(岩波書店、一九四〇年)、池田浩平『運命と摂理』(新教出版社、一九六八年)と『浩平詩集』(同、一九七六年)、松永茂雄・龍樹『戦争・文学・愛』(三省堂、一九六八年)、長門良知『魔の海峡に消ゆ』(大光社、一九六八年)、和田稔『わだつみのこえ消えることなく』(角川書店、一九七二年)、渡辺直己『渡辺直己全集』(創樹社、一九九四年)、宅嶋徳光『くちなしの花』(光人社、一九九五年)などがある。『新版 きけ わだつみのこえ』『第二集』ともに初出の遺稿の編集を原則としており、今回の増補もこの原則に従ったので、これらの個人遺稿集(便宜のため最新版を掲げた)を併せて各人の多様な人間像を補なってほしい。

歴史に学ぶとはまず死者のこえに耳を傾けることであろう。たやすいことではないが、本書の一字一句の重みをはかってほしい。そのとき戦没学生は若い姿のままでよみがえり、戦争の愚かさと平和を創る尊さを語りかけるにちがいない。

新版の編集にあたり、一九六〇年代の初期、本書に収録された戦没学生の遺稿を集め編集した編集委員はじめ会の先輩諸氏の労苦に改めて感謝する。また今回の増補・改訂はいずれもご遺族からの原遺稿その他の提供なしには不可能であったが、世代を超えて貴重な遺稿を大切に保管してくださったご遺族に御礼を申し上げる。また原版の版元である光文社には、今回の新版の刊行を快くご承引いただき、長期にわたるご協力をいただいたことをこの場をかりて御礼申し上げる。

最後に、先の『新版 きけ わだつみのこえ』に続いてこの『第二集』についても大幅な増補、改訂を認めてくださった岩波書店、および適切なご助言をいただいた岩波文庫編集部の塩尻親雄氏はじめ刊行にかかわった皆様に厚く御礼を申し上げる。

「学徒出陣」から六十年の日に
二〇〇三年十二月一日

日本戦没学生記念会(わだつみ会)

学徒兵　戦いの跡

アッツ
太
平
洋
ミッドウェイ
マーシャル群島
東カロリン群島
ソロモン諸島
ラバウル
ガダルカナル
珊瑚海

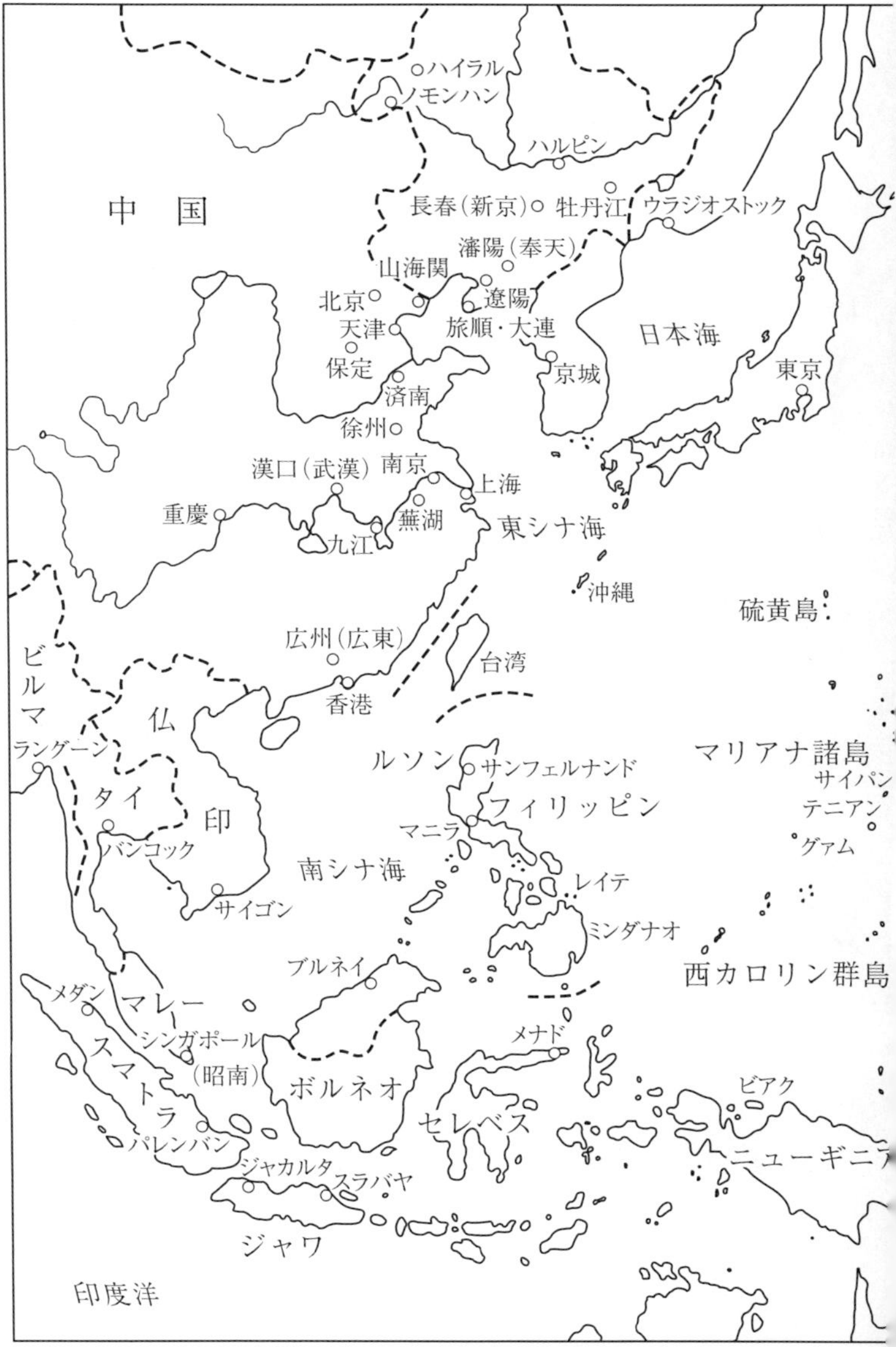

ハイラル
ノモンハン
ハルビン
中国
長春（新京）
牡丹江
ウラジオストック
瀋陽（奉天）
山海関
遼陽
北京
天津
旅順・大連
日本海
保定
京城
東京
済南
徐州
南京
漢口（武漢）
上海
重慶
蕪湖
九江
東シナ海
沖縄
硫黄島
広州（広東）
台湾
ビルマ
香港
仏
ラングーン
ルソン
サンフェルナンド
マリアナ諸島
サイパン
タイ
フィリッピン
テニアン
印
マニラ
バンコック
グアム
南シナ海
レイテ
サイゴン
ミンダナオ
ブルネイ
西カロリン群島
メダン
マレー
メナド
シンガポール
（昭南）
スマトラ
ボルネオ
ビアク
セレベス
パレンバン
ニューギニア
ジャカルタ
スラバヤ
ジャワ
印度洋

主要語句索引

手記筆者索引
（五十音順）

＊印を付した筆者は『きけ わだつみのこえ』『第二集　きけ わだつみのこえ』双方にその手記が掲載されている

新版 第二集 きけわだつみのこえ

ワイド版岩波文庫 248

2004年11月16日 第1刷発行
2014年6月5日 第3刷発行

編　者　日本《にほん》戦没《せんぼつ》学生《がくせい》記念会《きねんかい》(わだつみ会)

発行者　岡本 厚

発行所　株式会社 岩波書店
〒101-8002 東京都千代田区一ツ橋2-5-5
案内 03-5210-4000　販売部 03-5210-4111
文庫編集部 03-5210-4051
http://www.iwanami.co.jp/

印刷・三秀舎　カバー・半七印刷　製本・松岳社

ISBN 4-00-007248-X　Printed in Japan

読書子に寄す

——岩波文庫発刊に際して——

岩波茂雄

真理は万人によって求められることを自ら欲し、芸術は万人によって愛されることを自ら望む。かつては民を愚昧ならしめるために学芸が最も狭き堂宇に閉鎖されたことがあった。今や知識と美とを特権階級の独占より奪い返すことはつねに進取的なる民衆の切実なる要求である。岩波文庫はこの要求に応じそれに励まされて生まれた。それは生命ある不朽の書を少数者の書斎と研究室とより解放して街頭にくまなく立たしめ民衆に伍せしめるであろう。近時大量生産予約出版の流行を見る。その広告宣伝の狂態はしばらくおくも、後代にのこすと誇称する全集がその編集に万全の用意をなしたるか。千古の典籍の翻訳企図に敬虔の態度を欠かざりしか。さらに分売を許さず読者を繋縛して数十冊を強うるがごとき、はたしてその揚言する学芸解放のゆえんなりや。吾人は天下の名士の声に和してこれを推挙するに躊躇するものである。このときにあたって、岩波書店は自己の責務のいよいよ重大なるを思い、従来の方針の徹底を期するため、すでに十数年以前より志して来た計画を慎重審議この際断然実行することにした。吾人は範をかのレクラム文庫にとり、古今東西にわたって文芸・哲学・社会科学・自然科学等種類のいかんを問わず、いやしくも万人の必読すべき真に古典的価値ある書をきわめて簡易なる形式において逐次刊行し、あらゆる人間に須要なる生活向上の資料、生活批判の原理を提供せんと欲する。この文庫は予約出版の方法を排したるがゆえに、読者は自己の欲する時に自己の欲する書物を各個に自由に選択することができる。携帯に便にして価格の低きを最主とするがゆえに、外観を顧みざるも内容に至っては厳選最も力を尽くし、従来の岩波出版物の特色をますます発揮せしめようとする。この計画たるや世間の一時の投機的なるものと異なり、永遠の事業として吾人は微力を傾倒し、あらゆる犠牲を忍んで今後永久に継続発展せしめ、もって文庫の使命を遺憾なく果たさしめることを期する。芸術を愛し知識を求むる士の自ら進んでこの挙に参加し、希望と忠言とを寄せられることは吾人の熱望するところである。その性質上経済的には最も困難多きこの事業にあえて当たらんとする吾人の志を諒として、その達成のため世の読書子とのうるわしき共同を期待する。

昭和二年七月